Auf nackten Füßen zum Erfolg

Barfuß zum Erfolg

FINN MAGNUS

© 2025 Finn Magnus
Verlag: BoD · Books on Demand GmbH,
Überseering 33, 22297 Hamburg, bod@bod.de
Druck: Libri Plureos GmbH, Friedensallee 273,
22763 Hamburg
ISBN: 978-3-7557-3311-9

Inhalt

1. Kapitel: Lola stellt sich vor

Ich heiße, me apellido Lola Álvarez Sánchez und bin vierzehn Jahre alt. Ich bin gebürtige Spanierin und trage deswegen wie alle anderen Spanier auch mein Leben lang zwei Nachnamen. Meinen ersten Nachnamen *Álvarez* habe ich von meinem Vater (Padre) und meinen zweiten Nachnamen *Sánchez* habe ich von meiner Mutter (Madre) geerbt, die jene Nachnamen als ihre ersten Nachnamen tragen. Das ist bei spanischen Nachnamen so üblich. Ich wohne mit meinen Eltern und meinem kleinen Bruder Luis in Dortmund. Ursprünglich kamen wir aus Marbella, sind aber später nach Dortmund gezogen, um in Deutschland ein besseres Leben zu führen. Eigentlich leben wir ein ganz normales Leben in unserer neuen deutschen Heimat, doch mein Vater Juan Álvarez Gómez musste beruflich erst einmal einen neuen Anschluss im Leben finden und schaffte es nicht, direkt einen guten Job zu finden. Auch meine Mutter María Sánchez García musste einen Nebenjob aufnehmen, da sie als Hausfrau alleine nicht genug verdient, damit genug Geld für unsere vierköpfige Familie da ist. Unter dieser kleinen finanziellen Schwäche leide ich auch außerhalb der Familie, denn meine Freunde tragen coolere Klamotten als ich und können sich es auch leisten, ihre Stars live auf der Bühne zu sehen, während ich mich bloß mit den CDs dieser zufriedengeben muss. So erging es mir auch neulich, als ich wieder mit der Straßenbahn vom Borsigplatz zum Gymnasium in der westlichen Innenstadt fuhr. Zusammen mit meiner besten Freundin Marijana – auch sie kam nicht aus Deutschland, sondern vom Balkan, und ihre Familie floh damals vor den Bomben des Jugoslawienkriegs – saß ich wie immer dort auf einer Bank und sah mir die Leute an. Ich sah, wie sie telefonierten, Spiele auf den Tablets spielten oder auch wie sie ihre Zeitungen lasen. So auch ein netter Mann, der uns gegenübersaß. Als er an der Reinoldikirche ausstieg, ließ er seine Zeitung auf dem Sitz zurück und ich nahm sie an mich, um herauszufinden, was es so Neues in der Welt gab. Nach weitaus weniger interessanter Seiten über Fußball, dämliche Politiker und irgendwelche langweiligen Promi-Tratsch-Geschichten fand ich dann doch etwas für mich sehr Interessantes in der Zeitung stehend: Meine Lieblingsrockband Salcrabbio, wahre Hochseekapitäne des Shanty-Rocks, ging auf Deutschland-Tournee und würde bald bei uns in Dortmund in der Westfalenhalle spielen. Ein Konzert von Salcrabbio in der eigenen Stadt: Nichts Sehnlicheres hätte ich mir von Herzen wünschen können. Live mit ihnen auf der Bühne zu rocken; das war mein größter Traum, seitdem ich aus Spanien nach Deutschland ausgewandert war und die deutsche Musik kennen und lieben gelernt hatte und irgendwann schließlich der klassischen spanischen Musik wie Flamenco endgültig meinen Rücken gekehrt hatte. Zu diesem Konzert wollte ich unbedingt gehen. Das teilte ich dann auch Marijana gleich mit und sie sagte zu mir:

»Lola, gerne können wir das, aber wir brauchen dafür auch Karten und die sind teuer.«

»Zu teuer, dass wir sie uns nicht leisten könnten?«

»Das kannst du mir glauben.«

Eine freundliche Stimme aus dem Lautsprecher teilte uns

mit, dass unsere Haltestelle kam. Wir stiegen aus und gingen das letzte Stück von der Straßenbahnhaltestelle zur Schule. Mir wurde ein wenig mulmig, denn eigentlich wäre das Abrocken für mich einfach super. Doch schon bald musste ich Farbe bekennen, dass es nicht so einfach werden würde, zu dem Konzert zu gelangen. In der Schule begegneten mir verschiedene Schulkollegen, die meinten, dass so eine ärmlich aussehende Spanierin wie ich mir so etwas nicht erlauben könnte. Das verletzte mich schon. Ich wollte ihnen das nicht glauben, denn ich war schließlich genauso viel wert wie sie. Doch kaum läutete hinterher die Glocke zum Schulschluss und Marijana und ich machten uns auf den Weg zu einem Kiosk, wo wir die Karten hätten kaufen können, erfuhren wir, dass wir pro Kopf und Karte 70 Euro bezahlen mussten.

»70 Euro?! So viel Geld haben wir gar nicht!«, erklärte ich dem Verkäufer.

»Tut mir leid, aber dann kann ich euch noch nicht einmal eine Karte verkaufen. Einen schönen Tag noch!« Wütend und geknickt mussten Marijana und ich den Kiosk wieder verlassen. Wir machten uns auf den Weg zur Straßenbahn, die uns nach Hause fahren würde. Marijana versuchte, mich zu trösten:

»Kopf hoch, Lola, heute ist nicht aller Tage Abend.«
Doch auch das konnte mich nicht aufmuntern. Als wir zu Hause ankamen, beschlossen wir erst einmal, unsere Eltern zu fragen. Da es bald Mittagessen gab, bot sich eine gute Gelegenheit dazu. Marijana und ich trennten uns vor dem Hochhaus, in dem Marijana mit ihren Eltern wohnte,

und ich ging zwei Hochhäuser weiter in das Hochhaus, wo ich mit meiner Familie wohnte. Ich schloss die Tür auf, ging die Treppe hinauf und roch schon einen köstlichen, bekannten Duft in meiner Nase. Es war der leckere, köstliche Duft von Paella. Mmm (Mhm), Madre (Mama) kochte Paella: mein Leibgericht. Sie schmeckt köstlich und erinnert mich stets an meine alte Heimat in Spanien. Allein der Geruch nach dem geschmorten gelben Reis mit Hühnchen und Meeresfrüchten brachte mir das Gefühl, den Strand von Marbella um die Ecke zu haben, zurück. Entsprechend ging ich schnell die Treppe herauf und öffnete mit dem Schlüssel die Wohnungstür. Ich zog meine Schuhe aus, begrüßte meine Familie und brachte meine Schulsachen in mein Zimmer. Dann setzte ich mich an den Esstisch und genoss das Mittagessen. Madres Paella schmeckte wie immer fantastisch. Nach dem Mittagessen entschloss ich mich dann, meine Eltern nach dem Konzert zu fragen.

2. Kapitel: Das Salcrabbio-Konzert

Es war nicht anders zu erwarten. Meine Eltern hatten kein Geld, um mir Karten für das Konzert zu besorgen. Auch Marijanas Eltern konnten es aufgrund ihres geringen Einkommens nicht bezahlen. Was sollte ich nun machen? Guter Rat war nun teuer. Das Konzert fand in der Westfalenhalle statt und die Eintrittskarten kosteten 70 Euro pro Kopf. Sollten wir die nun selbstständig verdienen oder ersparen? Nun ja ersparen konnten wir nicht viel von unserem geringen Einkommen. Also wäre es sinnvoller, das Geld selbstständig zu verdienen. Die Frage ist nur: Wie? Denn da hatte ich wirklich keine Idee, wie wir das anstellen sollten. Schließlich hatten wir weder genug Krimskrams, den wir hätten verkaufen können, noch genügend schmutzige Autos in der Nachbarschaft, die wir hätten putzen können. Zeit blieb uns auch nicht viel, da das Konzert bereits am nächsten Abend stattfand. Also blieb ich dann doch sehr geknickt und lag heulend auf meinem Bett und heulte über den Schmerz, dass ich dann doch nicht zum Konzert gehen konnte. Mir ging es nicht besonders gut. Also rief ich Marijana an und erkundigte mich, wie es ihr ginge. Auch sie sagte, sie könne nicht zum Konzert, da ihre Eltern kein Geld dafür hätten, aber sie hatte eine Idee und schlug mir vor, ein wenig mit der Straßenbahn spazieren zu fahren. Also verabredeten wir uns und nur eine halbe Stunde später trafen wir uns an der Straßenbahnhaltestelle.

»Wir müssen nur einmal umsteigen und zwar an der Reinoldikirche in die Linie 46.«

So machten wir es und fuhren erst zur Reinoldikirche und dann mit der U-Bahn-Linie 46 zu den Westfalenhallen. Eigentlich war ich eher schlecht als gut gelaunt und mir war nicht wohl dabei, doch Marijana meinte, ich müsste mir keine Sorgen machen. Wir erreichten die Hallen und stellten schon fest, dass alles für das Konzert vorbereitet war. Durch die Türen der Hallen entdeckten wir, dass die Vorräume bereits mit Fan-Artikel-Ständen, die T-Shirts verkaufen würden, ausgestattet waren. Wir fragten uns natürlich, wie wohl die Bühne aussehen würde, doch als wir versuchten, die Türen zu öffnen, stellten wir fest, dass sie alle fest verschlossen waren. So sehr wir auch an den Griffen rissen, die Türen bewegten sich um keinen Zentimeter. ¡Maldición!, in die Halle war kein Reinkommen. Nach drei weiteren unglücklichen Versuchen, die Tür zu öffnen, tippte Marijana mir auf die Schultern. Ich drehte mich nach ihr um und sie flüsterte mir ins Ohr:
»Ich glaube, wir sollten es mal an einem Hintereingang versuchen.«
Ich nickte und schlich zusammen mit Marijana einmal um die Halle herum. Nach einer Weile entdeckten wir ein Gitter am Boden. Dieses war hinter einem dicken grünen Busch versteckt. Ich hob es an und merkte, dass es ganz locker war und sich leicht entfernen ließ. Ich kletterte hinein und Marijana folgte mir unauffällig und legte das Gitter wieder an seinen ursprünglichen Platz. Das Gitter führte in einen Lüftungsschacht und dieser führte zu einem weiteren Gitter in einen Keller. Ich drückte das

Gitter beiseite und schlüpfte dadurch. Marijana folgte mir und sie schob wieder das Gitter über das Loch. Anschließend schaute ich mir an, in welchem Raum wir waren. Es war ein Besenkeller, an dessen Ende eine verschlossene Tür lag. Ich bekam sie nicht auf, jedoch fand Marijana in ihrem Rock eine große Büroklammer; eigentlich nur ein kleines Stück Draht, mit dem man irgendwelche bedruckten Papiere zusammenheften konnte, aber damit konnte man auch etwas Anderes machen, was Marijana mir schnell bewies. Sie verbog den Draht und steckte ihn in das Schloss. So konnte sie die Tür der Besenkammer öffnen. Gegenüber der Tür hing ein Schild an der Wand. Es zeigte nach rechts und wies auf einen Notausgang hin. Wir entschieden uns daher nach links zu gehen. Marijana und ich guckten, ob die Luft rein war, und als ich vorausging, verschloss Marijana die Tür der Besenkammer wieder mit dem Draht. Wir erreichten einen langen Gang und gingen ihn geradeaus. An den Seiten links und rechts lagen verschiedene Keller, in denen Putzmittel und auch anderer Kram lagerte. Auch lagen dort zum Teil die Kabinen, in denen sich die Stars für die Bühne fertigmachten. Solche Räume nannte man Masken, was ich später mal erfuhr. Nach einer Weile erreichten wir eine große Tür, über der das Wort »Backstage« angebracht war.

»Das ist der Hintereingang der Bühne«, erläuterte Marijana.

»¡Muy bien!«, erwiderte ich. »Dann ist unser Konzert ja gerettet.«

»¡Muy bien!« war Spanisch und hieß »Sehr gut!«, »Klasse!« oder »Super!«. Im Deutschen könnte man hier auch »Prima!« sagen, doch den Ausruf »Prima!« verwende ich als gebürtige Spanierin äußerst ungern, da *prima* das spanische Wort für *Cousine* ist. Ich habe übrigens auch eine solche; sie heißt Ana und lebt im andalusischen Málaga. Aber zurück zu meiner Geschichte:

»¡Muy bien!«, erwiderte ich. »Dann ist unser Konzert ja gerettet.«

Wir schlugen »High Five« ein und drehten uns dann um. Gemeinsam und unauffällig verließen wir wieder die Keller hinter der Bühne. Diesmal benutzten wir einen der Notausgänge und achteten darauf, von niemanden gesehen zu wurden. Ganz vorsichtig, aber vergnügt gingen wir zurück zur U-Bahn-Station »Westfalenhallen«, um die Bahn nach Hause zu nehmen. Wir waren sehr glücklich. Nun konnte der ersehnte Samstagabend kommen. Der Samstagabend, an dem wir uns zum großen Konzert von Salcrabbio in die Westfalenhalle schleichen werden.

Dann kam der Abend des Konzerts. Marijana und ich waren auch auf der Party. Wir trugen zwar keine Eintrittskarten für den Vordereingang bei uns, jedoch unsere persönlichen speziellen »Eintrittskarten« für den Hintereingang. Wir trugen ultramarinblaue Kapuzenpullis und schwarze Sonnenbrillen und schlichen uns so getarnt an dem gesamten Personal vorbei. Wir stiegen durch das Gitter und den Lüftungsschacht in die Besenkammer im Keller. Nachdem Marijana deren Tür mit dem Draht aus ihrer Rocktasche geöffnet hatte, erreichten wir dann den Gang, durch den wir uns schon zuvor in Richtung Bühne geschlichen hatten. Mit den ultramarinblauen Kapuzenpullovern und schwarzen Sonnenbrillen getarnt schlichen wir uns am gesamten Personal und den vielen Putzräumen vorbei in Richtung Bühne. Während sich tausende Fans in der Halle versammelten, um Salcrabbio zu zujubeln, blieben wir hinter den Kulissen und hörten dort ihre shantyrockige Musik live. Marijana und ich rockten und sangen mit, auf dass die Wände wackelten, und fühlten uns überglücklich. Vor Freude rief ich lautstark aus:

»Gleich bei der Autogrammstunde von Salcrabbio bin ich auch dabei!«

Das hätte ich aber nicht so laut aussprechen sollen, denn plötzlich wurden Marijana und ich von einem Wachmann entdeckt. Er ging auf uns zu.

Marijana wusste, dass es jetzt besser wäre, das Konzert zu verlassen und den Bühnensaal zu räumen. Sie zog an meinem Kapuzenpulli und flüsterte mir ins Ohr:

»Lola, es ist besser, wenn wir jetzt von hier verschwinden.«

Ich tat, wie mir geheißen. Marijana und ich rannten nach rechts von der Bühne weg in einen Korridor, der an einem der hinteren Räume vorbeiführte. In diesem Raum war ein großer Tafelschreibblock, auch Flipchart genannt, aufgestellt, auf dem wichtige Wörter und Sätze zum Thema einer Präsentation geschrieben standen. Ich blieb vor diesem Block stehen und las aufmerksam, was da geschrieben stand. Na gut, ich überflog, was da geschrieben stand. Dennoch hätte ich gerne mehr Zeit zum Lesen gehabt, denn die Überschrift des Vortrags auf dem Blatt sprach mich doch an. Sie lautete: »Weg zum Erfolg«. Ich überflog den Text und erkannte, er bestand aus vier Absätzen und beim dritten stand unten eine rot umrandete Randnotiz, die mit einem Pfeil auf Absatz 3 zeigte. Dort stand in Rot geschrieben: »Das Wichtigste:

Auf eigenen Füßen stehen!« Eigentlich wollte ich das wirklich durchlesen, da ich mir dachte, damit könnte ich die Situation meiner Familie verbessern, doch Marijana riss an meinem Kapuzenpullover und sagte:

»Lola! Jetzt komm endlich! Oder willst du Ärger?!«

Und sie riss mich vom Platz. Schnell konnte ich noch ein Wort unterhalb des Vortrags lesen. Oder war es oberhalb des Vortrags? Oder stand es auf einem Plakat, das an einer Wand klebte und Werbung verbreitete? Jedenfalls stand da, wenn ich mich richtig erinnere, irgendwas mit »Nachhaltig dank nackter Ware: Ihr Unverpackt-Laden«. Mir blieb ja nicht wirklich Zeit, um das Plakat zu lesen. Um ehrlich zu sein, mussten wir rennen, was das Zeug hielt, um nicht vom Wachpersonal erwischt zu werden. Wir hatten so wenig Zeit, wie unseren Familien Geld hatten. Wir flüchteten durch die Hintertür und rannten zur Straßenbahnhaltestelle. Hinter uns rannte ein Wachmann und rief uns zu:

»Bleibt stehen!«

Marijana und ich konnten nicht. Wir eilten die Treppe hinab zu der halb unterirdisch angelegten Station. Wir stürmten den Bahnsteig. Hinter uns war noch immer der Wachmann. Da kam ein helles Licht am Ende des Tunnels; eine U-Bahn fuhr ein. Hastig eilten Marijana und ich in die Bahn und warteten nur darauf, dass die Türen schlossen. Das taten sie dann auch und zwar noch rechtzeitig, bevor der Wachmann vom Konzert einsteigen konnte. Die U-Bahn fuhr kreischend los. Auch wenn sie bereits auf ihrer Strecke verschwand und den Wachmann am Bahnsteig zurückließ, so rasten unsere Pulse weiterhin auf 180. Wir konnten noch einen letzten Blick auf die Hallen mit dem Konzert werfen und dann fuhren wir davon. Auf nach Hause, wo unsere Eltern uns längst in unseren Betten vermuteten. Für Marijana und mich stand fest: Das war der schönste Abend unseres Lebens und wir werden ihn nie vergessen. Doch eines werde ich auch nicht vergessen und zwar das, was da auf dem Blatt des aufgestellten Blocks geschrieben stand: Worte, die mein Leben veränderten.

Wir mussten einmal umsteigen und dann waren wir auch zu Hause am Borsigplatz. Leise schlichen wir uns durch die Treppenhäuser unserer verschiedenen Hochhäuser und öffneten vorsichtig unsere Wohnungstüren. Ich zog beim Betreten meiner Wohnung meine Schuhe aus, wie ich es in Spanien schon als kleine Chica gelernt hatte. Einerseits, um die Wohnung nicht zu verschmutzen, andererseits, um niemanden zu wecken. Schließlich hatte ich mich zuvor heimlich fortgeschlichen. Es war zwar in Spanien nicht üblich, als Gast bei Betreten der Wohnung die Schuhe auszuziehen, jedoch als Bewohner war es schon üblich. So zog ich meine indigoblauen Sneakers, deren Schnürsenkel und Schuhkappe jedoch weiß waren, aus und stellte sie leise und vorsichtig aufs Schuhregal. Dann schlich ich mucksmäuschenstill auf meinen weißen Strümpfen durch die Wohnung. Ich erreichte die Tür meines Zimmers ohne meine Eltern zu wecken und zog meinen ultramarinblauen Kapuzenpulli und die weißen Strümpfe aus. Eigentlich wollte ich gleich ins Bett, doch eine Sache wollte ich vorher noch machen. Nämlich die Worte, die ich noch im Kopf hatte, aufschreiben. Ich nahm mir einen Zettel und schrieb sie auf. Ich bekam sie aber nur brüchig zusammen:

»Der Weg zum Erfolg ... auf eigenen Füßen ... nachhaltig mit nackt. Ja, so war das, aber wie standen sie zusammen?«, dachte ich.

Weitere Wörter von dem Block aus dem Zimmer beim Salcrabbio-Konzert wollten mir nicht einfallen, doch das Wort »nachhaltig« beeindruckte mich dann doch so sehr, dass ich darin den Schlüssel für meine Zukunft sah. Ich sortierte die Worte und bekam etwas heraus, was von nun an mein neues Lebensmotto würde. Ein Lebensmotto, was mich, Lola Álvarez Sánchez, für immer veränderte. Ich sortierte die Worte und erhielt den Satz:

»Auf eigenen nackten Füßen nachhaltig der Weg zum Erfolg.«

Und weil der Satz etwas zu holprig war, kürzte ich ihn und erhielt schließlich:

»Auf nackten Füßen zum Erfolg.«

Das war von nun an mein Lebensmotto. Ein neuer Name, den ich, Lola Álvarez Sánchez, mir nun zulegte. Von nun an galt für mich: Ich geh' heute als Lola Álvarez Sánchez ins Bett, werde aber morgen als »Auf nackten Füßen zum Erfolg« aufwachen. Und ins Bett gehen war ein gutes Stichwort, denn es war spät, und ich wollte nur schlafen. Zum Glück war der Folgetag ein Domingo (Sonntag) und ich konnte ausschlafen. Ich tauschte meine Klamotten gegen meinen Schlafanzug und ging »auf nackten Füßen zum Erfolg« erst mal ins Bett, um zu einem erfolgreichen Schlaf zu gelangen.

3. Kapitel: Die Legende von Doña Quijota de Piedes (Pies Descalzos al Éxito)

Der nächste Morgen kam. Ich schlief selbst noch morgens tief und fest und, als ich aufwachte, war es gefühlt schon Mittag. Ich hatte sehr gut geschlafen und gut geträumt und war noch ganz begeistert vom Konzert des Vorabends. So begeistert, dass ich gleich nochmal eine CD von Salcrabbio hören wollte. Ich schlug die Bettdecke beiseite und ging zu meinen CDs und legte eine von ihnen in den Player. Ich spielte sie ab und fühlte mich schon bei dem ersten Lied »Frei wie das Meer«. Ich tanzte und sang mit und fand plötzlich den Zettel vom gestrigen Abend, wo ich ein paar Wörter notiert hatte, die ich auf meiner Flucht vom Konzert von einer Tafel aufgefischt hatte. Diese Wörter waren viele, doch sie ergaben zusammen den Namen, den ich mir für mein künftiges Leben als Leitfaden zugelegt hatte: »Auf nackten Füßen zum Erfolg.«

Ich nahm den Zettel in die Hand und las diesen Namen, diesen Leitfaden mir laut vor:

»Auf nackten Füßen zum Erfolg.«

Eifrig wiederholte ich den Satz:

»Auf nackten Füßen zum Erfolg.«

Und dann sagte ich laut zu mir:

»Lola Álvarez Sánchez, du bist jetzt: Auf nackten Füßen zum Erfolg!«

Ich gefiel mir, als ich das sagte, und war irgendwie auch ein wenig stolz auf mich. Mir wurde klar, ich werde von nun an im Leben mehr Glück und Erfolg haben, wenn ich es auf nackten Füßen führe. Ich beschloss sogleich, meine beste Freundin Marijana davon zu unterrichten. Doch dazu musste ich mich erst einmal anziehen, denn ich trug noch immer meinen Schlafanzug. Also ging ich zum Kleiderschrank, um mich umzuziehen. Auf dem Weg dahin fiel mein Blick auf den Rücken des Buches »*Don Quijote*« von Miguel de Cervantes Saavedra – natürlich die spanischsprachige Originalversion, die ich als Kind schon tausendmal gelesen hatte. Den Buchrücken des gelb gedeckelten Buches schmückte dasselbe Porträt des berühmtem spanischen Nationaldichters, was auch auf den Rückseiten der spanischen goldenen 10-Eurocent-, 20-Eurocent- und 50-Eurocent-Münzen zu finden war. Darunter stand in roten Lettern der Titel des Buches: »*Don Quijote*«. Da ich geistig so auf einem Erfolgstrip war, dachte ich mir, ich möchte so sein wie Don Quijote und Abenteuer bestehen. Entsprechend wollte ich mich auch kleiden. Dafür brauchte ich ein paar Klamotten. Ich entschied mich für einen Dreiviertelrock, der aus drei Stufen bestand und mir zumindest bis etwa zu den Knien reichte, und ein Oberkleid. Der Rock war knallgelb wie die Sonnenblumen und die Sandstrände meiner Heimat Südspanien und das Oberkleid rot wie die untergehende Sonne an spanischen Abenden. In meinem Schrank befanden sich auch verschiedene Socken, Strümpfe und Schuhe, doch da mein Lebensmotto nun »Auf nackten Füßen zum Erfolg« lautete, blieb ich barfuß. Um allerdings so tapfer zu werden, wie mein Vorbild Ritter Don Quijote, nahm ich mir noch eine dunkelblaue Schürze, die ich mir über den Kopf stülpen konnte, aus dem Schrank und zog sie verkehrt herum an, sprich mit der eigentlichen Schürze nach hinten, sodass sie nun wie eine Art dunkelblauer Umhang wirkte, der, wenn er sich wellte, mich an das blaue Meer meiner Heimat erinnerte. Dann verschloss ich meinen Kleiderschrank, ging rüber zu meinem Bastelschrank und nahm mir etwas bunte Pappe, die weiße Punkte auf blauem Hintergrund zeigte, Bindfaden und Klebstoff sowie meine Bastelschere und legte alles auf meinen Schreibtisch. Dann ging ich in den Flur unserer Wohnung und fand noch einen dicken, braunen Karton. Ich schnappte ihn mir und trug ihn ebenfalls zu meinem Schreibtisch. Aus der blauen Pappe mit den weißen Punkten schnitt ich mir ein großes Oval aus, was so breit wie mein Gesicht war. Ich schnitt zwei große Löcher hinein und machte mit dem Heftlocher zwei kleine Löcher an den Rand. Die großen Löcher waren für meine Augen und die kleinen Löcher außen für ein Stück Schnur. Das Stück Pappe sollte nämlich eine Maske werden. Ich schnitt zwei Dreiecke aus, damit die Maske auch gut auf meine Nase passte. Dann probierte ich sie an und fädelte auch gleich den Faden dadurch. Als die Maske perfekt saß, schnitt ich ein Stück Faden auf einer Seite ab, nahm die Maske wieder herunter, um den Faden dort zu verknoten. Anschließend konnte ich mir meine Maske wieder aufsetzen. Aus dem großen Karton schnitt ich mir ein großes Schwert aus, das ebenfalls gut in meiner Hand lag. Eine weitere Ecke des Kartons konnte ich rechteckförmig abschneiden. Ich schnitt von einem weiteren Stück des Kartons einen längeren Streifen ab und klebte ihn auf das Rechteck. Dadurch, dass der Streifen etwas länger war, konnte ich im Nachhinein meinen Arm durchstecken. Fertig war also mein Schild. Damit war ich nun fertig. Ich hatte Schwert, Maske, Schild und Umhang. Ich war eine fertige Ritterin, ich war ein fertiger Don Quijote. Doch als Mädchen konnte ich schlecht ein Don Quijote sein. Aber das war nur ein ganz kleines Problem. Ich setzte einfach den Namen Don Quijote in die weibliche Form und bezeichnete mich schließlich als »Doña Quijota«. Und da mein Lebensmotto von nun an »Auf nackten Füßen zum Erfolg« lautete, nannte ich mich »Doña Quijota auf nackten Füßen zum Erfolg«. Doch auch dieser Name erfüllte noch nicht ganz meine feurige spanische Seele, also brachte ich ihn schließlich ins Spanische und nannte mich endlich »Doña Quijota de Pies Descalzos al Éxito«. So und unter diesem Kampfnamen wird mich nun diese Welt kennen lernen!

Ich fühlte mich als frischgebackene Ritterin wie neugeboren und wollte sogleich aufbrechen. Entschlossen ging ich aus meinem Zimmer: Mit dem Schwert in der einen Hand und dem Schild in der anderen. Ich nahm meinen Schlüssel und legte ihn in eine der Rocktaschen. Als ich am Telefon vorbeikam, erinnerte ich mich daran, dass ich Marijana anrufen wollte. Da fiel mir ein, dass ich zwar eine Ritterin war, jedoch noch keinen Knappen oder Knappin hatte. Was ist bitte schön ein Ritter oder eine Ritterin ohne einen Knappen oder eine Knappin? Genau, gar nichts. Ich brauchte also unbedingt noch einen Knappen oder eine Knappin. Und wer könnte das anderes sein als meine beste Freundin Marijana? Genau, meine beste Freundin Marijana, genau sie sollte meine Knappin werden, entschied ich. Rasch ging ich zum Telefon, rief Marijana an und sagte ihr, dass ich in zehn Minuten bei ihr sei. Das schrieb ich auch meinen Eltern auf einen Zettel und legte ihn neben das Telefon. Dann ging ich los. Barfuß aus der Wohnung, barfuß die Treppen hinab und barfuß über die Wiesen vor den Hochhäusern rüber zu dem Hochhaus, in dem Marijana wohnte. Das Barfußlaufen machte mir nichts aus. Im Gegenteil: Es machte mir sogar viel Spaß und erinnerte mich an meine Kindheit in Marbella, wo ich oft im Sommer barfuß an den Strand gegangen war. Es war, fand ich, viel cooler als Schuhe zu tragen. Ich erreichte das Haus, wo Marijana wohnte, klingelte und ging die Treppen hinauf. Sie trug ihr dunkelblaues Lieblingskleid und wartete schon an der Tür, als ich heraufkam. Marijana wirkte fast erschrocken, als sie mich da kommen sah. Mit verdutzten Gesicht fragte sie mich:

»Lola, bist du das?«

Ich antwortete:

»Sí, Lola Álvarez Sánchez wollte man mich bei meiner Geburt nennen. Doch diese bin ich nicht mehr! Stattdessen steht dir nun Doña Quijota de Pies Descalzos al Éxito gegenüber!«

»Doña Quijota?«, fragte mich Marijana verwundert.

So verwundert, dass sie ihre schwarzgeränderte Brille abnahm und kurz putzte. Ihre Brille war schwarzgerändert und bestand aus zwei runden Gläser, die aber zur Nase hin wie ein Dreieck spitz zuliefen. Als sie sich dann die Brille wieder aufsetzte und mich ansah, verlor sie doch nichts an ihrem verwunderten Blick.

»Sí, Doña Quijota«, sagte ich, legte mein Schwert beiseite und schob meine Maske nach oben, während ich sprach, »aber du kannst mich auch gerne weiterhin Lola Álvarez Sánchez nennen, wenn dir das lieber ist.«

»Und ob mir das lieber wäre, denn sie ist meine beste Freundin. Aber mit *Doña Quijota* komme ich zur Not auch zurecht. Komm herein! Ziehe dir aber vorher die Schuhe …«

Ich verstand den Satz, den Marijana zu mir sagen wollte. Umso verdutzter wirkte sie, als sie das sagte und gleichzeitig auf meine nackten Füße blickte.

»Da staunst du, was?! Selbstverständlich wäre ich nicht Doña Quijota de Pies Descalzos al Éxito, wenn ich mit Schuhen zu dir käme. Aber ich trete mir gerne meine Füße für dich ab.«

Ich trat meine Füße an der Wohnungstür auf der Fußmatte ab und ging zusammen mit Marijana in ihr Zimmer. Sie ging im Gegensatz zu mir auf Strümpfen. In ihrem Zimmer setzte ich mich erst einmal auf einen Stuhl. Meine Freundin fragte mich, ob ich was trinken wollte, und bot mir Zitronenlimonade an. Ich bejahte das und Marijana holte uns zwei Gläser und die Limo. Auch sie setzte sich hin und zwar auf ihr Bett und fragte mich dann, wie es zu meiner Sinneswandlung gekommen sei. Ich erklärte ihr die Kurzfassung:

»Also, als wir gestern Abend auf dem Weg vom Konzert nach Hause waren, habe ich in den Westfalenhallen eine Tafel mit einer Botschaft gefunden, die ein Rezept für eines jeden Erfolges darstellen soll. Ich wollte die Tafel komplett lesen, doch sowohl du vor mir als auch der Wachmann hinter mir zwangen mich zur Flucht. Ich konnte mir ein paar Worte einprägen und niederschreiben. Und dabei kam dann der Satz ›Auf nackten

Füßen zum Erfolg‹ heraus, der fortan mein neuer Name und mein neues Lebensmotto wurde. Ja, und als ich das heute Morgen in die Tat umsetzen wollte, sah ich das Buch *Don Quijote* in meinem Schrank und zack wurde aus Lola Álvarez Sánchez nun die, die dir jetzt gegenübersteht: Die große Doña Quijota de Pies Descalzos al Éxito: Die größte Ritterin, die die Welt je gesehen hat.«

»So so«, meinte Marijana skeptisch, »also Doña Quijota kann ich da vielleicht noch nachvollziehen, aber deinen Beinamen de Pies Des…, äh wie war der?«

»Doña Quijota de Pies Descalzos al Éxito. Das ist Spanisch für Doña Quijota auf nackten Füßen zum Erfolg: Eben ganz mein Lebensmotto.«

»Na gut, jetzt verstehe ich das. Aber ich müsste Spanierin sein, um mir den Namen merken zu können. Wie wäre es, wenn wir den abkürzen? Hatte dieser Don Quijote nicht auch einen Beinamen?«

»Wenn du es genau wissen willst: Mit vollem Namen nannte er sich Don Quijote de la Mancha. La Mancha ist eine Gegend in Spanien. Aber nicht die, aus der ich komme, denn meine Heimat liegt in Andalusien.«

»Dann machen wir es bei dir ähnlich kurz und knackig und in Anlehnung an dein Namensvorbild, geben wir dir den Namen Doña Quijota de Pies Des. Nur so viel konnte ich mir von deinem Namen merken. Und da sich ›Pies Des‹ so blöd sprechen lässt, würde ich das S in der Mitte einfach weglassen und ›Piedes‹ draus machen«, wobei sie Piedes wie »pi-ä-des« aussprach.

Ich dachte einen Moment nach und sagte dann:

»Doña Quijota de Piedes als Kurzform von Doña Quijota de Pies Descalzos al Éxito. Ich finde dieser kurze

Name gefällt mir. Und da der gute alte Don Quijote auch einen Escudero, einen Knappen, einen Gefährten namens Sancho Pansa hatte, sollst du von nun an *Sancha María* heißen und als meine Escudera, das heißt Knappin, mich auf meinen großen Abenteuern begleiten.«

»Wenn du es so wünschst, gerne.«

Ich trank einen Schluck der köstlich prickelnden Zitronenlimonade. Sie schmeckte vorzüglich und, während ich dieses süßlich saure Prickeln genoss, fragte mich meine Freundin sogleich:

»Und Doña Quijota, wonach gelüstet es Euch denn abenteuermäßig?«

»Wonach es mich gelüstet, Sancha? Nun ja, da wäre noch die Höhle des Salcrabbio-Konzertes mit der Tafel des Wissens, die mich neu entstehen ließ. Leider konnte ich ihr Geheimnis nicht ganz lüften. Lasst uns zu diesem Ort reiten und diesen großen Schatz holen!«

»Reiten?«

»Ja, reiten. Auf geht's zu Rosinante.«

»Rosinante?«

Marijana/Sancha María schien Rosinante noch nicht zu kennen, aber ich wollte ihr mein Ross gerne vorstellen, denn Rosinante war ja schließlich das Pferd des großen Don Quijote aus seiner Geschichte und so auch das Pferd der großen Doña Quijota. Ich bat Sancha María, mir zu folgen. Sie zog sich schwarze Mokassins über ihre weißen Strümpfe und folgte mir herüber in mein Hochhaus, wo im Stall ganz unten mein getreues und edles Streitross Rosinante untergebracht war. Ich setze mich drauf und eine kleine Berührung brachte es auch zu einem klingelnden Wiehern.

»Darf ich vorstellen: Das ist Rosinante, mein treues Streitross.«

»Das soll ein Streitross sein? Für mich sieht es eher wie ein Fahrrad aus.«

Ich hörte diese Worte nicht, sondern zog mit voller Kraft am Zaumzeug.

»Also wie gesagt, mein treues Streitross, und auf diesem Streitross werden wir zwei zu der Höhle Salcrabbios reiten und die Heilige Schrift aus den Klauen des Bösen befreien.«

»Ob wir zwei zusammen auf diesem Fahrrad fahren, weiß ich nicht, denn das ist kein Tandem. Aber ich kann gerne auf dem Sattel vorne Platz nehmen und dich fahren oder ich hole mir ein eigenes Fahrrad, wobei habe ich denn ein eigenes? Lass mich überlegen! Nein, ich meine nicht, aber ich habe noch meinen Tretroller. Er steht in meinem Zimmer.«

»Los geht's, Sancha!«, rief ich. »Auf ins Abenteuer!«

»Na, gut, aber brauchst du nicht einen Helm? Immerhin hat die gute Ritterin nur Haare auf dem Kopf.«

Ich fasste mir daraufhin auf den Kopf und bemerkte, dass ich tatsächlich keine Kopfbedeckung auf meinen pechschwarzen Haaren trug, die wie üblich in einem von einem bunten Gummiband gehaltenen, kugelförmigen, hochgesteckten Zopf endeten. Ich trug meine schwarzen Haare am liebsten so zum kegel- bis kugelförmig Zopf gebunden, der aber weniger geflochten als bloß hochgesteckt war. Ich sagte daher zu Sancha María, deren Haare ebenso pechschwarz und ebenso schulterlang wie meine waren:

»Jetzt, wo du es erwähnst, muss ich dir Recht geben.«

Ich sah mich kurz um und wurde schnell fündig. Es dauerte höchstens fünf Minuten, da hatte ich, Doña Quijota de Pies Descalzos al Éxito, nicht nur meinen Ritterhelm, sondern auch meine ritterliche Lanze in meinem Besitz. Beides hatte ich mir so mir nichts, dir nichts eben zusammengebastelt. Der Helm lag da schon ungenützt herum, jedoch war er oben recht flach und ihm fehlte der Helmschmuck, der Putz, doch diesen fand ich kurioserweise in Form eines roten Kamms an die Lanze gebunden. Ich brach den Kamm von der Lanze ab und legte ihn auf die flache Oberseite meines Helms. Da er nicht ganz hielt, legte ich den Helm auf einen Holzscheitel und nahm einen Nagel und einen Hammer und hämmerte so mit dem Nagel einen kleinen Kreis aus Löchern in die Helmoberseite. So bekam ich ein Loch, das gerade so groß war, dass ich den Helmkamm hineinstecken konnte. Fertig war mein Helm. Ich setzte ihn mir auf den Kopf und da er praktischerweise schon den Helmgurt für den Hals hatte, hielt er optimal auf meinem Kopf. Ich fand außerdem noch einen Gürtel, den ich mir um den Rock schnallen konnte. Das war auch nötig, da ich schlecht die Lanze, mein Schwert und meinen Schild gleichzeitig in den Händen halten konnte. Dank des Gürtels konnte ich aber mein ritterliches Schwert gut an meiner rechten Seite befestigen und hatte so die rechte Hand für meine Lanze frei. Ich stieg auf mein Schlachtross, hielt dabei Schild und Zügel in der linken Hand und rief entschlossen:

»So, meine getreue Sancha María, auf geht's in den Kampf mit dem Ziel, die Heilige Schrift zu retten!«

Ich führte mein Schlachtross den Aufgang zur Straße hinauf und stieg auf, gab ihm die Sporen und ritt los. Meine getreue Escudera Sancha María folgte mir auf ihrem Ross ins Abenteuer. Während sie allerdings das Ihre empor führte, sprach sie:

»Ich bin ganz schön erstaunt von Lolas Veränderung. Ich sage ihr, dass ihr als Ritter noch der Helm fehlt, und was macht sie?! Während ich in mein Zimmer gehe, um meinen Roller zu holen, guckt sie sich im Keller um und findet einen alten Blecheimer und einen Besen und bastelt sich aus dem Blecheimer und dem Besenkopf ihren Ritterhelm und verwendet den Besenstiel anschließend als Lanze. Also eins sage ich: Das wird ein aufregender Tag werden!«

Ich ritt los und meine Escudera Sancha María folgte mir ins Abenteuer. Wir ritten gefühlt Stunden durch viele große Wälder, die grün und voller sprudelnder Quellen waren. Der Ritt machte Spaß und uns schmeckte die wunderbare frische Luft:

»Doña Quijota«, fragte mich meine Escudera Sancha María, »weißt du auch in welcher Richtung dieser Ort der Heiligen Schrift liegt?«

»Meine liebe Sancha«, sagte ich, »das ist doch ganz einfach. Hier hängen überall Hinweise darauf. Der Schatz befindet sich bei Salcrabbio und diese befinden sich laut ihrer vielen Hinweistafeln in den Westfalenhallen. Und mein Gefühl sagt mir genau, dass wir in dieser Richtung reiten müssen, um diese Westfalenhallen, bei denen es sich wohl um eine Festung handelt, zu erreichen.«

»Meine liebe Doña Quijota, da wir mitten durch

den Westfalenpark fahren, ist das schon der richtige Weg dahin. Wir müssen allerdings bald rechts abbiegen und zwar an dem Pfeil, wo ›BVB 09‹ draufsteht. Diese Abkürzung ist schwarz auf gelb geschrieben und daher auffällig.«

Wir fanden den Hinweis und bogen entsprechend ab. Wir ritten noch etwas weiter entlang eines Pfades, den das Volk wohl *Remydamm* nannte, bis wir schließlich die Festung Westfalenhallen mit dem ersehnten Schatz erreichten. Doch leider war die Festung, wie es auch nicht anders zu erwarten war, von feindlichen Soldaten bewacht.

Sancha María und ich versteckten uns zusammen mit meiner Rosinante und Sancha Marías Streitross in einem Gebüsch nahe der Festung Westfalenhalle und behielten einen guten Blick auf die feindlichen Soldaten, die den Eingang bewachten.

»So ein Mist«, sagte ich, »wie sollen wir da hereinkommen? Ich würde sagen: Doña Quijota de Pies Descalzos als Éxito stürmt auf sie zu und macht ihnen den Garaus.«

Ich nahm meine Lanze und wollte damit schon auf die feindlichen Wachen zielen. Doch Sancha María hielt mich ab:

»Warte, Doña Quijota, es ist besser, wir schleichen uns an.«

»Ach, disparates (Blödsinn), meine Liebe, wir greifen natürlich an!«

Gesagt, getan, stürmte ich mit ausgestreckter Lanze auf die dort stehenden Feinde zu. Sie waren sehr überrascht, aber natürlich auch erschrocken vor der furchtlosen Doña Quijota, die sie nun kennen lernen würden.

»So ihr Fettsäcke, es geht zu Ende mit euch! Doña Quijota macht euch den Garaus!«
Und diese griff an und rannte ihnen mit der Lanze voraus in den Magen. Ich traf ihn dort und kurioserweise fiel er leicht um und schrie, anstatt sich gegen meinen Angriff zu wehren. Ich hatte ihn wohl sehr überrascht. Er fiel zur Seite und lag auf dem Rücken wie ein Käfer und ich rief:

»Prima! Jetzt muss ich nur noch das Tor aufbrechen.«
Ich rannte rüber zu dem Tor und versuchte es aufzureißen, doch dann merkte ich, es war fest verschlossen.

»Verflixt!«, rief ich. »Wie breche ich die jetzt auf? Sancha, komm hilf mir mal! Sancha?«
Ich sah mich nach meiner Escudera um, doch ich konnte Sancha María nirgends entdecken. Stattdessen sah ich weitere der feindlichen Soldaten kommen. Sie trugen alle schwarze Anzüge und schwarze Dinger auf den Augen, was bedrohlich aussah. Einer von denen zeigte auf mich und rief:

»Packt sie!«
Ich überlegte mir, was zu tun war. Ich konnte unmöglich gegen alle gleichzeitig kämpfen, dazu war ich mit meinem Schwert und meiner Lanze nicht fähig genug. Also entschloss ich, mich aus dem Staube zu machen. Ich beschloss zu rennen. Ich rannte vom Tor weg, zurück zu der Stelle, wo ich angekommen war. Ich dachte mir, dass mein Ziel darin bestand, die Burg einzunehmen. Also müsste ich die Wachen ablenken, sie in einen Hinterhalt locken und ihnen anschließend die Schlüssel für die Burg

abnehmen. Also rannte ich ihnen voraus um die Festung herum. Nach wenigen Schritten entdeckte ich Sancha María, die gerade ein Gitter vom Boden wegbrach.

»Sancha María, hier steckst du also! Ich wusste gar nicht, dass du so stark bist und Gitter herausreißen kannst.«

»Scherze nicht, Lola Doña Quijota! Folge mir lieber schnell hierein!«

Ich folgte Sancha María durch das Loch im Boden, was durch das Wegbrechen des Gitters entstanden war. Es führte uns, so erschien es mir, in einen Geheimgang, der aber so niedrig war, dass wir kriechen mussten und ich meine Lanze voraus nach vorne strecken musste.

»Keine Sorge, die Dinger sind so eng, da passen die Feinde nicht durch. Ich hoffe nur, wir kommen dort raus, wo wir zuvor auch herausgekommen waren«, sagte Sancha María.

Wir erreichten nach kurzer Zeit wieder ein Gitter im Boden. Sancha María brach das durch und wir konnten nach unten in einen Raum darunter schlüpfen. Dieser Raum war klein und schien eine sehr komische Rüstkammer zu sein, denn überall standen Lanzen herum, an deren Köpfen aber keine Metallspitzen, sondern Helmköpfe waren.

»Eine sehr komische Waffenkammer ist das, Sancha María.«

»Das ist eine Besenkammer und nicht irgendeine Besenkammer, sondern die Besenkammer, über die wir schon mal hereinkamen, und zum Glück habe ich noch den Schlüssel, der hier durch jedes Schloss passt.«

Sancha María griff in ihre Rocktasche und holte einen Draht hervor. Diesen steckte sie in das Schloss der Tür und konnte es so öffnen. Hinter der Tür befand sich ein Gang, in den wir links einbogen:

»Wenn wir hier geradeaus gehen, erreichen wir die Bühne«, erklärte Sancha María. »Als wir von dieser flüchteten, rannten wir einen Korridor direkt geradeaus durch und kamen dabei an dem Raum vorbei, wo du die Heilige Schrift fandst. Daher werden wir sie jetzt auch finden, wenn wir uns an diesen Weg hier halten.«
Kurz darauf erreichten wir mehrere Kammern zu unserer Linken. Doch nirgendwo war der Raum mit der Heiligen Schrift dabei. Dann erreichten wir ein großes Tor, wo »Backstage« draufstand.

»Ist das nicht der Raum, der in den großen Saal der Festung führt?«, fragte ich.

»Ja, Doña Quijota, dahinter war die Bühne, auf der wir standen und dem Konzert zuhörten.«

»Und dann rannten wir, meine ich nach rechts, als wir geflohen waren.«

»Ja klar rannten wir nach rechts«, sagte Sancha María. »Schließlich musste ich dich an deiner rechten Seite hinter mir herziehen. Wir brauchen einen Seiteneingang nach rechts.«
Kaum hatte meine Escudera das gesagt, hörten wir laute Schritte.

»Die Feinde kommen. Schnell, lass uns die Heilige Schrift holen! Ich werde sie in Sicherheit bringen, auch wenn ich gegen die Feinde vorher kämpfen muss.«
So sprach ich und führte meine Escudera Sancha María nach rechts vom Tor weg. Wir erreichten eine weitere Tür, wo »Backstage« draufstand, und die genau einem Korridor gegenüberstand. Wir bogen nach rechts in die-

sen Korridor ab und folgten ihm. Ich rannte voran und blickte in jeden Raum, der zu unserer Rechten oder unserer Linken lag. Ich musste schnell und zügig im Zickzack hin und her flitzen, da wir von feindlichen Rittern verfolgt wurden. Als wir schon weit am Ende des Korridors waren und zu unserer Rechten einen hinteren Raum entdeckten, blickte ich hinein und ich konnte etwas erkennen, was mir sehr bekannt vorkam. In diesem Raum stand ein großer Tafel-Schreibblock aufgestellt, mit wichtigen Sätzen. Ich blieb vor diesem Block stehen und las aufmerksam, was da geschrieben stand. Die Überschrift stach direkt in meine Augen. Sie lautete: »Weg zum Erfolg«. Ich überflog den Text und fand schnell unten die rotumrandete Randnotiz, die mit einem Pfeil auf Absatz 3 zeigte, wo in Rot geschrieben stand: »Das Wichtigste: Auf eigenen Füßen stehen!« Sofort wusste ich, was Sancha María und ich vor uns hatten.

»Sancha, das ist sie: Das ist die Heilige Schrift!« Sancha María und ich sahen durch das Fenster in der Tür in den Raum. Dann blickte sie kurz nach rechts und sah schon die Feinde kommen. Schnell drehte sie sich nach mir um und rief mir zu:

»Doña Quijota, die Feinde greifen an! Wir müssen schnell darein. Ich nehme schnell meinen Schlüssel.« Sancha María nahm ihren verbogenen Draht und drückte ihn in das Schloss der Türe. Sie drehte ihn um und schon konnten wir die Tür öffnen. Schnell stürmten wir in den Raum hinein. Ich wollte direkt auf die Heilige Schrift zurennen, doch dann begriff ich:

»Moment mal, was ist, wenn es hier Fallen gibt?« Plötzlich war der Raum erleuchtet. Ich drehte mich nach

Sancha María um, die gerade mit den Händen einen kleinen Kasten an der Wand berührte und sagte:

»Ich war so frei und habe für Euch den Lichtschalter umgelegt, damit Ihr ordentlich Licht habt und feststellt, dass es hier doch keine Fallen gibt.«
Das mit dem Licht war eine gute Idee. Ich sah weiter in den Raum und stellte fest, dass es zwischen mir und der Heiligen Schrift keine Fallen gab. Schnell rannte ich auf die Heilige Schrift zu und riss sie aus ihrer Verankerung. Das ging sehr leicht, ich konnte sie einfach abreißen. Ich sah sie mir mit Vergnügen an und war überglücklich, sie in den Händen zu halten. Doch dann vernahm ich mit meinem feinen Gehör donnernde Geräusche. Es waren die Geräusche der nähernden Feinde. Schnell rollte ich das Blatt mit der Heiligen Schrift zusammen und schnallte sie fest in die Innenseite meines Schildes. Ich drückte mit dem Arm dagegen und hielt sie so fest. Dann drehte ich mich nach meiner Escudera um und rannte auf sie zu und dann an ihr vorbei auf die Feinde zu, die ich wiederum mit ausgestreckter Lanze angriff. Ich traf ihren Vordersten und schleuderte ihn gewaltig nach hinten, sodass er sein Gefolge mit umhaute. Ich freute mich sehr:

»Siehst du, Sancha María: Doña Quijota macht jedem ihrer Feinde den Garaus! Komm lass uns verschwinden!«

»Was Anderes hätte ich jetzt auch nicht vorgeschlagen«, sagte Sancha María.
Sancha María und ich rannten zum Ausgang am Ende des Korridors. Wir öffneten die Tür und fanden uns auf der Außenseite der Burg wieder.

»Unsere Rösser sind mir gefolgt. Schnell nach

rechts ins Gebüsch.«

Sancha María und ich gingen rasch nach rechts auf ein Gebüsch zu. In diesem Gebüsch entdeckte ich Rosinante und Sancha Marías Streitross.

Wir stiegen auf und in dem Moment, als ich Rosinante die Sporen geben wollte, bemerkte ich hinter uns einen schnell rennenden Ritter von Burg Westfalenhallen. Doch statt anzugreifen, befahl ich Sancha María zu fliehen. Immerhin hatten wir erreicht, was wir wollten, nämlich die Heilige Schrift aus der Festung Westfalenhallen zu holen. Schnell ergriffen wir die Flucht. Doch der feindliche Ritter rannte uns hinterher und daher schlug ich einen Weg ein, der schnell zu einer Treppe führte. Ich ritt zur Treppe und ritt diese auch schnell mit Rosinante herunter. Doch das wurde sehr holprig. Der Weg führte runter in eine Höhle, die aus zwei Gängen bestand und in der Mitte eine große Platte hatte. Auf der Platte blieb ich stehen und stieg von Rosinante ab. Dann ging ich zum Rand der Platte und sprang von diesem ab. Unter meinen Füßen spürte ich spitze Steine, aber auch flache Platten, auf denen ich besser springen konnte. Diese flachen Platten waren durch zwei lange Stangen verbunden, zwischen denen ich genau stand. Ich blickte nach vorne und sah zwei große leuchtende Augen auf mich zurasen.

»Oh, ein böser Drache!«, rief ich. »Ein sehr böser Drache! Aber du kennst noch nicht Doña Quijota de Pies Descalzos al Éxito, die dir den Garaus macht!«
Entschlossen rannte ich auf den Drachen zu. Ich wollte ihn zielstrebig angreifen. Doch plötzlich hörte ich eine Stimme, die rief:

»Lola, nicht!«

Und dann war es so, als würde ich plötzlich vom Boden abheben und in der Luft schweben und zugleich von einer schnellen Bewegung nach rechts gezogen. Ich drehte mich nach rechts um und sah meine Escudera Sancha María, die mich stark an sich zog und anschließend umschlang. Sie zog mich mit sich zu meiner Rosinante und ihrem Ross, das ebenfalls in der Mitte der Platte stand. Dann hörten wir hinter uns ein lautes Quietschen.

»Schnell, nimm dein Ross und folge mir!«, rief Sancha María.

Ich griff mein Ross Rosinante und folgte Sancha María, wofür ich mich umdrehen musste. Sie ging mit mir auf eine lange Brücke mit vielen Türen und Fenstern zu, die plötzlich neben der Platte genau dort stand, wohin ich zuvor gesprungen war. Die Türen öffneten sich und Sancha María rannte hinein. Ich folgte ihr. Dann verschlossen sich die Türen hinter uns und ich konnte noch ein lautes »Halt, bleibt stehen!« verstehen. Es war ein feindlicher Soldat, der auch auf die Brücke zu rannte. Doch noch bevor er sie erreichen konnte, bewegte sie sich plötzlich nach rechts und so von ihm weg. Mich wunderte es sehr, dass sich auf einmal der Boden unter mir bewegte, doch kaum hatte ich mich daran gewöhnt, drehte ich mich einmal um und konnte durch die Fenster die Festung Westfalenhallen erblicken und von einem Damm aus einen Park: einen Park, durch den wir zuvor geritten waren. Sancha María war noch ein wenig aus der Puste, doch dann sagte sie:

»Hast du die Heilige Schrift?«

Ich sah in meinen Schild und fand sie. Ich rollte sie auseinander, um sie zu bewundern und auch Sancha María zu zeigen.

»Sí, wenn wir gleich in der heimatlichen Burg sind, können wir sie uns genauer ansehen.«

»Das ist gut, Doña Quijota«, sagte sie. »Aber, wenn du da ankommen willst, bleibst du gefälligst nachher auf den festen Plätzen und rennst nicht in die Höhlen. Bei den Höhlen handelt es sich nämlich um Tunnel, durch die solche Großkutschen sich hin- und her bewegen und nicht so schnell bremsen können.«

»Ist gut, Sancha María, ist gut.«

Ich steckte die Heilige Schrift wieder ein. Die Kutsche brachte uns von einem Höhlengang in den nächsten. Als eine Stimme den Namen »Kampstraße« verklingen ließ, sprach Sancha María zu mir, ich solle Rosinante, die Heilige Schrift und meinen sonstigen Kram nehmen und ihr folgen. Als der Boden unter uns hielt, gingen wir zur Tür und verließen die rollende Kutsche. Sancha María, die fest ihren linken Arm um meinen linken Arm schlang, führte mich durch das dort auftauchende Gebäude zu einer anderen Ebene, wo bereits ebenfalls eine solche Kutsche neben einem Platz stand.

»U44 Westfalenhütte«, las Sancha María vor. »Da müssen wir rein.«

Wir eilten auf diese Art Kutsche zu und Sancha María konnte noch deren Türen öffnen und uns hineinlassen. Wir betraten sie, dann schlossen die Türen und die Kutsche fuhr los. Wieder ging es von Höhle zu Höhle, bis wir schließlich komplett wieder über der Erde waren. Ich konnte Bäume erkennen und einen grünen Streifen, dem wir die ganze Zeit folgten. Nach einer Weile erreichten wir auch viele hoch gebaute Burgen, von denen mir viele bekannt vorkamen. Und plötzlich entdeckte ich auch meine heimatliche Burg unter ihnen. Eine Stimme sprach »Borsigplatz« und Sancha María bat mich erneut aufzustehen. Wir gingen zur Türe und verließen die Kutsche. Dann stiegen wir auf unsere Rösser und ritten damit auf unsere heimatliche Burg zu.

Sancha María und ich kehrten in der heimatlichen Burg ein. Wir brachten unsere Streitrösser in den Stall im untersten Geschoss der Burg und gingen die Treppe hinauf zu meinen Gemächern. Ich schloss auf und öffnete die Tür und Sancha María ihre Schuhe ausziehend gab mir den Rat, als ich die Räumlichkeiten betrat:

»Meine, liebe Lola, äh Verzeihung, große Doña Quijota, würde es dir etwas ausmachen, kurz deine Füße zu waschen? Sonst trägst du noch Dreck herein.«
Ich blickte nach unten auf meine nackten Füße, drehte einen um und stellte fest, dass dieser von unten doch sehr schwarz war. Ich legte meine Rüstung ab, d. h. ich drückte meiner Escudera Sancha María den Helm, die Lanze und den Schild in die Hand, trug ihr auf, das in meine Gemächer zu tragen, während ich ins Badezimmer ging. Dort setzte ich mich auf den Rand der Badewanne. Meine Maske ritt noch immer auf meiner Nase und mein Umhang hing noch immer meinen Rücken hinab und zeigte in Richtung Fliesenboden. Ich griff nach dem Wasserhahn und der Seife. Ich ließ ein wenig warmes Wasser ein und tauchte anschließend beide Füße in das warme Wasser. Ich nahm die Seife, tauchte sie vorsichtig ins Wasser und konnte damit beide Füße ordentlich ein-

seifen. Ich schrubbte ein wenig und bekam so den ganzen Dreck von beiden Füßen ab. Mein Schwert baumelte an meiner Seite und tauchte zwischenzeitlich mit der Spitze in mein Waschwasser. Da passierte es dann, dass es erst feucht wurde und danach begann, sich teilweise aufzulösen. Schnell zog ich es aus dem Wasser und legte es beiseite. Als ich nach dem Fußbade feststellte, dass beide Füße wieder sauber waren, ließ ich das Wasser in der Badewanne ab und griff ein Handtuch, um mir meine Füße damit wieder abzutrocknen. Anschließend nahm ich mein Schwert und ging in meine Gemächer oder sollte ich sagen, in mein Zimmer, wo bereits Sancha María oder, besser gesagt, Marijana auf mich wartete. Sie saß in ihren Kleidern und ihren Strümpfen, aber ohne Schuhe, bequem auf einem Stuhl und hatte meinen Helm, meine Lanze und meinen Schild bereits auf einen anderen Stuhl gelegt. Ich öffnete meinen Umhang, meinen Gürtel mit dem Schwert und zog meine Maske vom Kopf und legte alles dazu. Barfuß war ich bereits. Als ich das nach vollständigem Ablegen meiner Rüstung realisierte, lachte ich laut und Marijana musste schnell mit lachen. Lachend sagte ich:

»Ich bin Lola Álvarez Sánchez mit nackten Füßen, mit nackten Füßen zum Erfolg.«

Dann lachte ich kurz und erzählte weiter:

»Und mit nackten Füßen bin ich heute wirklich zum Erfolg gelangt, denn ich habe den wertvollen Zettel an mich gebracht, der eine wichtige geheime Botschaft mit sich führt.«

Ich griff nach meinem Schild und nahm das gerollte Blatt heraus. Das große Blatt, wo in roter Schrift die Worte:

»Auf eigenen Füßen« standen. Ich rollte es auseinander und zeigte es Marijana und erklärte ihr laut:

»Marijana, ¡ver, mi amiga! (Siehe, meine Freundin!) Die Heilige Schrift, die mich zu meiner neuen Identität brachte: Auf nackten Füßen zum Erfolg.«

Wobei ich, während ich »Auf nackten Füßen zum Erfolg« aussprach mit dem Finger über das Blatt wanderte. Ich zeigte, als ich »auf« und »Füßen« sagte, auf die in roter Schrift geschriebene Zeile »Das Wichtigste: Auf eigenen Füßen stehen!« sowie, als ich »nackten« sagte, auf das Wort »nackter« in der Zeile »Nachhaltig dank nackter Ware: Ihr Unverpackt-Laden« sowie auf die Worte »zum Erfolg« in der Überschrift »Weg zum Erfolg«, als ich die beiden letzten Worte meines Kampfnamens »zum Erfolg« aussprach. Marijana guckte mich ein wenig skeptisch, aber erfreut an:

»Wow, Lola, da hast du einen wirklichen Schatz gefunden! Insbesondere kann das Ding vielleicht deinen Eltern und auch meinen Eltern dabei helfen, mit einer pfiffigen Geschäftsidee, sich aus der Armut zu befreien.«

»Prima, dann können wir alle ein besseres Leben führen«, sagte ich.

»Genau, Lola, und das ist wunderbar.«

Wir zwei lachten.

»Und vielleicht führen auch dich deine Füße auf einen Weg zum Erfolg, denn ich denke, Doña Quijota de Piedes und ihre Freundin Sancha María erlebten heute ein so tolles Abenteuer, dass sie sich sicherlich in weitere Abenteuer stürzen können und darüber ein Buch schreiben sollten.«

Marijana klang sehr begeistert, als sie das sagte. Doch

mich überfiel eine Art Schwermütigkeit.

»Ach weißt du, Marijana«, sagte ich, »mit weiteren Abenteuern wird es wohl nichts.«

»Warum nicht?«, fragte mich meine Freundin.

Da nahm ich mein Schwert und zeigte ihr die abgebröckelte Schwertspitze.

»Siehst du, mein Schwert ist hin.«

»Oh du Arme, wie ist das denn passiert?«

»Es tauchte mir versehentlich ins Wasser in der Wanne.«

»Ah ich verstehe, Lola, weil dein Schwert aus Pappe ist, war es nicht wasserdicht. Keine Sorge, ich besorge dir ein neues Schwert und diesmal eins aus einem besseren Material.«

»Ehrlich?«

»Ehrlich, Lola.«

Ich rannte auf Marijana zu und griff sie fest in meine Arme.

»Marijana, du bist eine echte Freundin.«

»Danke, Lola, doch bevor du dein Schwert bekommst, musst du mir drei Dinge versprechen.«

»¡Oigo! Ich höre!«

»Also zuerst möchte ich, dass du unseren Vätern das Blatt ›Weg zum Erfolg‹ zeigst. Das wird ihnen einen guten Rat geben, wie sie bestimmt eine bessere Zukunft hier planen können, mit der es unseren Familien bessergeht. Wichtig ist ja, wie ich es da gelesen haben, dass man auf seinem Weg zum Erfolg auf eigenen Füßen steht.

Zweitens möchte ich, dass du unser heutiges Abenteuer und alle folgenden Abenteuer aufschreibst. Wie gesagt, bestimmt führen uns unser heutiges Abenteuer und alle, die folgen werden, auf den großen Weg zum Erfolg, sodass wir beide damit auch auf eigenen Füßen stehen könnten.

Und drittens möchte ich dich herzlichst drum bitten, dass du in Zukunft keine U-Bahnen mehr, die aus Tunneln fahren, für Drachen hältst, die aus ihrer Höhle kriechen. Ich musste dich vorhin, als du auf die Gleise gerannt bist, noch mal schnell von diesen wegziehen, um zu verhindern, dass du überfahren wirst. Das will ich nicht noch einmal müssen! Hast du mich verstanden?«

»Natürlich, Marijana.«

»Gut, dann hätte ich noch einen vierten Wunsch an dich.«

»Und der wäre?«, fragte ich.

»Hast du auch Limonade?«, antwortete Marijana mit einer Gegenfrage.

Natürlich hatte ich welche und ging sie aus dem Kühlschrank holen. Ich brachte Marijana und mir zwei Limoflaschen mit Strohhalm mit und wir beide stießen an. Anschließend stellten wir die leergetrunkenen Flaschen auf den Schreibtisch und nahmen beide ein wenig Papier, d. h. ich nahm ein leeres Schulheft und Marijana nahm ein leeres Blatt von meinem DIN-A3-Malblock für den Kunstunterricht. Während Marijana das große Blatt, was wir uns heute aus den Westfalenhallen besorgt hatten, abschrieb, schrieb ich in das leere Heft, was Marijana und ich an diesem Tag erlebt hatten. Es waren dieselben Worte, die Sie bereits bis hierhin gelesen haben. Schließlich nahm Marijana ihr Blatt mit der Kopie der Heiligen Schrift und wir gingen zu meiner Zimmertür.

Ich führte Marijana zur Haustür. Sie nahm ihre Schuhe und streifte sie über die Strümpfe und wir verabschiedeten uns. Nachdem wir beide mit unseren Familien zu Abend gegessen hatten, gingen wir beide auch zu Bett, denn es war ein Sonntagabend, auf den ein Montag folgen würde. Und an diesem Montag hatten wir wieder Schule. Ich räumte noch meine ganzen Rittersachen in den Schrank und tauschte meinen Dreiviertel-Rock und mein Oberkleid gegen meinen Schlafanzug ein und ging »auf nackten Füßen zum Erfolg« erst mal ins Bett, um zu einem erfolgreichen Schlaf zu gelangen. Diesen Schlaf hatte ich mir nach einem so aufregenden und abenteuerlichen Tag auch wirklich und redlich verdient.

4. Kapitel: Der Unverpackt-Laden

Der nächste Morgen brach an und es war, wie war es auch nicht anders zu erwarten, ein Lunés, ein Montag, denn auf jeden Domingo (Sonntag) folgt immer ein Montag. Und leider war es auch ein Montag, an dem Marijana und ich wieder in die Schule mussten. Doch es war ein besonderer Montag, nämlich der letzte Montag vor den Sommerferien. Noch viermal schlafen und es hieß: sechseinhalb Wochen keine Schule mehr. Ich freute mich riesig, denn ich wusste, wie ich die Sommerferien verbringen wollte: Als Doña Quijota de Pies Descalzos al Éxito oder kurz Doña Quijota de Piedes würde ich zusammen mit meiner Freundin Marijana alias meiner Escudera Sancha María zahlreiche Abenteuer bestehen. Doch zuvor hieß es noch die letzte Schulwoche erfolgreich hinter uns zu bringen. Es war zum Glück weniger zu tun als sonst: Meistens guckten unsere Lehrer mit uns Filme oder machten im Chemieunterricht noch das ein oder andere Experiment. Allerdings war das nicht mehr für die Endnote relevant, sondern bloß just for fun. Wie üblich traf ich mich jeden Morgen mit Marijana vor deren Haus zum gemeinsamen Schulweg. Natürlich ging ich nicht als Ritterin zur Schule, jedoch meinem Lebensmotto folgend »auf nackten Füßen zum Erfolg«. Meine Freundin Marijana wurde zwar selber etwas stutzig, als sie mir so am Montagmorgen begegnete und mich fragte:

»Guten Morgen, Lola. Ähm, du hast jetzt nicht wirklich vor, barfuß in die Schule zu gehen, oder?«

»Doch«, antwortete ich, »und es ist sehr angenehm und gemütlich.«

»Na gut, wie du meinst, aber morgen haben wir Chemie- und Sportunterricht und ich würde dir raten, zumindest im Chemieunterricht nicht barfuß zu sein, da es doch sehr schlimme Folgen hat, solltest du da barfuß in irgendwelche Chemikalien hereintreten. Schließlich trägt man nicht umsonst beim Experimentieren Handschuhe.«

»Stimmt, da hast du nicht Unrecht. Na gut, für den Chemieunterricht werde ich mir extra Schuhe und Strümpfe einpacken.«

»Na gut, ich werde das aber vorsichtshalber kontrollieren. Aber nun lass uns zur Straßenbahn gehen.«
Gesagt, getan, gingen wir zur Straßenbahn und fuhren zur Schule. Mir machte der Tag schon Spaß und die Gehwege waren angenehm warm und fühlten sich unter meinen nackten Füßen sehr gut an. Es war eine Wohltat durch den beginnenden Sommer barfuß zu gehen. Ich fiel so in der Schule auf, doch ich erklärte meinen Mitschülern, dass das gut sei. So verbrachte ich die ganze letzte Schulwoche vor den Ferien. Lediglich für den Chemie- und Biologieunterricht packte ich mir aufgrund der Verletzungs- bzw. Verätzungsgefahr zum Schutz meiner Füße geschlossene Schuhe und Strümpfe ein. Das kontrollierte Marijana auch jedes Mal, als sie an den Tagen, an denen wir mindestens eines dieser beiden Fächer hatten, bei mir vor der Haustür stand und mich abholte. Sie guckte in meinen Rucksack und, wenn die Schuhe und Strümpfe nicht drin waren, gingen wir noch mal in mein Zimmer, um sie nachträglich einzupacken. Ich trug die Schuhe allerdings nur im Gepäck bei mir, ging jedoch

barfuß. Gerüstet für den Schultag gingen Marijana und ich dann wie immer zur Straßenbahn und fuhren mit dieser zur Schule. So ging es Tag für Tag und schnell kam der Freitag, an dem es Zeugnisse gab. Diese teilte unser Klassenlehrer in der vierten Stunde an uns aus. Marijana und ich freuten uns, dass wir mit unseren Zeugnissen voller Zweien und Dreien in die neunte Klasse versetzt wurden. Unsere Noten waren in allen Fächern ähnlich, jedoch immer nur Zweien und Dreien, außer im Fach Latein, wo ich mit einer Eins sogar Klassenbeste war, aber das erklärte sich wahrscheinlich dadurch, dass ich den Vorteil besaß, spanische Muttersprachlerin zu sein, und damit schon von klein auf eine Sprache beherrschte, die sich aus dem Lateinischen entwickelt hatte. Deswegen war mir der Großteil vieler Vokabeln oft vertrauter als meinen Mitschülern. Marijana hatte es in Latein immerhin auf eine gute Drei gebracht. So fingen die Sommerferien gut an. Zur Feier des Tages gingen Marijana und ich nicht direkt von der Schule nach Hause, sondern suchten die Eisdiele nahe unserer Schule auf und setzten uns dort an einen Tisch draußen unter einem sonnigen Sonnenschirm, der jedoch die Sonnenstrahlen auch noch von außen auf uns scheinen ließ. Wir streiften uns unsere Rucksäcke ab und legten sie unter den Tisch und als ob unsere Rucksäcke Hocker wären, streckten wir unsere Beine aus und legten unsere Füße auf unseren Rucksäcken ab. Dabei kam es fast so weit, dass meine nackten Füße die Mokassins von Marijana berührten.

»¡Perdón!«, sagte ich, was Spanisch war und auf Deutsch so viel wie »Hoppla« bedeutete.
Marijana lachte und sagte:

»Nein, eher muss ich zu dir ›Pardon‹ sagen, aber wenn ich mir das so angucke, jetzt begleite ich dich schon seit sechs Tagen täglich und komme mir fast ein bisschen komisch vor, eine barfüßige beste Freundin zu haben, aber selbst meine Füße bei der Wärme in schwitzige Socken zu packen. Ich glaube, ich mache es so wie du und werde meine Füße auch mal lüften.«

Marijana zog ihre Füße zu sich, zog sich beide Mokassin-Schuhe und beide Strümpfe aus und legte anschließend ihre nun nackten Füße ausgestreckt auf ihren Rucksack und schob sie so nah an meine, dass wir uns mit unseren Füßen nun »High Five« unterm Tisch geben konnten. Nun konnten wir uns auch zufrieden die Eiskarten nehmen und einmal durchlesen, um herauszufinden, welches Eis wir uns nun gönnen würden. Wir wussten beide, dass so mal eben bestimmt sieben Euro pro Kopf weggingen, aber wir hatten gute Zeugnisse im Gepäck und auch noch eine gewinnbringende Motivation für unsere Eltern vorbereitet, sodass wir uns das an diesem einen Tag auch mal gönnen durften. Eis essen bei Sonnenschein auf einer sonnigen Terrasse liebte ich, weil mich das immer an meine Heimat Spanien erinnerte. Dort konnte ich das nämlich ziemlich häufig auf und an der Strandpromenade tun. Leider hatten wir in unseren Hochhauswohnungen keine Terrassen, sondern höchstens kleine Balkone, auf denen man sich noch nicht mal vernünftig sonnen konnte. Ich entschied mich für einen sehr fruchtigen Früchtebecher mit auch verschiedenen Eissorten wie Fresa (Erdbeere), Platano (Banane), Melicotón (Melone) oder auch Naranja (Orange) und vielen leckeren Früchten wie Ananas oder Kiwis garniert. Marijana wollte hingegen ein großes Spaghetti-Eis. Dazu wollten wir beide ein Glas kühler Zitronenlimonade. Als der Camarero (Kellner) kam, bestellten wir es und schon nach einer kurzen Weile brachte er uns das bestellte Eis und die bestellte Limonade. Marijana und ich wünschten uns einen guten Appetit und prosteten uns zu und dann genossen wir so richtig das leckere Eis und die leckere Limonade und den Start in die Sommerferien. Als wir aufgegessen und ausgetrunken hatten, bezahlte jede von uns beiden die jeweils notwendigen 7,00 €, welche sich aus je 5,00 € für das Eis und je 2,00 € für die Limonade zusammensetzten. Dann standen wir auf. Marijana zog noch kurz vor dem Aufstehen ihre Strümpfe und ihre Mokassins wieder über die Füße, während ich barfuß blieb. Wir zogen beide unsere Rucksäcke unter dem Tisch hervor und schnallten sie wieder auf unsere Rücken. Gemeinsam gingen wir den Weg von der Eisdiele zur Straßenbahn, mit der wir nach Hause fuhren.

Zuhause angekommen, trennten sich erst einmal kurz unsere Wege vor dem Hochhaus, wo Marijana wohnte, da wir in unterschiedlichen Hochhäusern die Treppen hinauf in unterschiedliche Wohnungen gehen mussten: Marijana in ihre Wohnung und ich in meine, zwei Hochhäuser weiter. In den Wohnungen angekommen, gingen wir beide erst einmal in unsere Zimmer und zogen unsere Schulranzen vom Rücken. Ich packte meinen Ranzen aus und nahm mein Zeugnis in die eine Hand. Dann griff ich zu meinem Schreibtisch und nahm die Heilige Schrift in die andere Hand: das große DIN-A3-Blatt, wo der Weg zum Erfolg drauf geschrieben stand. Ich wollte schon das Originalblatt mitsamt dem Zeugnis nehmen und ins Wohnzimmer tragen, doch dann dachte ich, es wäre besser eine Kopie davon anzufertigen, da Padre (Papa) sicherlich das Blatt behalten wollte. Also legte ich mein Zeugnis und die Heilige Schrift auf den Schreibtisch, holte meinen DIN-A3-Malblock hervor und malte und schrieb einmal das gesamte Blatt ab. Ich riss die Kopie vom Malblock ab und versteckte das Original wieder auf dem Schreibtisch. Anschließend ging ich mit dem abgemalten Blatt der Heiligen Schrift in der einen Hand und dem Zeugnis in der anderen Hand ins Wohnzimmer und legte beides auf den großen Tisch in der Mitte. Marijana tat dasselbe bei sich in der Wohnung. Nach einer Weile kam mein Padre im Wohnzimmer dazu. Madre (Mama) kam noch nicht, denn sie musste Luis aus dem Kindergarten abholen.

»Hola, mi hijilla«, sagte Padre zu mir.

»Hola, padre«, antwortete ich.

Mit meiner Familie sprach ich zu Hause Spanisch. Klar, ist ja auch meine Muttersprache und wir kommen ja ursprünglich aus Spanien. Weil der Leser aber der spanischen Sprache doch nicht so mächtig ist, übersetze ich unser weiteres Gespräch ins Deutsche. Die Sätze, die mein Vater und ich gewechselt hatten, lauteten in deutscher Sprache übrigens »Hallo, mein Töchterchen« bzw. »Hallo, Vater«. Nachdem ich mit »Hallo, Vater« meinen Vater gegrüßt hatte, fuhr ich in spanischer Sprache zu reden fort:

»Ich wollte dir mitteilen, dass ich mein Zeugnis bekommen habe. Hier, möchtest du es sehen?«

Ich drückte meinem Vater das Zeugnis in die Hand. Er sah sich das gewissenhaft und mit großer Aufmerksamkeit an. Anschließend sagte er:

»Lola, das hast du sehr gut gemacht. Ich bin stolz auf dich, mein Kind.«

»Gracias, Padre«, sagte ich, d. h. »Dankeschön, Papa.«

Ich lächelte dazu. Dann nahm ich den großen Zettel in die Hand.

»Hier habe ich noch etwas für dich, Padre. Darüber habe ich so in den letzten paar Tagen nachgedacht. Ich dachte mir so, dass ich als gute Schülerin auf dem guten Weg, ein besseres Leben zu führen als meine Eltern, aber ich dachte vielleicht kann es dir bessergehen, wenn du das Folgende beherzigst.«

Ich drückte Padre das große Blatt mit der Überschrift »Weg zum Erfolg« in die Hand. Padre nahm es an sich und setzte sich auf das Sofa, um es sich näher ansehen zu können. Padre brauchte eine Weile um es zu verstehen und dann sagte er:

»Ah, das ist so eine Art Motivations-Seminar zum Thema, wie wird man ein guter Geschäftsmann und kann erfolgreich etwas erwirtschaften.«

»Sí, und ich dachte, wenn du dir das durchliest und es in die Tat umsetzt, dann könnte es unserer Familie besser gehen und wir könnten uns hier dasselbe schöne Leben aufbauen, dass wir einst in Andalusien hatten. Ich habe mir neulich zusammen mit Marijana da etwas angesehen. Dabei sind wir dann zufällig auf diese Wege zum Erfolg gestoßen«, sagte ich und strich mit dem nackten rechten Fuß durch den Teppich.

Ein wenig flunkerte ich schon, da ich den Zettel in der Westfalenhalle eingesteckt hatte, aber das tat, fand ich, wenig zur Sache. Wichtig war nur der Inhalt und das war ein wahrer Schatz für uns.

»Ah ja, und wie erklärst du mir das mit dem Unverpackt-Laden?«

»Ach so, Padre, weißt du, Marijana und ich sind da vorbeigekommen und haben das bei denen gelesen. Außerdem haben wir herausgefunden, dass so ein Unverpackt-Laden ein gutes Geschäftsmodell ist.«

»Ach so, ich glaube dir mal. Aber weißt du, vielleicht kann ich Ivo auch davon überzeugen.«

Ivo war der Vorname von Marijanas Vater.

»Weißt du was, ich rufe Marijana an und frage sie.«

Ich ging zum Telefon und wählte Marijanas Telefonnummer. Es dauerte nicht lange, da ging sie ran.

»Hallo, Lola«, hörte ich Marijanas Stimme aus dem Hörer sprechen.

»Hola, Marijana, ich wollte dich eben anrufen, wegen du weißt schon was.«

»Wenn es wegen des ›Wege zum Erfolg‹-Plakates ist, dann muss ich dir sagen, dass das Gedankenübertragung ist. Deswegen wollte ich gerade bei dir anrufen. Als mein Vater den Namen Juan, den Namen deines Vaters, erwähnte, dachte ich mir, spreche mit Lola.«

»Ist es wegen ›unverpackt‹?«

»Ja, ich habe ihm erzählt, dass ich zufällig gedacht habe, dass Unverpackt-Läden eine gute Idee wären, da doch so viel Müll aufgrund von Verpackungen im Ozean schwimmt.«

»Ah, woher weißt du denn das? Also ich sagte ihm, dass wir zufällig bei so einem Unverpackt-Laden vorbeigegangen wären.«

»Woher ich das weiß? Nun ja, im Gegensatz zu dir, die sich nur für Salcrabbio in der Zeitung interessierte, habe ich auch die anderen Seiten gelesen und da stand einiges über Mikroplastik und so. Pass auf, Lola, auf jeden Fall sollten wir beide es für uns halten, wo wir das wirklich herhaben. Ansonsten können wir richtig Ärger bekommen. Andererseits habe ich in der Zeitung gelesen, dass in der Innenstadt, genauer gesagt, in der Thomasstraße ein günstiges Ladenlokal frei ist, und dort könnten unsere Väter eigentlich so etwas aufbauen. Vorausgesetzt deiner ist mit der Idee einverstanden. Meiner ist es auf jeden Fall.«

»Moment, ich frage kurz nach.«

Ich legte den Hörer beiseite und rief nach meinem Vater:

»Padre, wärst du mit einem Unverpackt-Laden in der Innenstadt einverstanden?!«

»Sí, das wäre ich«, antwortete er.

Ich nahm den Hörer in die Hand, um das Gespräch mit Marijana fortsetzen zu können.

»Ja, Padre ist damit einverstanden.«

»Super, dann werde ich das meinem Vater ausrichten und ihm sagen, er solle da kurz anrufen und dann können die beiden da auch hingehen.«

»Sollen wir sie nicht begleiten? Schließlich haben wir sie auf die Idee gebracht.«

»Ja, das können wir, aber ich würde dich bitten, wenn du mitkommst, dir doch ausnahmsweise einmal Sandalen anzuziehen. Nichts für ungut, aber ich glaube, das würde dich und deinen Vater vor unglücklichen Situationen bewahren.«

»Na gut, kann ich machen.«

»Okay, wobei so sehr wie du von deinen nackten Füßen zum Erfolg überzeugt bist …«

»Mensch, Marijana, mein Lebensmotto leitet sich von dem Modell ab.«

»Na gut, dann gehe so mit gutem Beispiel voran. Aber ich möchte dich bitten, dass du versuchst, Doña Quijota zu Hause zu lassen.«

»Ich versuche es. Du, Marijana, was ist eigentlich ein Unverpackt-Laden?«

»Tja, was ist ein Unverpackt-Laden? Also, ich habe mal nach der Schule am Kiosk nahe der Schule nachgefragt. Falls du dich erinnern kannst, ich habe dir gesagt, ich wolle noch eben Bonbons kaufen gehen, während du schon direkt zur Straßenbahn gegangen bist, um eben zum Kiosk gehen zu können. Also habe ich dort dann die Bonbons gekauft und gleichzeitig auch nach etwas Literatur über Unverpackt-Läden gefragt und die Kioskbesitzerin gab mir dann ein Umwelt-Journal in die Hand, das sich mit den Folgen der hohen Verpackungs-industrie und den daraus resultierenden Umweltschäden auseinandersetzt. Ich musste dann etwas tiefer in die Tasche greifen, aber es hat sich gelohnt. In der Zeitschrift steht alles über Unverpackt-Läden drin. Es handelt sich dabei um Shops, wo man Waren bekommen kann, die aber stets offen angeboten werden, und der Kunde muss die Verpackung dafür selbst mitbringen. Im Laden wird dann alles abgefüllt. Es ist sehr nachhaltig, da es Ressourcen spart und gleichzeitig auch den Geldbeutel. Ich denke, mit dem Laden können wir einen sehr nachhaltigen Erfolg erzielen.«

»Das ist gut! Rufst du noch mal an, wenn ihr mit dem Vermieter gesprochen habt?«

»Klar mache ich. Bis später, Lola!«

»Sí, ¡hasta luego, Marijana!«

Ich legte auf und ging zu meinem Vater und richtete aus, dass Marijana und ihr Vater alles klären würden. Dann kam auch schon Madre mit Luis nach Hause und sie kochte uns erst einmal ein leckeres Mittagessen. Es gab Tortilla española. Dabei handelt es sich um ein Kartoffel-Omelette mit Schinken und Zwiebeln drin. Sehr lecker. Nach dem Mittagessen klingelte auch das Telefon. Ich stand auf, um den Hörer abzunehmen. Am Telefon war Marijanas Vater Ivo und er erzählte, dass es mit dem Ladenlokal geklappt hätte. Wir können es uns gleich schon ansehen. Kaum erzählte ich das meinem Vater, nahm er diese Einladung an. Mein Vater kleidete sich eben an und auch ich machte mich kurz zurecht und dann verließen mein Vater und ich schon die Wohnung, um rüber zu Marijana zu gehen, doch sie kam schon mit ihrem Vater entgegen. Wir gaben uns gegenseitig die Hände zum Gruß und, als mich Ivo, Marijanas Vater, fragte, warum ich eigentlich keine Schuhe anhätte, so erklärte ich ihm:

»Wissen Sie, Señor Ković, wir wollen doch einen Unverpackt-Laden eröffnen und da dachte ich mir, um unser Geschäftsmodell doch noch etwas stärker zu unterstreichen, trete ich auch ein bisschen unverpackt auf und bin unten ohne. Immerhin wollen wir alles, was wir verkaufen, nackt und unverpackt anbieten, und da dachte ich mir, auf nackten Füßen zum Erfolg voraus zu gehen, auf nackten Füßen zum Erfolg eines Ladens mit nackter Ware voraus zu gehen.«

»Lola will damit sagen«, erklärte Marijana, »dass sie mit ihren nackten und unverpackten Füßen den Gedanken der nackten und unverpackten Waren in unserem Kaufladen unterstreicht.«

»Ah, das habe ich jetzt auch verstanden, Marijana. Deine Freundin und du, ihr seid sehr schlaue Köpfchen. Dann lasst uns jetzt doch am besten zur Straßenbahn gehen. Der Vermieter hat mir erzählt, dass die Haltestelle ›Reinoldikirche‹ ganz um die Ecke ist.«

»Das habe ich auch gemerkt, Papa, und weißt du was, die Straßenbahn vom Borsigplatz fährt dahin, denn Lola und ich steigen da regelmäßig auf dem Schulweg um. Und ich glaube, es ist sogar von hier aus noch Kurzstrecke und damit sehr günstig.«

»Prima, dann los!«, sagte Ivo.

Padre, Ivo, Marijana und ich gingen also los zur nächsten Straßenbahnhaltestelle. Während Marijana und ich unsere Schülertickets nutzen konnten, lösten unsere Väter 4er-Tickets. Dann kam die Straßenbahn und wir fuhren die wenigen Haltestellen vom Borsigplatz bis zur Reinoldikirche.

Wir erreichten die Reinoldikirche und stiegen aus. Über die vielen Treppen des nach der Reinoldikirche benannten U-Bahnhofs mussten wir erst mal von der Straßenbahn, die dort unterirdisch fuhr, nach oben zum Ausgang gelangen. Wir kamen oben raus und nahmen den Ausgang, der zur Kirche führte. An dieser gingen wir vorbei und Marijana sagte, wir müssten dann nach rechts. Schon recht schnell erreichten wir das noch zu vermietende Ladenlokal in der Thomasstraße. An der Tür wurden wir schon von dessen Vermieter erwartet. Unsere Väter gingen voran und schüttelten ihm die Hände.

»Heiner Horstkamp«, sagte der Vermieter.

»Ivo Ković, wir hatten telefoniert. Das ist meine Tochter Marijana.«

»Sehr erfreut«, sagte Marijana.

»Und das ist mein Freund Juan Álvarez«, stellte Ivo vor.

»Juan Álvarez Gómez, und das ist meine Tochter Lola.«

»Sehr erfreut«, sagte ich.

Der Vermieter schüttelte mir die Hände, während ich unten die nackten Zehen meiner nackten Füße auf und ab wippte. Dem Vermieter schien das aufzufallen.

»Im Sinne des Mottos unseres geplanten Unverpackt-Ladens, bei dem es darum geht, unverpackte Ware zu präsentieren, dachte ich mir, dass ich auch ein wenig unverpackt auftrete«, erklärte ich. »Ich muss sagen, das wirkt sehr befreiend und Wiesen und Fußgängerzonen können schön warm sein, ebenso auch der Parkettboden in diesem Haus hier.«

»Ach so, na dann komm mal rein«, sagte der Vermieter zu mir.

Dann guckte er unsere Väter an.

»Kommen Sie auch herein, Herr Ković und Herr Gómez«, sagte er zu ihnen.

»Álvarez Gómez«, korrigierte mein Vater ihn. »Álvarez Gómez ist der Nachname.«

»Gut, Herr Álvarez Gómez.«

Mein Vater, Marijanas Vater, Marijana und ich folgten Herrn Horstkamp in den Laden. Das Gebäude war grau und trostlos und nur mit einer leeren Theke und leeren Regalen eingerichtet.

»Hier müsste mal saubergemacht werden!«, rief Marijana.

»Ja, das würde ich auch so sehen«, sagte ich. »Ich glaube, Marijana und ich sollte mal eben die Kammer aufsuchen, um uns etwas zum Putzen zu besorgen.«

»Hinter dem Vorhang«, sagte Herr Horstkamp. Während unsere Väter zusammen mit Herrn Horstkamp im Laden verblieben, gingen Marijana und ich hinter den Vorhang und fanden eine Kammer, wo ein Putzeimer, Reinigungsmittel, diverse Besen und Wischmobs gelagert waren. Auch fand sich dort eine Kiste, in der auch weiche Schmusebürsten waren, die man sich an die Hand schnallen konnte, indem man die Hand durch den kleinen Gurt über dem Bürstenrücken aus Holz schob. Mir gefielen solche Schmusebürsten und ich fand, man konnte damit gut putzen.

»Ich glaube, damit könnte ich auch fegen«, sagte ich.

»Eine gute Idee, Lola«, sagte Marijana. »Besonders, wenn du sie dir unter die Füße schnallst.«

»Meinst du?«

»Du kannst auch durch das Schrubbwasser laufen, wenn dir das lieber ist.«

Wir lachten. Ich tat wie mir geheißen und schnallte mir die Bürsten unter die nackten Füße. Marijana nahm den Eimer, gab etwas Putzmittel hinein und füllte ihn mit heißem Wasser auf, das sie dem Waschbecken an der Wand der Kammer entnahm. Mit den Bürsten unter den Füßen ging ich zurück in den Hauptraum des Ladens und lief kreuz und quer über den verstaubten Boden und schlurfte dabei über diesen und konnte so den Staub mit den Bürsten aufnehmen. Marijana nahm einen Wischmob, umwickelte ihn mit einem Putzlappen, den sie zuvor in den Putzeimer tauchte, und wischte damit anschließend über den Boden, den ich quasi tanzend gefegt hatte. So putzten wir schnell und im Handumdrehen alles blitzblank sauber. Schließlich kamen wir vor die Regale und nahmen beide feuchte Lappen, um die Regale abzustauben und abzuwischen.

»Sie brauchen auf jeden Fall keine Reinigung bezahlen, Herr Ković. Die Mädchen machen das ja schon perfekt«, sagte Herr Horstkamp. »Wollen Sie den Laden dann übernehmen?«

»Ja.«

»Gut, was versteht man denn unter einem Unverpackt-Laden? Außer, dass die eigene Tochter barfuß auftritt.«

»Also ein Unverpackt-Laden meint, dass wir unverpackte Ware anbieten. Also alles zum selber Abfüllen und so.«

»Was Papa damit sagen will«, erklärte Marijana, »ist, dass viele Dinge, die sie sonst irgendwo kaufen, immer unnötig eingepackt sind. Äpfel sind in Kartons mit Folie, Brot ist in Tüten fertig abgepackt, Linsen sowieso, nahe zu alles. Nur durch die vielen Verpackungen entsteht Verpackungsmüll, der oft im Meer landet und von den Wellen zu Mikroplastik zerrieben wird. Er schwimmt oben und wird gerne von Tieren für Plankton gehalten und gefressen oder an den Strand gespült. Was für eine Schweinerei! Das führt dazu, dass Mikroplastik an unseren Stränden und in Fischen und Seevögeln landet. Diese gehen davon nicht nur zugrunde, sondern die Fische, die wir essen, enthalten auch Mikroplastik. Sehr unappetitlich.«

Während Marijana das erklärte, schrubbte sie die oberste Reihe des Regals ab. Da wir keine Leiter fanden, musste ich Marijana dafür auf die Schultern nehmen. Meine Freundin war schwer, doch ich konnte sie tragen.

»Und Ihr Konzept, Herr Ković, besteht darin Mikroplastik in den Meeren zu vermeiden, indem sie unverpackte Ware bieten; sehr clever und nachhaltig. Ich denke, so etwas dürfte sich rentieren. Ich schenke Ihnen den ersten Monat, um zu sehen, ob der ungewöhnliche Laden auch ankommt. Danach zahlen sie mir im Monat etwa 500 €. Sie und ihr Kompagnon. Einverstanden?«, fragte Herr Horstkamp.

Unsere Väter waren einverstanden und unterschrieben den Vertrag, während Marijana und ich noch einmal alles putzten. Anschließend räumten wir die Putzsachen weg und brachten sie zurück in den Raum, aus dem wir sie genommen hatten. Dort entdeckten wir noch eine Kiste mit Krimskrams. Ich schnallte mir erst einmal die Bürsten von den Füßen und neugierig, wie wir waren, gingen Marijana und ich zu der Kiste, um zu sehen, was in ihr drin war.

Ich öffnete den Deckel der Kiste und sah hinein. Die Kiste enthielt ein paar CDs. Ich nahm sie heraus und sah mir die Titel an. Da war u. a. die CD »Pies Descalzos« von Shakira aus dem Jahre 1995. Ich nahm sie in die Hand und reichte sie dann an Marijana weiter. Sie sah sich den

Titel an und kommentierte:

»Pies Descalzos. Täusche ich mich oder passt das nicht zu dir? Immerhin nennst du dich auch so, oder?«

»Sí, Pies Descalzos al Éxito«, erwiderte ich. »Das Lied ›Pies Descalzos, Sueños blancos‹ ist echt super, mi amiga. Ich wundere mich allerdings, dass ich so etwas finde, da das Album in Deutschland kommerziell nicht so erfolgreich gewesen sein soll, wie im spanischsprachigen Raum.«

»Pies Descalzos, Sueños blancos. Das verstehst du aber besser als ich. Ich weiß nur, dass dein Spitzname Pies Descalzos al …, du weißt schon was ich meine, ›Auf nackten Füßen zum Erfolg‹ bedeutet.«

»Sí, ›Pies Descalzos‹ heißt ›auf nackten Füßen‹ oder ›barfuß‹, ›al éxito‹ heißt ›zum Erfolg‹ und ›Sueños blancos‹ heißt ›weiße Träume‹. Die CD möchte ich gerne mit dir hören. Wir brauchen nur einen Spieler dafür.«

»Wir finden einen«, sagte Marijana. »Von mir aus können wir auch dazu tanzen.«

»Gut, aber nur unter einer Bedingung.«

»Und die wäre?«

»Du tanzt auch barfuß, Marijana. Erstens bin ich nicht die Einzige, die regelmäßig barfuß tanzt, sondern Shakira macht das auch, und zweitens handelt das Lied ja vom Barfußsein.«

»Na, gut«, sagte Marijana. »Ich mache es, aber nur bei dir oder mir auf dem Zimmer. Was haben wir da noch?«

Marijana und ich durchwühlten die Kiste weiter. Es schien so, als hätten wir eine richtige Schatzkiste gefunden. In der Kiste war auch ein älteres Kofferradio, in dem man CDs abspielen konnte, ein Springseil, aber auch – das fand ich sehr interessant – einen hölzernen Gegenstand.

»Hier ist etwas Langes aus Holz«, sagte ich.

Ich zog diesen langen Gegenstand aus Holz heraus und ich staunte nicht schlecht, über das, was ich da hervorzog.

»Marijana, das ist ja ein Holzschwert. Ein richtiges Holzschwert.«

Auch Marijana war erstaunt, als sie das sah. In der Kiste hatten wir ein großes Holzschwert entdeckt. Das Schwert war bestimmt so lang, wie meine Beine zwischen Knie und Hüfte. Ich nahm es am Heft in die rechte Hand, da ich nun einmal Rechtshänderin war, und hielt es neben meine Beine und meine Schätzung wurde bestätigt. Wenn ich das Heft parallel zur Hüfte hielt, reichte die hölzerne Klinge des Holzschwertes ein Stück über mein rechtes Knie hinaus und zeigte auf das untere Ende des oberen Viertels meines rechten Unterschenkels. Dann zog ich es geschickt mit einer schnellen Handbewegung nach oben und fuchtelte damit durch die Luft und merkte, dass ich es sehr gut in der Hand halten konnte. Ich fuchtelte damit und drehte mich damit sogar so geschickt, dass ich beinahe Marijana damit traf.

»Oh, ¡Lo siento! Entschuldige, Marijana! Ich wollte dir damit nicht zu nahekommen.«

»Entschuldigung ist gut, Lola! Wenn das Schwert echt wäre, hättest du mich damit glatt enthaupten können. Wenn du mich fragst, abgesehen davon, dass das Schwert wirklich offensichtlich wie ein Holzschwert aussieht, wäre es genau das richtige Schwert für Doña Quijota.«

»Das richtige Schwert für Doña Quijota, sagst du? Ich muss sagen, das Schwert ist das, was ich oder was sie gesucht hat, auch wenn es durch durchgehenden hellbraunen Teint wirklich wie ein Holzschwert aussieht. Aber wir können es ja mit der richtigen Farbe anmalen und dann sieht es wie ein richtiges Ritterschwert aus. Das Ritterschwert, was Doña Quijota de Pies Descalzos al Éxito so dringend braucht. Komm, wir fragen Herrn Horstkamp, ob wir die Kiste behalten können.«

»Und wie gedenkst du an die Farbe zu kommen?«

»Ich frage meine Eltern, ob sie etwas Farbe für Holz haben oder ob wir welche besorgen könnten.«

»Ja, aber unsere Eltern wissen nichts von deinem Alter Ego und ich denke, das ist auch besser so. Andererseits könnte Wandfarbe und Holzfarbe zum Tapezieren des Ladens sehr nützlich sein. Ich glaube, ich werde so danach fragen.«

»Yippie, ¡muy bien!«

Ich legte das Holzschwert zurück in die Holzkiste und hob sie an und fand, dass sie nicht schwer war. Marijana und ich verließen die Kammer und gingen zurück in den Verkaufsraum. Dort warteten bereits Padre und Ivo auf uns.

»Ah, Marijana und Lola, da kommt ihr endlich. Wir wären nämlich fertig«, sagte Ivo.

Marijana übernahm das Wort:

»Klar, Papa«, sagte sie. »Du, wir wollten Herrn Horstkamp fragen, ob wir diese Kiste hier behalten können. Da finden sich so einige tolle Spielsachen für uns Mädels drin und wir sind ja nicht gerade in die reichsten Familien herein geboren.«

»Ach, die Kiste«, sagte Herr Horstkamp, »ich wüsste nicht genau, wo die herstammt. Aber das Ding ist alt und staubt schon und ich glaube, irgendein Mieter hat die hier wohl mal vergessen oder so. Auf jeden Fall ist sie nichts, was ich nicht entbehren kann. Ihr könnt sie haben, Mädels.«

Marijana und ich freuten uns. Ich freute mich aber besonders, da ich nun nicht nur zu Shakiras Musik barfuß tanzen konnte, sondern auch als Doña Quijota, die endlich ihr Schwert wiederhatte. Ich hätte vor Freude tanzen können, wenn ich da die Kiste nicht in der Hand gehalten hätte. Erfreut ging ich jedoch auf meinen Padre zu. Ich stellte die Kiste kurz auf der Theke ab und wandte meinen Blick Herrn Horstkamp zu und sagte:

»Gracias, Señor Horstkamp. Vielen Dank.«

»Gern geschehen«, sagte er.

Ich gab ihm einen Kuss als Dankeschön. Dann nahm ich wieder die Kiste und ging Richtung Ausgang. Marijana und ihr Vater folgten mir. Mein Padre blieb noch kurz zurück.

»Herr Horstkamp, wir würden hier gerne morgen tapezieren, haben nur selbst kein Auto oder niemanden, der uns eins borgen kann. Wüssten Sie jemanden, der uns zum Baumarkt fahren kann?«

»Also ich habe ein Auto«, antwortete Herr Horstkamp, »und ja, ich glaube ich kann morgen ab 12 Uhr. Na gut, ich helfe Ihnen mit dem Transport von Farbe und sonst allem, was Sie vom Baumarkt brauchen. Am Montag ist dann Schlüsselübergabe.«

»Okay, dann bis morgen um 12. Adios.«

»Auf Wiedersehen.«

Auch Padre verließ das Ladenlokal. Gemeinsam gingen wir vier dann zur Straßenbahnhaltestelle »Reinoldikirche« und fuhren mit der Straßenbahn nach Hause.

Als wir am Borsigplatz ausstiegen, wollten unsere Väter unsere Wege schon vor dem Hochhaus trennen, in dem Marijana wohnte, doch Marijana fragte:

»Papa, kann ich noch für eine Stunde zu Lola. Ich glaube, wir beiden möchten etwas feiern.«

Er atmete kurz durch und sagte dann:

»Na gut, du kannst.«

»Danke, Papa, bis später«, sagte Marijana.

Marijana ging daraufhin mit Padre und mir in unsere Wohnung. Sie zog auf der Fußmatte ihre Mokassins aus und stellte sie ab. Ich drückte ihr die Kiste in die Hand und sagte:

»Kannst du die schon mal auf mein Zimmer bringen? Ich gehe mir kurz die Füße waschen.«

»Klar, mache ich.«

Ich ging ins Badezimmer, um meine Füße zu waschen, und Marijana ging in mein Zimmer, um die Kiste abzustellen. Nach einer Weile kam ich mit frisch gewaschenen Füßen dazu.

»So Marijana«, sagte ich, »dann wollen wir das gute Stück mal auspacken.«

Ich nahm das Kofferradio heraus und stöpselte es ein. Dann nahm ich die Shakira-CD »Pies Descalzos« heraus und legte sie im Radio ein. Ich drückte auf die »Play«-Taste und ging zurück zu der Kiste und schob sie unter meinem Schreibtisch. Das Radio spielte sogleich den ersten Titel des Albums, »Estoy aquí«. Das Lied brachte

Rhythmus:

»Komm, Marijana, Socken aus und mittanzen.«

»Na gut, Lola.«

Marijana zog ihre Socken aus und wir tanzten beide barfuß zu dem Rhythmus des Liedes. Da ich als Spanisch-Muttersprachlerin jedes Wort verstand und »Estoy aquí« nun einmal spanisch ist und auf Deutsch »Hier bin ich« heißt, fiel mir auch schnell das Holzschwert ein und ich zog es aus der Kiste heraus.

»Das kommt zu meiner Rüstung, doch es sieht noch nicht wirklich wie ein richtiges Schwert aus. Es glänzt nun einmal nicht nach Metall.«

»Warte, habt ihr Alufolie?«

»Sí, in der Küche.«

»Warte, ich hole sie.«

Marijana verließ mein Zimmer und ging in die Küche. Da traf sie auf dem Flur meinen Vater, der gerade eine Kiste trug.

»Hallo, Herr Álvarez, was haben Sie denn da?«

»Ach, hallo, Marijana, weißt du, ich war im Keller und habe mal ein paar Dinge zum Renovieren herausgeholt. Etwas Lackfarbe und etwas Wandfarbe und Pinsel zum Streichen, sowie Holzleim zum Leimen der Regale, falls diese etwas locker sind.«

»Ah, interessant! Braucht man denn dafür diesen speziellen Leim?«

»Ja natürlich. Mit Bastelkleber kannst du schlecht Holz kleben.«

»Ich danke Ihnen für den Tipp, Herr Álvarez.«

Marijana ging weiter in Richtung Küche, während ich in meinem Zimmer die Musik von Shakira weiter hörte.

Nach einer Weile kam Marijana zurück in mein Zimmer und brachte neben der Alufolie noch Zeitungspapier und Leim, sowie einige Pinsel und etwas Lackfarbe mit. Auch hatte sie etwas Klarsicht- oder Frischhaltefolie dabei und ein Schmiermesser. Das Zeitungspapier legte sie aus, stellte die Lackeimer darauf. Daneben blieb noch Platz für mein Schwert. Marijana holte ihre Socken und streifte sie über die nackten Füße. Dann nahm sie die Klarsichtfolie und deckte damit die Lackeimer ab, bevor sie sie anschließend mit Hilfe des Schmiermessers öffnete.

»Ich habe das mal gelernt: Vorsicht beim Öffnen von Lackdosen. Wenn die unter Druck stehen, dann spritzt es beim Öffnen, deshalb decke ich sie ab«, erklärte Marijana.

Vorsichtig konnte sie die Dose mit der schwarzen Farbe öffnen.

»Wie wäre es mit einem schwarzen Griff für dein Schwert?«

»Gerne, aber mit Rubinen geschmückt.«

Ich nahm das Schwert aus der Kiste und hielt es an der Klinge fest. Ich tauchte es vorsichtig in die schwarze Farbe, aber nur so tief, dass der Griff komplett eingetaucht war. Anschließend zog ich es wieder heraus und legte es vorsichtig auf dem ausgelegten Zeitungspapier ab. Nun nahm Marijana ein wenig Zeitungspapier und deckte damit das Heft, also den Griff des Schwertes ab. Sie nahm den Leim und leimte damit einmal vollständig das Holzschwert von oben nach unten ein, d. h. eigentlich nur vom oberen Ende der Klinge bis zum unteren Ende der Spitze der Klinge. Dort hob sie dann das Schwert an.

»Halte das bitte so, Lola. Fass nur nicht die Klinge an, denn sie ist voller Leim.«

Ich tat wie mir geheißen. Marijana nahm die Alufolie und wickelte sie mit der glänzenden Seite nach außen einmal komplett um die Schwertklinge herum. Sie begann unten am Heft und endete oben an der Spitze, wo sie dann die Alufolie mit Hilfe meiner Bastelschere, die in der Schublade lag, abschnitt. Ich musste ihr natürlich kurz sagen, in welcher Schublade, sie zu suchen hatte, denn ich konnte die Schublade nicht selber öffnen. Nachdem die Alufolie abgeschnitten war, legten Marijana und ich das Schwert wieder vorsichtig hin, sodass es auf dem Zeitungspapier lag und trocknen konnte. Vorsichtig stellten Marijana und ich den Leim und die Farbe wieder in den Flur zur restlichen Farbe. Weil Marijana etwas von der Farbe an die Hand bekam, gingen wir uns danach ordentlich die Hände waschen. Als wir fertig waren und unsere Hände blitzblank sauber waren, war auch die CD von Shakira so weit und präsentierte das Lied »Pies Descalzos, Sueños Blancos«. Ich bat Marijana die Socken auszuziehen, sodass wir beide schön barfuß zu dem Lied tanzen konnten. Es machte uns richtig Spaß. Nach diesem Tanz wurde es langsam Zeit für Marijana nach Hause zu gehen. Sie nahm ihre Socken und streifte sie sich wieder über die Füße. Ich brachte Marijana zur Tür und sie zog sich dort ihre Mokassins an. Wir beiden verabschiedeten uns und Marijana ging wieder rüber zu sich nach Hause.

Der Rest des Tages oder vielmehr des Abends war nicht besonders ereignisreich. Es gab Abendessen und danach durfte ich mich bettfertig machen. Allerdings nahm ich noch etwas Alufolie und Bastelkleber, und klebte die Alufolie mit der glänzenden Seite nach außen auf die Oberfläche meines Schildes, den ich ja ursprünglich aus Pappe gebastelt hatte. So bekam ich einen schönen glänzenden Schild und den brauchte ich ja auch. Schließlich und immerhin war ich ja Doña Quijota de Pies Descalzos al Éxito, die unerschrockene Ritterin. Als der Schild fertig beklebt war, räumte ich ihn in den Schrank zu meinen anderen Rittersachen. Diese waren im Wesentlichen eigentlich nur noch mein Helm und meine Lanze, sowie die Schürze, die ich als Umhang verwendete, denn meine sonstige Rüstung waren ja ein normales Oberkleid und ein normaler Dreiviertelrock von mir. Mein Schwert sollte zwar auch dahin, jedoch musste das noch trocknen, sodass ich es auf dem Boden liegen ließ. Ich ging noch kurz zum Schreibtisch, um den vergangenen Tag in meinem biografischen Heftchen zu Papier zu bringen. Als ich damit fertig war, tauschte ich meine Tageskleider gegen meinen Schlafanzug ein und ging »auf nackten Füßen zum Erfolg« erst mal ins Bett, um zu einem erfolgreichen Schlaf zu gelangen. Diesen Schlaf hatte ich mir nach einem so anstrengenden Tag auch wirklich und redlich verdient.

5. Kapitel: Der Kampf mit dem Bären

Eine Nacht verging und ein neuer Tag brach an. Es war ein Samstag und ich konnte ein wenig ausschlafen. Marijana übrigens aus. Dennoch konnten wir diesen Tag zwar zusammen, jedoch nicht alleine zusammen verbringen, da wir unseren Eltern dabei helfen mussten, den Unverpackt-Laden zu Ende einzurichten und zu streichen. Um 12 Uhr trafen wir, d. h meine ganze Familie und Marijanas ganze Familie, uns dort mit Herrn Horstkamp und fuhren alles im Baumarkt besorgen, um dann anschließend alles zu streichen, zu tapezieren und sonst wie einzurichten. Ich trug dabei eine Latzhose und ausnahmsweise auch Strümpfe und Schuhe. Sonst wollte ich ja gemäß meinem Motto und Namen »Auf nackten Füßen zum Erfolg« nur noch barfuß leben. Nachdem der Laden auch vollständig eingerichtet war, fehlte nur noch ein trefflicher Name für das Geschäft und ich schlug »*Descalcería*« vor. Das Wort leitete sich vom spanischen Wort *Descalzo* für barfuß ab und hieß frei übersetzt *Barfüßerei* oder *Barfuß-Geschäft*, was doch sehr gut zu unserem Konzept passte, barfüßige, also nackte Lebensmittel anzubieten. Er gefiel Marijana und unseren Eltern und so wurde der Name *Descalcería* in großen grünen Lettern auf das Schaufenster und auf ein großes Brett über der Eingangstür geschrieben. Schließlich mussten Marijana und ich noch unsere Mütter bezüglich des Konzeptes Unverpackt-Laden komplett unterrichten, denn von nun an würden unsere Mamas ab dem darauffolgenden Montag den Unverpackt-Laden mit dem schönen Namen *Descal-*

cería betreiben. Schließlich konnten unsere Väter das schlecht, da sie noch fest angestellt waren und in ihren Jobs besser verdienten als unsere Mütter in ihren Nebenjobs. Anschließend gab's Abendessen, wobei dieses Mal beide Familien zusammen bei uns aßen und dafür Pizza bestellten. Bevor Marijana dann mit ihrer Familie heimging, nahmen wir uns noch kurz einen Pinsel und ein wenig rote Farbe, um auf das Heft meines Schwertes rote Kreise zu malen, die wie Rubine aussahen. Da sich schwarze Farbe jedoch schlecht überdecken ließ, malten wir die roten Kreise auf Papier, schnitten sie mit einer Bastelschere aus und klebten sie mit etwas Holzleim auf den Schwertgriff. Wieder musste mein Schwert über Nacht trocknen, während ich gleichzeitig schlief.

Dann kam der Sonntag und ich konnte richtig ausschlafen. Da es zudem an diesem Tag nicht viel zu tun gab, konnte ich mich mit Marijana wieder verabreden. Ich rief sie an und erwartete sie auf meinem Zimmer. Marijana kam in ihrem dunkelblauen Sommerkleid und klingelte bei mir an der Haustür. Ich hatte bereits meinen knallgelben Dreiviertelrock und das rote Oberkleid angezogen, das ich auch am Sonntag zuvor getragen und in dem zum ersten Mal in Doña Quijota de Pies Descalzos al Éxito verwandelt hatte, und führte Marijana, nachdem sie ihre Mokassins vor unserer Tür ausgezogen hatte, in mein Zimmer. Marijana ging auf ihren weißen Strümpfen zu dem einen Sessel und ich zum Schrank. Wie am Sonntag zuvor, verwandelte ich mich in Doña Quijota de Pies Descalzos al Éxito. Ich holte meine Rüstung aus dem Schrank und legte sie an. Dazu zog ich zunächst den Gürtel aus dem Schrank hervor und schnallte ihn mir um den Bauch. Dann nahm ich meine Maske und zog sie mir über das Gesicht. Als Nächstes nahm ich meinen Umhang und band ihn mir um, sodass er mir den Rücken hinab flattern konnte. Ich nahm meinen Helm und setzte ihn mir auf den Kopf. Schließlich griff ich nach Schwert und Schild und nahm beides in die Hand. Fertig war ich: Doña Quijota de Pies Descalzos al Éxito. Und als solche sagte ich zu meiner Freundin:

»Sei gegrüßt, getreue Sancha María. Ich bin bereit zu neuen Abenteuern.«

»Sei gegrüßt, liebe Lola. Wow, dein Schwert glänzt aber ganz schön! Damit kannst du unter allen Rittern, die es gibt, Eindruck machen.«

»Und ob ich das kann«, sagte ich und fuchtelte mit der Waffe durch die Luft. »Ich, Doña Quijota, mache dir den Garaus!«

»Also, liebste Lola alias Doña Quijota, ich möchte dir doch gerne noch länger Gesellschaft leisten.«

»Claro, das sollst du auch. Schließlich bist du meine beste Freundin und meine Escudera. Wenn ich nochmal so ein Schwert bekommen sollte, dann sollst du dieses Zweite haben und ich werde dich, mi amiga, zur Ritterin schlagen.«

»Was für eine große Ehre, oh große Ritterin!«

»Gracias, die Ehre ist ganz meinerseits.«

Nachdem ich diesen Satz gesagt hatte, verstaute ich mein Schwert wieder an meinem Gürtel und griff nach meiner Lanze. Mit der Lanze in der rechten Hand und dem Schild über den linken Unterarm gespannt, sowie dem Ritterhelm auf dem Kopf und dem Ritterumhang auf dem

Rücken war ich, Ritterin Doña Quijota de Pies Descalzos al Éxito, gewappnet für neue Abenteuer. Begleitet von meiner treuen Escudera Sancha María, die mir zu meinen nackten Füßen stand. Ich ging Richtung Zimmertür und Sancha María folgte mir. Wir gingen runter in den Keller, um unsere Rösser zu holen, d. h. ich musste in meinen Keller, um Rosinante zu holen, und Sancha María zu sich rüber, um ihr Ross zu holen. Und natürlich hatte Sancha María beim Verlassen meiner Gemächer ihre Mokassins wieder über die Strümpfe gezogen. Ich blieb hingegen barfuß. Kaum hatten wir beide unsere Schlachtrösser geholt, stieg ich auf meins und Sancha María auf ihres und wir ritten neuen Abenteuern entgegen. Der Sonne voraus und dem Wind im Gesicht ritten wir gen Sonnenuntergang und erreichten nach nur einer relativ kurzen Strecke saftig grüne Ländereien.

Wir ritten durch das Tor zu diesen grünen Ländereien und ich hielt an und stieg von meinem Schlachtross ab.

»Sancha María, hier muss es sein. Die großen mächtigen Wälder. Hier finden sich viele wilde Bestien und zahlreiche Ungeheuer, die es zu bekämpfen gibt. Hier sind wir als Helden gefragt.«

Ich betrat den grasgrünen Waldboden und freute mich, dass er so angenehm weich meine Füße kitzelte. Sancha María stieg ebenfalls von ihrem Schlachtross ab.

»Der Wald, den du Wald nennst, ist zwar eigentlich der Fredenbaumpark, was mich im Gegensatz zu dir eher zu der Überzeugung bringt, dass wir hier keine Ungeheuer finden werden.«

»Sancha, du bist mir eine. Hier in so einem prächtigen großen Wald lauern doch glatt die bösen großen wilden Tiere wie Wölfe und Bären. Und ich werde nicht eher ruhen noch rasten, bis ich den stärksten von ihnen erlegt habe.«

Ich ging zu Rosinante und stieg auf sie hinauf.

»Auf geht's. Vielleicht finden wir auch etwas Hafer oder so, um mein Pferd Rosinante zu füttern.«

»Dein Pferd ist kein Pferd, sondern ein Fahrrad und ich wünschte, du hättest kein Fahrrad, sondern so wie ich einen Tretroller, denn ich komme immer aus der Puste, wenn ich dir hinterherfahre.«

»Keine Sorge, Sancha María, bestimmt finden wir hier eine durstlöschende Quelle.«

Ich schwang mich in den Sattel und ritt voraus. Sancha María ritt mir hinterher. Nach einer Weile erreichten wir eine saftige Aue, auf der wir gut unsere Rösser grasen lassen konnten. Wir stiegen ab und ich ließ mich erst einmal ins Gras fallen. In der Nähe der Aue war auch ein großer See, dessen kristallklares Wasser bläulich in der Sonne glitzerte. Während ich mit den nackten Füßen durch das Gras stampfte und mich der kitzligen Grashalme erfreute, kam Sancha María zu mir und sagte:

»Ich gehe mal kurz zum Kiosk und hole uns was zu trinken. Pass du auf unsere Fahrräder bzw. Roller auf.«

»Mache ich«, sagte ich, wobei ich dachte, »mit Fahrrädern und Rollern meint sie wohl unsere Streitrösser.«

Dann entfernte sich Sancha María von mir. Die Waldlichtung gefiel mir ganz gut und ich überlegte nicht, ob ich nicht meine Füße in dem kühlen See baden wollte.

Doch plötzlich hörte ich eine laute Stimme.

»Hilfe!«, rief diese Stimme laut, »Hilfe!«

Ich stand auf und drehte meinen Kopf. Ich wollte herausfinden, woher genau diese Stimme kam.

»Hilfe!«, rief sie weiterhin laut. »Hilfe!«

Ich sah mich um. Dann sah ich ein Gebüsch rascheln und hörte ein Gebrüll.

»Ruhe!«, schrie dieses Gebrüll. »Ruhe!«

Ich begriff sofort, was los war. Jemand war in ernster Gefahr. Doch ich, Doña Quijota de Pies Descalzos al Éxito, die unerschrockene Ritterin, würde jetzt weder ruhen noch rasten, sondern den Ärmsten aus seiner bitteren Gefahrenlage befreien. Ich griff meine Lanze und rannte auf das Gebüsch zu, aus dem die Hilferufe kamen. Ich schob die Blätter beiseite und erkannte die Gefahr der Lage. Auf dem Boden lag ein armes junges Mägdelein und wurde auf den Boden gedrückt. Auf sie stürzte sich ein baumgroßes, behaartes Ungeheuer, was sie anfasste und ihr wohl die Kleider vom Leibe reißen wollte. Dieses baumgroße Ungeheuer musste ein Bär sein, dachte ich, und er packte die arme Magd doch nur mit seinen bösen Krallen, um sie zu zerfleischen.

»Na warte!«, dachte ich. »So etwas kann ich doch nicht zulassen.«

Ich nahm meine Lanze und schlich mit von hinten an den Bären an. Mit so einem Ungeheuer wird eine tapfere Ritterin wie ich doch fertig. Als ich nahe genug heran war, drehte ich leicht meine Lanze nach dem Bären und rannte auf ihn zu. Während dieser schon mit seinen Klauen nach der jungen Magd schlug und sie sich dabei mit ihren Händen und Füßen gegen ihn zu wehren versuchte, stieß ich mit meiner Lanze von rechts gegen den Bären.

»So, du Grizzly, jetzt hat's ein Ende mit deinen fiesen Machenschaften. Doña Quijota macht dir den Garaus!«

So brüllte ich den Bären an. Doch er brüllte zurück und er rannte auf mich zu. Da ergriff ich wieder meine Lanze und stieß ihn zurück zu Boden. Ich wollte mich auf ihn stürzen. Doch der Bär raffte sich schnell wieder auf. Da musste ich ihn erneut mit einem Schlag durch meine Lanze zurechtweisen. Inzwischen hatten wir uns gedreht und ich entdeckte hinter dem Rücken des Bären den großen See. Ich sah auch, wie die junge Magd schnell an dem Bären vorbei Richtung See huschte. Der Bär drehte sich nach ihr um und wild, wie er war, rannte er los, um sich auf die arme Magd stürzen zu können, doch noch ehe der Bär ihr hinterherrennen konnte, stieß ich dem Bären mit meiner Lanze in die Seite und brachte ihn so ins Rollen und er rollte über den Boden, ohne Halt zu bekommen. Da hatte ich eine Idee. Ich wollte den Bären in den See drängen, um ihn dann anschließend unter Wasser zu drücken und ihn dort mit einem gezielten Stich durch mein Schwert zu töten.

»So du, Bär! Du hast tapfer gekämpft, doch nun schlägt dein letztes Stündchen! Du meinst, du könntest einfach unschuldige kleine Mädchen fressen! Doch da hast du die Rechnung ohne Doña Quijota gemacht!«

Der Bär richtete sich auf und wollte mich angreifen. Er rannte auf mich zu, doch ich gleichzeitig auf ihn und zielte mit meiner Lanze direkt auf seinen Magen. Der Bär brüllte und schlug mit seinen Tatzen nach mir und ich musste wirklich aufpassen, dass er meine Lanze nicht zerbricht. Doch ich hatte Glück und traf mit meiner Lanze direkt in seinen Magen. Das katapultierte ihn rollend in Richtung Seeufer. Nach einer kurzen Weile raffte sich der Bär wieder auf. Doch ehe er überhaupt aufstehen und sich in meine Richtung hätte bewegen können, rannte ich zielgerichtet mit der ausgestreckten Lanze auf ihn zu und stieß ihn ins Wasser. Dann warf ich die Lanze beiseite und zog stattdessen mein Schwert hervor. Ich richtete es auf und ließ es in der Sonne glänzen. Entschlossen und laut rief ich:

»So du, Bär, dein letztes Stündlein hat geschlagen! Doña Quijota macht dich jetzt fertig!«
Mit einer Wucht sprang ich auf den im Wasser liegenden Bären und konnte ihn unter Wasser drücken. Mit der linken Hand hielt ich den Bären kräftig am Fell fest. Kaum waren von ihm nur noch Blubberblasen an der Wasseroberfläche zu sehen, stieß ich mein Schwert in die Brust des Bären, zog es auch schnell wieder heraus und verstaute es schließlich an meinem Gürtel. Dann ließ ich den Bären wieder los. Ich stieß meine Füße kräftig gegen den Bauch des Bären und schwamm die kurze Strecke zurück ans Ufer. Meine Ritterrüstung fühlte sich ganz nass und schwer an. Jedoch bemerkte ich, dass lediglich mein Rock und mein Umhang unten nass geworden waren. Der Rest war hingegen recht trocken geblieben. Ich sammelte meine liegen gebliebene Lanze auf und wollte zurück zu der Lichtung, wo Rosinante und Sancha Marías Ross auf mich warteten. Doch als ich die Lanze griff, bemerkte ich, dass viele Leute mir bei meinem Kampf zu gesehen hatten. Ich verbeugte mich und sagte:

»Gracias für den Applaus, großes Volk. Doña

Quijota ist stets da, um alle Gefahren, die euch bedrohen, zu bekämpfen.«

Nachdem ich das gesagt und den Applaus dafür geerntet hatte, ging ich zurück zur Lichtung, wo Rosinante und Sancha Marías Ross auf mich warteten. Und mit Sancha Marías Ross auch dessen Besitzerin, die aus einer Mineralwasserflasche trank und eine weitere Flasche Mineralwasser neben sich hatte.

»Ah, kommst du doch wieder«, sprach Sancha María.

»Nun ja, weißt du, ich war gerade einmal kurz weg, um …«

»… einen Bären zu bekämpfen, ich weiß. Ich habe das Spektakel, was du an den Tag gelegt hast, wie viele andere auch gesehen. Es war ein ganz schön spannender Kampf, den du dir da mit dem Bären erlaubt hast.«

»Das stimmt, aber … darf ich?«, fragte ich, als ich die verschlossene Flasche sah.

»Klar, die habe ich ja für dich gekauft.«

Ich griff nach der Wasserflasche und öffnete sie und trank erst mal einen kräftigen Schluck aus der Flasche. Dann verschloss ich die Flasche wieder und fuhr zu sprechen fort:

»Das stimmt, aber letztendlich hat der Bär verloren.«

Dann öffnete ich den Umhang und legte ihn ab.

»Blöd nur, dass mein Umhang jetzt nass geworden ist.«

»Das macht nichts. Er kann ja trocknen.«

Und ob er das konnte. Ich legte den nassen Umhang ab und legte ihn in die Sonne. Ebenso nahm ich Helm,

Schild und Maske ab. Nach so einem anstrengenden Kampf musste ich erst einmal pausieren. Eigentlich war der Tag sehr schön und die Sonne schien schön hell über unsere Köpfe und konnte so auch mit der Zeit meinen Umhang wieder trocknen. Wir blickten auf den See und genossen seinen Anblick und ich durfte auch sehen, wie Männer in dunkelblauen Jacken jemandem vom See wegführten.

»Die Polizei«, sagte Sancha María verwundert, »was will die denn hier? Was ist denn hier vorgefallen?«

»Sollen wir es herausfinden?«, fragte ich.

»Nein, nein«, antwortete Sancha María, »das brauchst du nicht. Vielleicht ist die einfach nur auf Streife. Lass uns beide lieber weiterhin die Natur genießen.«

So machten wir das auch, denn was gibt es eigentlich Schöneres als unter einem strahlend blauen Himmel zu liegen, warme Sonnenstrahlen zu genießen und die nackten Füße im Gras zu haben? Als unsere Wasserflaschen leer getrunken waren und meine Kleider wieder trocken waren, legte ich meinem Umhang wieder um, setzte Maske und Helm auf und nahm auch wieder Lanze und Schild in die Hände, d. h. den Schild nahm ich um den linken Unterarm. Sancha María brachte noch eben die leeren Wasserflaschen weg und dann stiegen wir auch wieder auf unsere Rösser, um zurück zur heimatlichen Burg zu reiten.

6. Kapitel: Von Hexen und Kindern

Sancha María und ich kehrten nach unserem Abenteuer im Park heim. Ich war noch immer etwas geschafft von meinem Kampf mit dem Bären, doch ich konnte sagen, dass ich etwas geschafft hatte, was ich mir vor meiner Verwandlung nie zugetraut hätte, nämlich den Kampf mit einem solchen Monster. Heimkehren würde bei Sancha María und mir aber die Heimkehr in verschiedene Burgen bedeuten und, weil wir uns noch nicht trennen wollten, entschieden wir uns diesmal in die heimatliche Burg meiner Escudera zu gehen. Vorher sollte ich jedoch meine Maske, meinen Helm, meinen Umhang und meinen Schild ablegen, und zusammengerollt tragen, da Sancha Marías Eltern nichts von meiner Verwandlung in Doña Quijota wussten und ich für sie daher noch immer Lola Álvarez Sánchez von nebenan war. Ich tat wie mir geheißen und nahm meinen Umhang und meinen Schild ab und legte den Schild auf den Umhang. Anschließend nahm ich auch den Helm vom Kopf und mein Schwert aus der Hand und legte beides zu dem Schild auf dem Umhang. Dann faltete ich den Umhang zusammen und konnte die Sachen wie ein einem Beutel tragen. Mit diesem Beutel in der Hand folgte ich die Treppe hinauf meiner Freundin Marijana bis zu deren Wohnungstür. Vor dieser zog Marijana ihre Schuhe aus und ich trat meine bereits nackten Füße an der Fußmatte ab. Dann grüßten wir Marijanas Eltern und gingen gemeinsam in Marijanas Zimmer. Dort setzten wir uns im Schneidersitz auf den Boden.

»Möchtest du etwas trinken, Lola?«

»Gerne«, antwortete ich.

Marijana stand auf und ging in die Küche und holte zwei Flaschen eiskalte Limo aus dem Kühlschrank. Sie reichte mir eine, wir öffneten sie und prosteten uns zu.

»Du, Lola«, sagte Marijana, »heute Abend ist das Fußballspiel Kroatien gegen Spanien. Was denkst du, wie geht es aus?«

»Na, wie wohl? 2:1 für Spanien natürlich.«

»Spanien gewinnt? Niemals. 2:1 ja, aber für Kroatien.«

Na, da waren wir beide nicht einer Meinung, aber das lag wohl auch an unseren verschiedenen Herkünften. Ich schlug jedoch vor:

»Weißt du was, Marijana, wir wetten. Du tippst für Kroatien und ich für Spanien.«

»Gerne, das würde ich machen. Und worum wetten wir?«

»Na, wer das Fußballspiel gewinnt.«

»Ja, das ist mir klar, aber was ist dein Wetteinsatz?«

»Also, wenn Spanien gewinnt, dann musst du mich bei meinen nächsten Abenteuern barfuß begleiten«, sagte ich und ließ meine nackten Zehen vor Marijanas Augen kräftig tanzen.

Sie blickte mich skeptisch an. Dann erwiderte sie:

»Na schön, aber, wenn Kroatien gewinnt, musst du wieder Schuhe tragen.«

»Nein, danke, Marijana. Das mache ich bestimmt nicht. Ich bin doch jetzt wie du weißt ›auf nackten Füßen zum Erfolg‹ und ich muss ehrlich sagen, das hat was. Ich empfinde es als viel angenehmer als Schuhe zu tragen und seitdem ich es mache, spüre ich stets eine besondere Kraft, Stärke und Energie aus dem Boden zu ziehen.«

»Ja, aber, Lola, du hast selbst gesagt, wir wetten miteinander, und du musst es nur machen, wenn die Kroaten die Spanier besiegen.«

»Trotzdem möchte ich für keine Wette der Welt, das Barfußgehen aufgeben. Aber ich könnte dir einen anderen Gefallen tun, z. B. einen Monat lang dir unangenehme Dinge abnehmen.«

»Na gut, damit bin ich einverstanden«, sagte Marijana, stand auf und fuhr fort: »Also Lola, meine liebste Freundin, ich wette mir dir, dass Kroatien heute gegen Spanien gewinnt. Falls die Kroaten gewinnen, musst du von morgen früh an, einen Monat lang, meine Dienerin sein und mir jeden Wunsch erfüllen, den ich dir auftrage. Du darfst mich nur dann herumkommandieren und mit mir nach draußen zum Ritter spielen gehen, wenn ich mir explizit von dir wünsche, Lola, lass uns Doña Quijota und Sancha María sein. In diesem Falle bin ich dann deine Knappin und du meine Herrin. Ansonsten ist es jedoch umgekehrt. Falls die Spanier gewinnen sollten, werde ich vom heutigen Abend an, bis zum morgigen Abend in einem Monat, nur noch barfuß gehen. Genauso wie du es möchtest. Wette gilt?«

»Wette gilt«, sagte ich und stand ebenfalls auf.

»Wette gilt«, sagte Marijana und wir schlugen ein. Dann lachten wir ein Weilchen. Dann drehte ich mich um und wandte meinen Blick Marijanas Spielesammlung zu.

»Du, Marijana, was ist das denn für ein Spiel: ›Hänsel und Gretel durch den Hexenwald‹?«

»Ach so, Lola, was das für ein Spiel ist. Also das ist für mehrere Spieler, aber mindestens zwei: Ein Spieler spielt die Waldhexe und die anderen spielen Kinder, die durch den Wald gehen. Warte, ich hole es.«

»Gut, pass aber auf, dass du nicht über meine Sachen stolperst.«

Marijana ging zum Schrank und holte das Spiel heraus. Dann ging sie zu dem Platz zurück, wo sie zuvor gesessen hatte, und wir beide setzen uns wieder im Schneidersitz auf den Boden. Marijana öffnete die Spielpackung und holte das Spielbrett hervor und breitete es in unserer Mitte aus. Das rechteckige Spielbrett bestand aus einem grün gezeichneten Wald, durch den ein großes Netz an Wegen gezeichnet war. Diese Wege bestanden aus einer Kette von mehreren Punkten und erstreckten sich waagerecht und senkrecht über das ganze Spielbrett. Sie waren aber auch mit diagonalen Wegen untereinander verbunden. In der rechten oberen Ecke des Spielbrettes befand sich ein großer Kreis, der mit dem Wort »Start« gekennzeichnet war. Er markierte offensichtlich den Eingang in den Wald. Genau gegenüber in der linken unteren Ecke war ein großer Kreis mit dem Wort »Ziel« geschrieben. Allerdings war sowohl in der Reihe senkrecht oberhalb dieses Zielkreises als auch in der Reihe senkrecht unterhalb des Startkreises je eine Reihe Bäume eingezeichnet. In der genauen Mitte des Spielbrettes war ein Pfefferkuchen-Knusper-Hexenhaus eingezeichnet. Meine Freundin nahm eine schwarze Spielfigur aus dem Spielkasten und stellte sie auf das Hexenhaus. Dann erklärte sie mir die

Spielregeln:

»Also, Lola, das Spiel spielt man mit einem Würfel. Dieser Würfel erlaubt dir es, so viele Felder zu gehen, wie die Zahl auf dem Würfel ist. Für die Kinder, die den Wald durchqueren, ist der Startpunkt, das Feld auf dem ›Start‹ geschrieben steht. Das Startfeld der Waldhexe ist hingegen ihr Hexenhaus. Das sollte von den Kindern, die durch den Wald gehen aber tunlich gemieden werden. Das Ziel der Kinder ist es, auf die andere Seite des Waldes zu gelangen. Sie dürfen dabei aber nur waagerecht und senkrecht ziehen.«

»Wenn ich jetzt also ein solches Kind bin, dann muss ich hier vom Startpunkt rüber zum Zielfeld?«

»Genau.«

»Und, wenn ich die Hexe bin, dann auch?«

»Nein, Lola, so ist das nicht, die Hexe hat ein anderes Ziel. Auch für die Hexe gilt, dass sie nur so viele Feldern ziehen kann, wie sie würfelt. Im Gegensatz zu den Kindern, kann sie aber nur diagonal ziehen. Ihr Ziel besteht nicht darin, den Ausgang des Waldes zu erreichen, sondern die Kinder zu fangen, um sie anschließend zu fressen. Das macht sie sogar, laut den Spielregeln an Ort und Stelle.«

»Oha, und wie fängt und frisst sie die Kinder?«

»Ganz einfach, Lola, die Waldhexe zieht mit genauer oder einer höheren Augenzahl auf ein Feld, auf dem ein Kind steht, und frisst es dann an Ort und Stelle. Dazu schlägt wie beim ›Mensch ärgere dich nicht‹-Spiel die Hexenspielfigur die Kinderfigur vom Feld. Der entsprechende Spieler scheidet dann aus, denn er wurde ja schließlich ›aufgefressen‹. Die Hexe hat gewonnen, wenn sie alle anderen Spieler aufgefressen hat. Jeder andere Spieler gewinnt, wenn er es schafft, den Wald zu durchqueren, ohne von der Hexe aufgefressen zu werden. Die Hexe hat damit insgesamt verloren, wenn sie es nicht schafft, bevor der letzte der anderen Spieler das Ziel erreicht, einen der anderen Spieler aufzufressen. Wenn mehr als zwei Spieler miteinander spielen, muss übrigens die Hexe jedes Mal, wenn sie einen anderen Spieler gefressen hat, zurück in ihr Hexenhaus gehen und das macht sie, indem sie direkt dorthin springt. Dieser Ortswechsel zählt nicht als Zug. Deswegen ist es nicht so gut, sich nahe dem Hexenhaus zu bewegen.«

»Klar, weil einen dort die Hexe am schnellsten fängt.«

»Genau. Noch etwas: Zum Fressen der Kinder genügt der Hexe die genaue oder eine höhere Augenzahl, um ein Feld, auf dem ein Kind steht, zu erreichen. Die restlichen Augen auf dem Würfel verfallen dann, wenn sie das Feld mit dem Kind erreicht hat, da sie unmittelbar nach dem ›Fressen‹ wieder zurück in ihr Hexenhaus springt. Aufgrund der Gestaltung des Spielfeldes kann die Hexe auch auf die Eckpunkte des Spielfeldes ziehen, da sie jedoch nur diagonal ziehen kann, kann sie nicht über diese Eckpunkte hinausziehen. Daher darf sie nur dann auf einen Eckpunkt ziehen, wenn sie ihn exakt mit der gewürfelten Zahl erreicht oder sich dort ein Kind aufhält. Dann darf die Hexe auch mit einer höheren Augenzahl zu einem Eckpunkt ziehen, als der Eckpunkt von ihr entfernt ist.«

»Klar, die Hexe will es ja auch fangen und fressen. Und da es ja keine Möglichkeit sonst gäbe, über das

Feld zu ziehen, ist es ja auch sinnig, dass sie es dann nicht erreichen darf.«

»Genau. Das soll ja schließlich verhindern, dass sie künstlich ihre Schrittzahl verringert.«

»Gut, dann würde ich mal sagen: Fangen wir an«, sagte ich und nahm eine gelbe Spielfigur aus dem Spielkasten und stellte sie auf das Startfeld.
Marijana reichte mir den Würfel:

»Hier, die Kinder sind immer zuerst und die Hexe erst als letztes an der Reihe.«

»Gut, dann ziehe ich zuerst«, sagte ich und nahm den Würfel in die Hand.

Während ich den Würfel durch meine Hand schüttelte, stellte ich mir vor, ich würde vor dem Eingang zu einem tiefen dunklen Wald stehen und vorsichtig meinen nackten Fuß in diesen hineinbewegen. Dann fiel der Würfel zu Boden und zeigte eine Drei. Kaum visualisierte ich das, schob ich meine Spielfigur drei Felder geradeaus. Gleichzeitig sah ich mich vor meinem geistigen Auge, wie ich mich barfuß auf meinen nackten Füßen vorsichtig drei Schritte in den dunklen Wald bewegte. Ich ging dabei eher auf einem Pfad als auf einem Weg zwischen den Bäumen und, obwohl die Bäume einen sehr dunklen Schatten auf mich warfen, konnte mich von hinten noch etwas Sonnenlicht erreichen und ich fand den Wald dann doch angenehm: Nicht zu dunkel, dafür schön kühl und gleichzeitig konnte ich die vielen weichen Moose und Sträucher an meinen nackten Füßen fühlen. Plötzlich spürte ich in dem Wald einen seltsamen Wind, der lautend durch die Blätter rauschte. Er wirbelte ein paar Äste auf und formte aus diesen eine Silhouette, die sich anschließend in eine schwarzhaarige, fast durchsichtige Figur formte. Die Figur sah aus wie meine Freundin Marijana und trug wie sie auch die schwarzgeränderte Brille mit den zwar runden, aber zur Nase hin wie ein Dreieck spitz zulaufenden Gläsern. Die Figur hatte ein giftgrünes Gesicht mit einer Warze über der Nase und trug sowohl einen sehr spitzen lilafarbenen Hut als auch ein lilafarbenes Kostüm. Die Figur sprach mich an und sprach mit einer wirklich hämisch und fies klingenden Stimme:

»Hihihi, hallo, Lola Álvarez Sánchez, willkommen in meinem Wald. Ich hoffe, er gefällt dir.«

»Wer bist du?«, fragte ich die Gestalt.

»Ich bin die Waldhexe«, antwortete sie, »und ich bin sehr erfreut, dass du in meinen Wald kommst. Ich habe schon sehnsüchtig auf dich gewartet und ich muss sagen: Du siehst wirklich sehr gut aus.«
Kaum hatte sie das gesagt, schwebte sie einmal um mich herum, um mich wohl von all meinen Seiten zu begutachten. Dann schwebte sie wieder vor mein Gesicht und sagte zu mir:

»Wie ich sehe, gehst du ja schon ganz gut durch die leckeren Waldkräuter und lässt deine Füße ja gleich mit ihnen direkten Kontakt aufnehmen. Bestimmt werden sie nachher lecker nach den köstlichen Waldkräutern duften. Mhm, bestimmt sogar sehr lecker«, sagte die Gestalt und rieb sich über ihren Bauch, »und noch lieber wäre es, wenn du dich ganz einmal in die Kräuter legst, denn dann wirst du komplett nach den leckeren Waldkräutern duften, Lola Álvarez Sánchez.«

»Lecker duften? Ich soll lecker duften?«, fragte ich verwirrt die Gestalt. »Was wollen Sie denn von mir? Also ich möchte hier lediglich die Natur genießen und im Wald spazieren gehen und gerne auch sehen, was auf der anderen Seite des Waldes ist.«

»Das darfst du gerne, liebe Lola Álvarez Sánchez. Das ist dein gutes Recht und das sollst du auch gerne erleben. Allerdings möchte ich dich nur kurz vorwarnen, dass ich dir gerne begegnen möchte, aber du mir sicherlich nicht, liebe Lola. Dabei bin ich doch schon so nah in deiner Nähe und möchte dich gerne willkommen heißen. In der Nähe eines so gutaussehendem und lecker nach Kräutern duftenden spanischen Mädchens, mhm, da bekomme ich doch glatt Appetit. Weißt du, ich wollte dir nur sagen: Willkommen im meinen Wald und genieße ihn. Und wenn wir uns dann begegnen und ich dann bei dir lande, werde ich dich auffressen«, und während sie »auffressen« sagte, rieb sich die Gestalt mit ihren Krallenfingern über ihren Bauch und leckte ihre Zunge, die wie ein Y gespalten war, einmal kreuz und quer über ihre Lippen.

»Bis später, Lola«, sagte die Gestalt und löste sich dann in Luft auf.

Der Wind, der sie aus ein paar verwirbelten Ästen und Laub geformt hatte, verzog sich und ließ die Äste raschelnd auf den Boden fallen.

In diesem Moment vernahm ich eine vertraute Stimme, die laut meinen Namen rief.

»Lola, Lola!«, rief sie. »Lola!«

Kaum hörte ich das, schlug ich meine Augen auf und hob meinen Kopf nach oben. Es war meine beste Freundin

Marijana, die mir gegenübersaß.

»Lola«, sagte sie, »ich habe gewürfelt und die sechs Felder gezogen. Jetzt bist du an der Reihe.«

»Ach so, entschuldige«, sagte ich verwirrt.

Ich nahm den Würfel in die Hand und warf einen Blick aufs Spielfeld. Marijana hatte die Hexenspielfigur genau sechs Felder diagonal im 45-Grad-Winkel vom Hexenhaus nach rechts oben in Richtung Spielfeldrand gezogen. Da das Spielfeld neunzehn Felder plus Start- bzw. Zielfeld lang und fünfzehn Felder breit und damit quasi einundzwanzig mal fünfzehn Felder groß war, hatte sie so den Spielfeldrand bereits bis um ein Feld erreicht und stand meiner Figur verdächtig nahe. Um genau zu sein, eigentlich nur ein Diagonalfeld daneben.

»Puh, Marijana, da hast du mich aber beinahe schon erwischt. Eine Eins mehr und du wärst auf meinem Feld gelandet. Ich habe es mir gerade vor meinem geistigen Auge vorgestellt, wie es wohl wäre, selbst den Wald zu betreten, und kaum war ich drei Schritte drin, schon hast du mich in der Gestalt der Waldhexe aufgesucht und mir gesagt, wenn wir uns begegnen, würdest du mich auffressen.«

»Ich spiele hier die Waldhexe, schon vergessen? Und ja, ich werde dich fressen, wenn du auf mich stößt oder ich auf dich in meinem Wald stoße. Komm, Lola, ich bin dir sehr hart auf den Fersen. Selbst bei einer Eins kann ich dich schon auffressen, so wie du dastehst. Also versuche, mir zu entkommen.«

Stimmt, so unrecht hatte sie nicht. Ich war der Waldhexe verdammt nahe und musste wirklich unsere Distanz zueinander vergrößern. Ich nahm den Würfel in die Hand und würfelte. Ich hoffte eine ungerade Zahl zu würfeln, da ich so auf ein Feld ziehen würde, das die Hexe nicht erreichen konnte. Ich hoffte vor allem, keine Zwei zu würfeln, denn diese würde mich auf Felder ziehen lassen, die die böse Waldhexe Marijana ebenfalls mit nur einer Eins erreichen konnte, wo sie dann auch im Vorbeiziehen mit großem Appetit eine arme, kleine Spanierin vertilgen konnte. Ich umklammerte fest den Würfel und warf ihn dann zu Boden. Dummerweise zeigte er eine Zwei.

»So ein Mist«, dachte ich. »Jetzt habe ich verloren.«

Doch dann blickte ich auf das Spielfeld und fand ein Feld, zwei Felder von mir entfernt, auf das die Hexe nicht ziehen konnte. Es war das Feld zwei Felder näher in Richtung Eingang.

»Sag mal, Marijana, ich darf mir die Richtung doch aussuchen, in die ich ziehe, oder?«

»Ja, du darfst, so viele Felder in eine beliebige Richtung ziehen, wie der Würfel dir anzeigt. Du musst dich aber auf jeden Fall waagerecht oder senkrecht bewegen. Du kannst aber auch diese Schritte, die du machst in mehrere Ketten waagerecht und senkrecht aufteilen. Du solltest dabei nur nicht wieder auf dem Feld landen, von dem du gestartet bist. Warte kurz, ich sehe mal in die Spielanleitung.«

Marijana nahm die Spielanleitung, um nachzulesen. Danach sagte sie:

»Ja, es ist genau so, wie ich es dir gesagt habe.«

Nachdem sie das gesagt hatte, hielt sie mir die Anleitung vor die Augen und ich konnte das noch genauso einmal nachlesen. Ich durfte die Schritte unter den Richtungen aufteilen, ich durfte dabei nur nicht so ziehen, dass ich ein Feld erreiche, was ich auch mit einer kleineren Augenzahl erreichen konnte. Entspannt schob ich meine Figur die zwei Felder zurück in Richtung Waldeingang, neben dem ich nun genau stand.

»Da habe ich noch mal Glück gehabt. Sonst hätte mich doch glatt die Waldhexe gefressen.«

»Das wäre mir ein Vergnügen«, sagte Marijana und lachte.

»Du hast Lachen, meine Liebste«, sagte ich und trank einen Schluck Limonade. »Aber, wenn mich so eine Waldhexe einfängt und frisst, dann möchte ich wenigstens als Paella enden.«

»Als Paella?«, schimpfte Marijana verwunderlich. »So weit kommt es noch, dass du einer Waldhexe wie mir Rezeptvorschläge machst.«

Marijana griff nach einem spitz förmigen Hut, der zufällig zu ihrer Linken in der Ecke neben ihrem Bett lag. Er war genauso lila wie der Hexenhut, den sie in meinen Gedanken getragen hatte. Sie setzte sich ihn auf und sagte dann mit verstellter Stimme:

»Wenn ich dich einfange und fresse, dann fresse ich dich so, wie du bist, mit Haut und Haaren und ich fresse dich roh.«

»Na gut«, sagte ich, »aber erst mal musst du mich kriegen.«

Ich reichte Marijana den Würfel. Sie legte den Hexenhut wieder ab und würfelte. Während der Würfel über den Boden tanzte, kullerten Angstschweißperlen meine Stirn hinab. Der Würfel zeigte schließlich, als er stehen blieb, eine Drei.

»Ha, Lola, ich habe eine Drei gewürfelt.«

»Na, und? Damit kriegst du mich nicht und ich kann weiter durch den Wald gehen, ohne der Hexe als Tapas zu dienen.«

Marijana nahm ihre Spielfigur in die Hand und schaute, wie sie drei Felder ziehen konnte. Sie durfte zwar nur diagonal ziehen, jedoch durfte sie innerhalb ihrer Züge auch Richtungsänderungen vornehmen. Sie hörte wohl, wie siegessicher ich doch war, oder vielleicht hörte sie das nicht. Jedenfalls schob sie die Hexenfigur ein Feld weiter nach rechts unten diagonal, sodass nun meine und ihre Spielfigur diagonal in einer Reihe zueinanderstanden und genau zwei Felder auseinander standen.

»Zwei Felder? Oh nein, zwei Felder!«, dachte ich. Zwei von drei Feldern durfte Marijana mit ihrem Wurf ja noch ziehen und, da sie ihre Richtung ändern durfte, tat sie es glatt und schob die Hexenspielfigur genau auf das Feld, wo meine Spielfigur stand. Im Sinne der Spielregeln hieß das, die Hexe würde mich nun schlagen oder besser gesagt, fangen und fressen.

»So, Lola«, sagte Marijana und warf mit der Hexenspielfigur die meinige Figur um.

Ich sah das mit meinen Augen und gleichzeitig sah ich in meinem Kopf, wie ich da im Wald stand und plötzlich eine sehr kratzige Hand nach mir griff und tiefe Furchen in meine Schultern bohrte. Ich drehte mich um und erkannte die Waldhexe, die in ihrem Hexenkostüm und mit ihrem lilafarbenen Hut auf dem Kopf nun in Person hinter mir stand und sich fest an mich krallte.

»Habe ich dich, Lola Álvarez Sánchez! Habe ich dich, haha!«, lachte sie hämisch und schnüffelte mit ihrer warzigen Hakennase an mir und blickte mich steif mit ihren blutroten Augen durch die dreieckigen Brillengläser an.

»Nun gehörst du mir«, kreischte sie, »nun gehörst du mir!«

Mir wurde ganz mulmig, als sie das sagte. Mir wurde so richtig mulmig. Dann riss die Waldhexe ihr Maul auf und fletschte mit ihren riesengroßen spitzen Zähnen und ihrer gespaltenen y-förmigen Zunge nach mir. Zeitgleich, als die Waldhexe ihr Maul aufriss, riss sie mich vom Waldboden, und kaum, dass ich noch irgendwelchen saftigen Waldboden unter meinen nackten Fußsohlen spüren konnte, sogleich musste ich mit meinen Augen die große rote Wand ihres Mauls und die Innenseite ihrer spitzen Zähne erblicken, die wie Stalagmiten und Stalaktiten aus dem Zahnfleisch schossen.

Ich strampelte mit Leibeskräften und stieß ihr meine nackten Fersen gegen die Brust. Ich schrie laut:

»Hilfe! Friss mich nicht! Hilfe! Friss mich nicht!«

Doch all meine Tritte und all meine Schreie waren vergebens. Kaum fühlte ich, dass meine nackten Fußsohlen schmerzend von den kralligen Händen der Hexe in deren Schlund geschoben wurden und zugleich die nackten Fersen meiner nackten Füße über die spitzen Zähne der Hexe streiften, was fürchterlich wehtat, so wurde es nur einen Moment später stockfinster und mein Rücken ganz feucht und glitschig. Erst spürte ich, wie sich die fiesen spitzen Zähne der Hexe wie lange und spitze Nägel und Schrauben von allen Seiten meine Haut durchbohrten, dann rutschte ich kopfüber nach unten hinab.

»Ahh!«, schrie ich, »Ahh!«

Dieser Schrei war so laut, dass ich um mich schlug und dabei die Limo umwarf.

»Lola!«, rief Marijana mir zu. »Lola, was ist denn?«

»Die Hexe! Sie frisst mich auf!«

»Lola!«, sagte Marijana laut und klopfte mir auf die Schulter. »Lola, es ist doch alles gut. Es war doch nur ein Spiel.«

»Nur ein Spiel?«, sagte ich. »Du böse Hexe hast nach mir gegriffen und mich in deinen Schlund gerissen und dann verschluckt.«

»Lola, höre mir zu, es ist alles in Ordnung. Ich bin keine böse Hexe, sondern deine Freundin Marijana, und nein, ich habe dich nicht gefressen. Sonst würde ich dir ja wohl kaum gegenübersitzen können.«

»Ach no, ich bin gerade durch den Wald gegangen und da tauchte diese böse Waldhexe auf und hat mich an Ort und Stelle gefressen.«
Ich sah auf den spitzen lilafarbenen Hut, der in Marijanas Nähe auf dem Boden stand.

»Ja, genau so einen Hut hat sie hat getragen, die böse Hexe.«

»Lola, beruhige dich und gucke mal genau dorthin«, sagte Marijana und zeigte auf das Spielbrett, was zwischen uns beiden lag. »Dieses Brettspiel haben wir eben gespielt. Da habe ich die Spielfigur der Waldhexe genommen und du die eines Kindes, das die Hexe da fangen soll. Ich glaube, seit dem Tag, an dem du nur noch barfuß läufst, scheint deine Fantasie sehr stark mit dir durchzubrennen. Du hast dir eben sehr genau vorgestellt, wie es wäre, selbst durch den Hexenwald zu gehen, durch den du mit deiner Spielfigur ziehst.«

»Ach so, gracias, Marijana. Da habe ich mir wohl recht viel vorgestellt.«

Ich atmete einmal tief durch und konnte mich dann beruhigen.

Nachdem ich tief durchgeatmet hatte, fragte ich:

»Sollen wir noch einmal spielen?«

»Ja, gerne. Diesmal kannst du aber die Waldhexe sein und mir auflauern.«

»Gut, das können wir so machen. Dann stelle ich mal die Spielfigur des Kindes auf den Waldeingang, die Hexe auf ihr Haus und gebe dir den Würfel.«

Was ich zu Marijana sagte, machte ich. Ich stellte die gelbe Spielfigur auf den Waldeingang auf dem Spielbrett und die schwarze Spielfigur auf das Hexenhaus. Ich gab Marijana den Würfel und sie würfelte. Der Würfel zeigte eine Vier. Sie zog die Figur ein Feld in den Wald hinein und bog dann anders als ich vorhin nach links ab und zog die übrigen drei Felder senkrecht das Spielfeld hinab. Ein Feld, auf das ich mit meiner Hexenspielfigur nicht so leicht ziehen konnte. Denn ich durfte ja nur diagonal oder im Zick-Zack ziehen. Und selbst im Zick-Zack würde ich es nicht schaffen mit einer Sechs dieses Feld zu erreichen, das neun Felder rechts von dem Hexenhaus entfernt war. Dann durfte ich würfeln und, während ich mir gespannt so vorstellte, eine Waldhexe zu sein, die gleich durch die Natur zur Jagd auf kleine Kinder gehen würde, musste ich mies feststellen, dass mein Würfel nur eine blöde hässliche Eins zeigte und ich nur ein Feld herausrücken durfte. Ich ging jedoch ein Feld nach rechts unten, denn ich dachte mir, so könnte ich Marijana am besten auflauern. Nun war sie dran und würfelte eine Sechs. Entsprechend zog sie sechs Felder weiter nach unten.

»Mit der nächsten Sechs müsste ich abbiegen«, sagte sie.

»Und mit der nächsten Sechs kann ich dich fangen«, erwiderte ich.

»Ach wirklich, Lola? An deiner Stelle würde ich da noch einmal nachzählen.«

Ich sah mir das Spielbrett an und stellte fest, dass ich doch bestimmt acht oder mehr Felder ziehen musste, um bei Marijana landen zu können. Daher konnte ich doch nicht direkt mit einer Sechs gewinnen. Dann würfelte ich. Immerhin eine Fünf. Auch ich zog die Spielfigur weiter diagonal und ohne zwischenzeitlich einmal abzubiegen in Richtung Spielfeldrand. Dann war Marijana wieder an der Reihe. Sie würfelte eine Sechs und zog erst drei Felder nach unten und dann bog sie aus ihrer Sicht rechts ab und zog so drei Felder weiter in Richtung des linken Spielfeldrandes. Dabei erreichte sie genau das Feld, das ein Feld über mir stand.

»So, Lola, da möchte ich dich mal ein wenig ärgern. Auch wenn ich mich dir auf nur ein Feld nähere, kannst du mich dennoch nicht fangen, da du nur diagonal ziehen kannst, du aber, um mich fangen zu können, senkrecht ziehen müsstest.«

»Du bist ganz schön ausgefuchst. Aber davon lasse ich mich nicht beeindrucken. Schauen wir doch mal, wie es dir ergeht, wenn ich versuche, dir den Weg abzuschneiden.«

Ich nahm den Würfel in die Hand und würfelte eine Drei.

Dann zog ich ein Feld nach links unten und erreichte so den Spielfeldrand. Dann ging es im Zickzack weiter, ein Feld nach links oben und dann wieder eins nach links unten. Marijana verfolgte diese Züge auf dem Spielbrett. Dann würfelte sie. Kurioserweise eine Sechs. Um diese sechs Felder zog sie dann waagerecht nach links weiter.

»Puh! Gott sei Dank war es eine Sechs. Bei einer Fünf hättest du mich mit einer Zwei oder höher fangen und fressen können.«

»Oder auch bei einer Drei, wenn ich mit einer Zwei oder höher im Zickzack ziehen würde.«
Dann nahm ich den Würfel und würfelte und zwar eine Drei. Diese erlaubte es mir drei Felder diagonal nach links oben zu ziehen. Jetzt war ich Marijana wieder auf den Fersen. Nur dummerweise wieder nur ein Feld neben ihr, ohne auf das Feld ziehen zu können, auf dem sie stand. Dann würfelte sie wieder und lachte, als der Würfel eine Sechs zeigte. So viel Würfelglück kann doch niemand haben, dass er immerzu nur Sechsen würfelt. Sie zog zwei Felder senkrecht nach unten und dann vier Felder waagerecht nach links. Schön den Spielfeldrand entlang.

»So, Lola, an deiner Stelle würde ich versuchen, mich einzuholen. Noch eine Sechs und ich bin unversehrt durch den Wald gelaufen.«

»Das werden wir noch sehen«, sagte ich und nahm den Würfel und warf ihn kräftig zu Boden.
Er blieb stehen und zeigte eine Drei. Mit diesen drei Zügen konnte ich – wie Marijana zuvor auch – direkt an den Spielfeldrand ziehen.

»So, Marijana«, sagte ich, »ich erwarte dich.

Wenn du den direkten Weg wählst, muss du schon über mich ziehen.«

»Ja, das sehe ich und für mich heißt das, ich laufe direkt in die Klauen der bösen Waldhexe und sie frisst mich. Dann hat sie gewonnen und ich verloren. Also muss ich versuchen, ihr auszuweichen.«

Marijana nahm den Würfel und würfelte eine Fünf.

»Eine Fünf. Man kann nicht immer eine Sechs würfeln«, sagte sie und blickte aufs Spielfeld. »Also mal sehen: Wie viele Felder trennen mich von ihr? Das sind drei an der Zahl. Ich kann mich also auf zwei Feldern ihr nähern, dann ein Richtungswechsel.«

Marijana zog die zwei Felder in meine Richtung und dann eins nach oben.

»Noch zwei Felder nach links und Lola erwischt mich mit einer Eins«, sagte Marijana.

Während ich mich schon diebisch darauf freute, zog Marijana ihre Spielfigur zwei Felder weiter nach oben.

»So, Lola, du bist dran«, sagte Marijana und gab mir den Würfel. »Ich denke, du musst bestimmt eine Drei würfeln, um mich einzuholen.«

Ich nahm den Würfel und würfelte. Er fiel zu Boden und zeigte mir vier wunderschöne Augen.

»Eine Drei muss ich schon würfeln, aber eine Vier reicht auch aus. Ich schaue mal, welches Feld ich erreiche.«

Ich zog zunächst zwei Felder diagonal nach rechts oben. Nun stand ich genau ein Feld rechts unten von Marijanas Spielfigur.

»Oh, wie schön. Da ich auch meine Richtung ändern darf, gehe ich mal nach links oben weiter und schon bin ich bei dir.«

Ich schob die Hexenfigur auf das Feld mit Marijanas Figur und schubste diese vom Spielplan.

»Marijana, du siehst gut aus und ich muss sagen, du siehst auch sehr lecker aus. Bestimmt schmeckst du auch so.«

»Okay, Lola, du hast du gewonnen.«

»So ist es! Welchen Teil von dir gönne ich mir als Tapas? Vielleicht deine köstlich aussehenden Knusper-Ärmchen?«

»Lola! Du bist doch in Echt keine Waldhexe. Also lass das!«, rief sie zitternd.

Ich näherte mich Marijana mit einem appetitlichen und diebischen Verlangen. Sie kroch zurück.

»Lola!«, rief sie.

»Och, das wird ein Festmahl für die Waldhexe! ¡Mmm! (Mhm!)«, sagte ich und beugte mich stark über sie.

Ich streckte meine Zunge aus dem Mund und rieb sie mir über die Lippen. Da spürte ich plötzlich, wie meine schwarzen Haare eklig nass wurden.

»¡Puaj!«, rief ich, was sich mit »Ih!«, »Igitt!« oder »Pfui!« übersetzen ließ und griff nach meinen Haaren und ließ mich wieder zurückfallen.

»Tut mir leid, Lola!«, erwiderte meine Freundin Marijana und hielt die Limoflasche in der Hand, »aber ich musste verhindern, dass du dich weiterhin für eine Hexe hältst, die mich unverzüglich auffrisst. Eigentlich schade um die schöne Limonade.«

»Ja, wirklich schade. Und wie das Zeug klebt! ¡Puaj!«, rief ich vor Ekel, als ich mir mit den Händen durch die nassen, klebrigen Haare fuhr.

Marijana stellte die Limonadenflasche ab und nahm das Spielbrett in die Hand.

»Ich glaube, wir räumen das Spiel besser weg. Es regt zu sehr deine Fantasie an.«

Marijana nahm das Spielbrett von »Hänsel und Gretel durch den Hexenwald« und räumte es zusammen mit Würfel und Spielfiguren in den Karton. Sie verschloss ihn und trug das Spiel zusammengepackt zurück in den Schrank.

»Sollen wir noch etwas spielen, Lola? Vielleicht ein Kartenspiel oder so?«

»Nein danke, ich glaube, ich werde erst einmal nach Hause gehen und mich waschen.«

»Mach das! Sollen wir das Spiel bei dir oder bei mir gucken?«

»Warte, um 18:30 Uhr ist Anpfiff und mein Vater ist ja noch immer ein großer Fußballfan von Málaga CF, der in der Primera División spielt. Bestimmt lässt er sich dazu überreden, dass wir uns das Spiel angucken«, sagte ich.

Der *Málaga CF* ist der *Málaga Club de Futbol* und der bedeutendste Fußballverein der Großstadt Málaga, die nahe meiner Heimatstadt Marbella liegt. Im deutschen Sprachraum ist er eher als *FC Málaga* bekannt. Die *Primera División*, in der der Verein spielt, ist die höchste Liga im spanischen Fußball und mit der deutschen ersten Fußballbundesliga vergleichbar. Der Málaga CF ist dort sehr erfolgreich und stellt als guter Verein auch vieles spanische Nationalspieler. Mein Padre war schon immer ein großer Fan des Málaga CFs und wurde schon als Kind von seinem Vater zu den Spielen des Málaga CFs mitgenommen. Auch nachdem er mit seiner Familie nach Dortmund ausgewandert war, ist er dem Málaga CF treu geblieben und hat sich nicht wie die meisten anderen Fußball-Fans hier dem BVB Borussia Dortmund angeschlossen. Nachdem ich für diese kleine Anmerkung meine Geschichte unterbrechen musste, möchte ich da fortfahren, wo ich aufgehört habe. Also, wo war ich stehen geblieben? Ach ja, ich sagte zu meiner Freundin Marijana:

»Warte, um 18:30 Uhr ist Anpfiff und mein Vater ist ja noch immer ein großer Fußballfan von Málaga CF, der in der Primera División spielt. Bestimmt lässt er sich dazu überreden, dass wir uns das Spiel angucken.«

»Prima. Sag mir einfach Bescheid, wenn das geht und ich komme dann zu dir rüber, Lola.«

»Alles claro. Adios, mi amiga.«

Ich griff nach meinem Beutel auf dem Boden und verließ Marijanas Zimmer. Ich ging aus ihrer Wohnung, das Treppenhaus hinab und dann über die Wiesen und Gehwege rüber zu dem Hochhaus, in dem ich wohnte. Barfuß über die verschiedenen Böden, wie kühlere Fliesen im Treppenhaus, warmer Gehweg vor der Türe, oder weiches feuchtes Gras in den Wiesen. Ich erreichte meine Wohnung und schloss auf. Zunächst ging in mein Zimmer, um meinen Beutel abzulegen. Dieser Beutel war eigentlich nur mein zusammengerollter Ritterumhang, in dem alle meine Rittersachen drin waren, die ich als Doña Quijota de Pies Descalzos al Éxito brauchte. Ich öffnete ihn, sodass der Beutel ausgebreitet wieder zu dem Umhang wurde, der er war. Ich räumte alle Rittersachen wie Helm, Schild und Schwert, die auf ihm lagen, in den Schrank. Meinen Umhang hing ich dann fein und ordentlich über meinen Rittersachen auf. Dann schloss ich den Schrank und ging ins Bad, zog mich dort aus, um mich erst mal in unserer Wanne ordentlich zu duschen. Nachdem ich von den Haarspitzen bis zu den Zehennägeln wieder sauber war, trocknete ich mich ab und zog meine Kleider wieder an. Dann ging ich rüber ins Wohnzimmer, wo mein Vater auf dem Sofa saß, um ihn bezüglich des anstehenden Fußballspiels Spanien gegen Kroatien zu fragen.

7. Kapitel: Das Fußballspiel

Hola, Padre«, sagte ich, als ich das Wohnzimmer betrat und meinen Vater auf dem Sofa sitzen sah. »Hola, Padre, ich wollte dich fragen, ob du nachher vorhast, hier im Wohnzimmer das Spiel Spanien gegen Kroatien zu gucken?«

»Hola, Lola«, sagte er. »Sí, ich habe das auf jeden Fall vor. Noch lieber würde ich das EM-Spiel hier im Estadio gucken, schließlich spielen die heute hier in Dortmund. Doch leider waren die Karten sehr teuer und ich konnte mir keine kaufen. Daher möchte ich das Spiel nun nachher im TV sehen.«

»¡Bien! Dann können wir das ja auch als Familie machen.«

»Gerne, die Idee hatte ich auch schon. Deine Madre wollte Tapas machen und gemeinsam können wir uns das Spiel dabei ansehen.«

»¡Bien, Padre! Ich wollte dir nur mitteilen, dass Marijana vorhat, das Spiel mit uns zu sehen. Wir haben nämlich gewettet, wer gewinnt.«

»Nun ja, du weißt ja, wer gewinnt: Spanien natürlich.«

»Das würde ich auch sagen, nur Marijana sagt ja als Mädchen kroatischer Herkunft, dass Kroatien gewinnt.«

»Na gut, dann lass sie das denken.«

»Okay, aber darf sie trotzdem mit uns Fußball gucken?«

Padre überlegte eine Weile und sagte dann:

»Na gut, sie darf.«

»Perfecto«, sagte ich, »dann werde ich ihr mal Bescheid geben.«

Ich drehte mich um und ging zum Telefon und wählte Marijanas Telefonnummer. Nach einer Weile meldete sie sich und ich erzählte ihr, dass mein Vater damit einverstanden war, dass sie bei uns das Spiel guckt und dass es Tapas geben würde. Marijana freute sich und sagte mir zu. Dann ging es auch schon auf 18:00 Uhr los und meine Eltern, mein Bruder Luis und ich zogen unsere Trikots und Shorts an. Es waren alles Trikots und dazu passende Shorts mit Namen großer spanischer Nationalspieler wie Fran Massillas, Xabi Jerezo oder Pedro Madrido. Das Trikot mit dem Namen Letzteres trug ich. Mein Padre trug ein Trikot von Manuel Balázquez, das er noch von seinem Vater hatte. Balázquez spielte in den 1960er Jahren für Málaga und auch für die spanische Nationalmannschaft. Zusätzlich zu den Trikots hatten wir unsere Wangen mit der spanischen Nationalflagge geschminkt. Als es pünktlich 18:00 Uhr war, klingelte es an der Türe. Ich öffnete sie und vor der Tür stand Marijana, die so ein sehr komisches rotweiß-kariertes T-Shirt trug. In der rechten Hand trug sie eine Fahne bei sich.

»Buenos tardes, Marijana«, sagte ich, »was ist das für ein komisches rot-weiß-kariertes T-Shirt, was du da trägst?«

»Das hier meinst du, Lola. Das ist ein Trikot, genauer gesagt ein Fußballnationalmannschaftstrikot. Und noch genauer gesagt: Ein Fußballnationalmannschaftstrikot von Luka Ledrić. Er ist einer der besten Fußballspieler Kroatiens und unser Mannschaftskapitän.«

»Soso«, sagte ich skeptisch.

»Es steht mir doch gut und motiviert mich beim anstehenden Spiel zu meiner Mannschaft zu halten.«

»Das denke ich auch, aber du weißt schon, dass du in einem spanischen Haushalt bist. Meine Familie und ich stehen hinter der anderen Mannschaft.«

»Na und, das ist halb so schlimm. Außerdem spielt Ledrić bei Real Madrid, sodass ihr Spanier ihn auch kennt und liebt. Also ist das nur halb so schlimm. Außerdem warum sollte ich als Kroatin oder Halb-Kroatin bei einem Spiel Spanien – Kroatien die Spanier anfeuern? Du weißt, ich bin für Kroatien und …«

»… so haben wir auch gewettet, ich weiß. Komm rein, ziehe dir aber bitte die Schuhe aus.«

»Das mache ich.«
Marijana streifte ihre Mokassins ab und betrat in Trikot, Shorts und den weißen Strümpfen die Wohnung. Ihre weißen Strümpfe, die sogar noch die Knöchel bedeckten, stellten sich beim Betreten der Wohnung schnell neben meinen nackten Füßen auf.

»Ich glaube, wenn das Spiel nachher vorbei ist, wirst du weder deine Schuhe noch deine Strümpfe brauchen. Zumindest einen Monat lang nicht.«

»Ach wirklich«, sagte Marijana. »Ich glaube eher, wenn das Spiel nachher vorbei ist, wirst du für mich einen Monat lang mein Zimmer aufräumen, meine Wäsche sortieren und mir alle Hausarbeiten abnehmen, die meine Mutter mir aufgibt, und du wirst mich bedienen. Ach ja und das wichtigste, du wirst nur dann Doña Quijota sein, wenn ich es dir erlaube.«

»Das werden wir noch sehen, Marijana!«

»Ach wirklich, Lola? So war dein Wetteinsatz: Wenn Kroatien gewinnt, bist du einen Monat lang meine Dienerin. Abgemacht ist abgemacht!«

»Richtig, Marijana, aber wenn Spanien gewinnt, worauf du dich verlassen kannst, läufst du mindestens einen Monat lang nur noch barfuß wie ich. Das war dein Wetteinsatz. Abgemacht ist abgemacht!«
Wir blickten uns gegenseitig sehr tief in die Augen und fesselten uns gegenseitig mit den steifen eiskalten Blicken und standen uns gegenüber als würden wir uns wenige Sekunden später duellieren wollen. Wir blickten uns steifer und kälter in die Augen und dann sagte ich entschlossen:

»Gut, möge der Bessere gewinnen!«
Marijana legte die kroatische Flagge in die linke Hand und reichte mir die rechte Hand. Ich reichte ihr meine und wir schüttelten uns kräftig die Hände. Dann gingen wir beide weiter ins Wohnzimmer. Dort hatte Madre schon den Tisch vor dem Fernseher reichlich mit allen möglichen Tapas gedeckt. Padre und Luis saßen nebeneinander auf dem Sofa: Padre ganz rechts und Luis zu seiner Linken. Ich kam dazu und setzte mich links neben Luis. Dann musste ich Padre jedoch zunächst etwas fragen:

»Padre, würde es dich stören, wenn Marijana sich zu uns aufs Sofa setzt? Ich meine, immerhin trägt sie ein Trikot der feindlichen Mannschaft.«

»Also ich habe nichts dagegen, wenn sie mit uns Fußball guckt, aber auf dem Sofa hier sitzen nur Spanien-Fans. Daher soll sich deine Freundin gefälligst einen Stuhl aus der Küche nehmen.«

Ich drehte mich nach Marijana um.

»Ich habe schon gehört, was ich zu tun habe«, sagte sie, legte ihre Kroatien-Fahne ab und ging in die Küche und holte sich einen Stuhl. Diesen positionierte sie zu Linken des Sofas. Sie setzte sich auf den Stuhl und nahm die Fahne in die Hand. Nach einer Weile kam auch Madre hinzu und setzte sich zu meiner Linken aufs Sofa. Im TV liefen noch vor dem Spiel die Nachrichten und ich muss sagen, irgendwie kamen mir die Lokalnachrichten sehr bekannt vor:

»Bevor es gleich zum Anpfiff des EM-Spiels Spanien gegen Kroatien kommt, noch eine sehr skurrile Meldung aus unserer Stadt«, berichtete der eine Moderator der Nachrichten.

»Oh ja«, fuhr seine Kollegin fort. »Heute Mittag wäre es im Fredenbaumpark nämlich beinahe zu einer Vergewaltigung einer Jugendlichen gekommen. Ein fünfundvierzigjähriger stämmiger Mann hatte sich über eine Fünfzehnjährige herangemacht. Doch kurz bevor er sie angrabschen konnte, sprang wie aus dem nichts eine nicht sehr alltägliche Hilfe auf. Karl-Heinz Schlagzeile berichtet.«

Nachdem der Name des den Beitrag sprechenden Reporters genannt wurde, spielten sie auch die Szenen aus dem Fredenbaumpark ab.

»Hier im Fredenbaumpark im Gebüsch wurde heute Mittag die fünfzehnjährige Nina F., deren Namen die Redaktion geändert hatte, überfallen und in ein Gebüsch gezerrt. Der Täter war für die Polizei kein Unbekannter. Der Fünfundvierzigjährige hatte schon viele junge Mädchen überfallen und sexuell missbraucht. Doch dieses Mal kam es nicht zu einer Vergewaltigung. Und zwar dank des beherzten Einschreitens eines Unbekannten. Wie Passanten berichten: ›Mitten ins Gebüsch zu dem schreienden Mädchen ist dieses Ding gelaufen.‹ – Dieses Ding? – ›Nun ja, er war komisch gekleidet und hielt einen langen Stiel ausgestreckt. Ich meine auch Schwert.‹ – (Anderer Passant:) ›Ja, er rannte mit dem ausgestreckten Stiel in das Gebüsch zu der Frau, die um Hilfe schrie. Er hatte tatsächlich auch ein richtiges Schwert in der Hand und rief: ›Don Quijote macht dir den Garaus, du Ungeheuer!‹‹ Und das Versprechen hat Don Quijote wohl gehalten. Jedenfalls hat er den Sexualstraftäter aus dem Gebüsch gelockt, noch bevor sich dieser an Nina F. richtig vergreifen konnte und mit Lanze und Schwert attackiert und so lange auf ihn eingedroschen, bis der Sexualstraftäter aufgab und schließlich von Don Quijote in den Parkteich gestoßen wurde. Passanten berichten: ›Don Quijote hat ihn richtig in den Teich gedrängt. Und als er im Wasser war, ist Don Quijote noch auf ihn gesprungen.‹ – ›Ja das mit Don Quijote habe ich gemerkt. Er sprang ins Wasser auf den Mann und rief: ›So du, Bär, dein letztes Stündlein hat geschlagen! Don Quijote macht dich jetzt fertig!‹ Und dann hat er ihn mit seinem Schwert ins Wasser gedrückt.‹ Mit dem Bären war der Sexualstraftäter gemeint. Die Passanten haben dann aber doch die Polizei gerufen und ihnen diese merkwürdige Geschichte geschildert. Die Beamten wollten das zunächst nicht glauben. Doch dann rückten sie doch an, um den Sexualtäter festzunehmen. Triefend nass wurde er aus dem Teich gefischt und in Handschellen abgeführt. Trotzt des Schwertangriffs Don Quijotes hatte er keine Verletzung erlitten. Für die versuchte Tat muss er sich vor Gericht verantworten und wird die nächsten Jahre hinter Gittern verbringen. Von Don Quijote fehlt allerdings jede Spur. Jedoch ist Nina F. ihrem großartigen Retter dankbar, der sie aus einer so misslichen Lage befreit hat.«

Mit diesen Worten endete der Beitrag, den mit Ausnahme von Marijana und mir, keiner in diesem Wohnzimmer, noch nicht einmal in dem ganzen Hochhaus oder in den ganzen Hochhäusern am Borsigplatz verstanden hatte. Nach Wetterbericht schaltete Padre aufs Zweite um, das das Spiel live aus dem Westfalenstadion übertrug. Das Stadion war voll und alle Ränge waren besetzt und alle warteten darauf, dass es endlich losging. Dann war es so weit. Die Spieler betraten das Feld und stellten sich mit ihren Fahnen vor sich auf. Die Mannschaftskapitäne Mario Naros (Spanien) und Luka Ledrić (Kroatien) begrüßten sich auf dem Feld und gaben sich die Hände. Dann wurden zuerst die spanische Nationalhymne, die »Marcha Reál«, und danach die kroatische Nationalhymne »Lijepa naša domovino« gespielt. Schließlich war Anpfiff.

Mit dem Anpfiff begann auch der Kommentar im Hintergrund. Der Kommentator beschrieb die Züge der einzelnen Spieler. Kaum war Anpfiff, schon stand Luka Ledrić am Ball und wollte ihn ins spanische Feld jagen. Doch anscheinend hatte er nicht mit Naros in der Abwehr gerechnet, der den Ball weg- und seinem Teamkollegen Dorrigo zupasste. Dieser stürmte förmlich auf das kroatische Tor zu und schoss den Ball mit großer Wucht aufs

Tor. Doch er wurde vom kroatischen Torwart Dominik Valicivić gehalten. Valicivić rollte den Ball wieder ein und es gab einen Pass auf seine Teamkollegen, die ihn rüber ins Mittelfeld spielten, wo Ivan Biširić stand und den Ball annahm.

»Biširić ist ein sehr gefährlicher Stürmer, Lola«, sagte Marijana. »Glaube mir, der schießt den Ball ins Tor.«

Tatsächlich hielt Biširić den Ball fest an seinen Füßen und schoss ihn auch richtig gefährlich durch die spanische Abwehr auf unser Tor zu. Doch unser Torwart David del Tilo fing den Ball mit gekonntem Griff auf. Anschließend passte er den Ball auf Yaga Mercía zu, der wiederum Kapitän Mario Naros zupasste und der wiederum dem erfahrenen Mittelfeldspieler Romeo Rosquets zupasste. Und so kam es dann, dass der Ball von Spanien aus mit großer Wucht in die kroatische Hälfte gepasst wurde. Stürmer Jorge Madrido nahm ihn an und wollte ihn ins Tor schießen, doch Abwehrspieler Berivić fing ihn ab und passte ihn Biširić und dieser wiederum Ledrić zu und der schoss ihn aufs Tor zu, doch kurz davor köpfte Yaga Mercía den Ball weg und Romeo Rosquets auf die Füße, der ihn dann wiederum seinem Stürmerkollegen Dorrigo zupasste, der den Ball durch die kroatische Abwehr steuerte und dann mit großer Wucht aufs Tor zuschoss. Der Ball wäre fast drin gewesen, doch Valicivić hat ihn in letzter Sekunde gehalten. Und so ging das Spiel munter weiter. Die Stürmer beider Mannschaften schossen auf die Tore zu, doch immerzu wurden sie von den Abwehrspielern oder den Torwarten aufgehalten. Besonders unser Mannschaftskapitän Mario Naros machte es der kroatischen Mannschaft schwer, ans Tor heranzukommen, doch auch umgekehrt hatten unsere elf Spieler Schwierigkeiten an Berivić und Valicivić vorbei zu kommen, der doch seinen Kasten sehr sauber hielt, wie der Kommentator sich ausdrückte. Doch dann kam die fünfunddreißigste Spielminute und Dorrigo war am Zug. Er passte den Ball Jorge Madrido zu und dieser schoss ihn mit einer unhaltbaren Wucht ins Tor. Der Ball flog so schnell, dass Valicivić keine Chance hatte, ihn zu halten. Meine Familie und ich jubelten.

»Tor! Tor! Tor!«, riefen wir alle.

Alle jubelten wir. Nur eine jubelte nicht und das war meine beste Freundin Marijana. Die darauffolgenden zehn Minuten plus Nachspielzeit waren jedoch nicht sehr erfolgreich, denn mal wieder ließen die Spieler der einen Mannschaft keinen Ball der anderen Mannschaft zum Tor durch. Dann pfiff der Schiedsrichter ab und schickte die Mannschaften in die Halbzeitpause. Während das Spiel durch eine Nachrichtensendung unterbrochen wurde, ging meine Familie zwischenzeitlich aufs WC und ich wartete mit Marijana auf dem Sofa, bis ich auch einmal gehen wollte.

»Wenn wir so weitermachen«, sagte ich zu meiner besten Freundin, »dann kannst du deine Schuhe und Strümpfe gleich hier bei mir zurücklassen.«

»Freue dich nicht zu früh! Bestimmt schaffen wir gleich den Ausgleich.«

Luis kam als letzter meiner Familie vom WC zurück und ich ging kurz. Marijana folgte mir, um nach mir ebenfalls einmal aufs Klo gehen zu können. Dann gingen auch die Nachrichten im TV zu Ende und wir versammelten uns alle auf dem Sofa, um die zweite Halbzeit sehen zu können.

Die zweite Halbzeit wurde angepfiffen. Wieder einmal spielten die Spieler beider Mannschaften den Ball aus der einen Hälfte in die andere Hälfte und wieder einmal gönnte die Abwehr der einen Mannschaft dem Sturm der gegnerischen Mannschaft kein Durchkommen zum Tor. Der Ball war in Biširićs Besitz und Biširić wollte ihn auf unser Tor zustürmen und tatsächlich sah es auch so aus, als würde er ihn gleich einlochen wollen. Doch Stürmer Dorrigo rannte auf ihn zu und zog sein Bein so schnell hervor, dass Biširić stolperte und ins Gras fiel. Diesen Sturz begünstige Dorrigo zusätzlich, indem er auch noch mit dem Ellenbogen Biširić in die linke Oberkörperhälfte traf. Eigentlich wollte Dorrigo den Ball nun auf das kroatische Tor zu spielen und so ein Tor für Spanien erzielen. Doch der Schiedsrichter hatte das natürlich gesehen und gepfiffen. Biširić konnte wieder aufstehen. Doch er musste sich erst einmal richtig aufraffen. Der Schiedsrichter ging auf Dorrigo zu und zeigte ihm die Gelbe Karte. Des Weiteren entschied er für einen Freistoß für Kroatien. Eigentlich sollte der gefoulte Biširić diesen ausführen, doch er fühlte sich aufgrund seines Schlages in den Magen für unpässlich. Also einigte er sich mit Kapitän Ledrić, der nun an seiner Stelle den Freistoß ausführen sollte. Die Spanier bildeten eine Mauer. Ledrić legte sich den Ball bereit und dann kam Biširić und sagte, es ginge ihm doch besser. Also ging Ledrić beiseite und ließ den gefoulten Biširić doch spielen. Biširić schoss den Ball um die Mauer herum auf Ledrić zu und dieser schoss ihn direkt ins Tor und das so schnell, dass David del Tilo ihn nicht halten konnte. Die Folge: Marijana jubelte.

»Tor! Tor! Tor für Kroatien!«, schrie sie.

Sehr zum Leid meiner Familie. Nach diesem Freistoß stellten sich alle Spieler wieder in ihren eigenen Hälften auf und die Partie konnte fortgesetzt werden. Wenige Minuten später jedoch entschied sich unser Trainer Luis Bailando dazu, unseren Stürmer Dorrigo gegen Stürmer Hernando Morato einzuwechseln. Er wollte wohl verhindern, dass Dorrigo durch noch so eine Aktion eine Rote Karte kassiert. Auch die Kroaten erklärte der Kommentator hätten vor zu wechseln. Und zwar wollten sie eventuell Biširić auswechseln. Doch der sagte, er könne noch eine Weile trotz des Fouls von Dorrigo spielen. Die zweite Halbzeit verlief weiterhin ohne Tore. Der Ball wurde hin und her gespielt, nur nie ins Tor. Doch dann wendete sich das Blatt in der siebzigsten Minute. Der kroatische Trainer wechselte den Stürmer Ivan Biširić gegen den Stürmer Bruno Garković ein. Dieser nahm den Ball an, schoss ihn in unsere Hälfte, passte ihn auf seinen Mannschaftskapitän Luka Ledrić und dieser schoss ihn schnell auf unser Tor und wieder einmal so schnell, dass David del Tilo ihn wieder nicht halten konnte. Natürlich heulte meine Familie fast und gleichzeitig freute sich meine Freundin Marijana wie eine Schneekönigen.

»Tor! Tor! Tor!«, rief sie. »Ich glaube, meine liebe Lola, wenn das so weitergeht, bist du ab morgen einen Monat lang meine Dienerin.«

Und während sie das sagte, lachte sie diebisch.

»¡Ay caramba!« und »¡Merde!«, dachte ich.

Jetzt führten die Kroaten 2:1. Genauso wie Marijana es mir vorhin in ihrem Zimmer prophezeit hatte. Tja, und wohl oder übel musste ich mich mit dem Gedanken anfreunden, dass ich doch Marijana demnächst einen Monat lang dienen werde. Warum? Nun ja, in den nächsten Spielminuten ging es nicht weiter. Die Spanier spielten den Ball in die kroatische Hälfte und die Kroaten den Ball in die spanische Hälfte und es fiel kein einziges Tor mehr, weil sowohl David del Tilo, als auch Dominik Valicivić jedem Angriff aufs und ins Tor in letzter Sekunde abwehrten. Bis zu einem Fehlgriff Valicivićs in der neunundachtzigsten Minute. Jorge Madrido rannte schnell aufs Tor zu und schoss den Ball mit atemberaubender Geschwindigkeit hinein. Valicivić griff zwar in Richtung des Balls, konnte ihn jedoch nicht fangen und so landete der Ball statt in Valicivićs Händen im Netz des Tors. Ja und gleichzeitig begannen meine Familie und ich zu jubeln.

»Tor! Tor! Tor!«, riefen wir alle.

Das war der Ausgleich. Nun stand es 2:2. Eigentlich waren die neunzig Minuten so gut wie vorbei, doch aufgrund des dicken Fouls an Ivan Biširić ließ der Schiedsrichter fünf Minuten nachspielen. Der Kommentator sagte dazu:

»… in der Hoffnung für die gefoulte Mannschaft, sie könne noch in den zuvor fünf verlorenen Minuten jetzt noch mal das Blatt für sich wenden.«

Doch sie konnten das nicht und das lag nicht etwa an David del Tilo, sondern an Kapitän Mario Naros und dem Rest unserer Abwehr, dass die Kroaten nicht durchkamen. Im Gegenteil: In der vierundneunzigsten Spielminute, ganz kurz vor Abpfiff schnappte sich Hernando Morato den Ball und zog ihn zielsicher am kroatischen Mittelfeld und der kroatischen Abwehr vorbei und schoss ihn mit großer Wucht ins Tor und das so schnell, dass es Valicivić nicht einmal schaffte, den Ball zu halten. Nur wenige Sekunden später pfiff der Schiedsrichter ab.

»Tor! Tor! Tor für Spanien«, jubelten meine Familie und ich.

Und das Tor bedeutete auch, dass das Spiel aus war. Spanien hatte in der wirklich allerletzten Sekunde das Spiel für sich entschieden. Vor Freude griff ich nach einer Olive von den Tapas und ließ sie in meinem Mund verschwinden. Zu meiner Linken saß meine beste Freundin Marijana und schmollte.

»Tja, Marijana, jetzt siehst du ja wohl, wer die bessere Mannschaft ist.«

»Herzlichen Glückwunsch, Lola«, sagte Marijana, doch sie klang wenig begeistert.

Wir beide stießen mit unserer Limonade an. Dann blickte ich auf den Teppich, auf dem meine nackten Füße neben den in weißen Socken gehüllten Füßen Marijanas standen.

»So, Marijana, ich glaube, du bist mir jetzt was schuldig.«

»Ach, und was?«

»Greife mal nach deinen Socken!«

Marijana guckte ganz geknickt, doch dann tat sie, was sie tun musste. Sie hob ihr rechtes Bein nach oben und setzte den rechten Fuß auf dem Sofa ab. Dann fasste sie ihre rechte Socke an, zog sie aus und legte sie neben sich und zwischen uns auf dem Sofa ab. Dasselbe machte sie danach mit ihrem linken Bein und ihrer linken Socke. Dann setzte Marijana die nackten Füße auf dem Teppichboden ab und rollte die Socken zusammen und drückte sie mir in die Hand:

»Zufrieden?«, fragte sie.

»Ja, das bin ich. Aber deine Mokassins kassiere ich auch gleich ein!«

»Ach nein, Lola, die bringe ich dann doch lieber nach Hause.«

»Na gut, Marijana, aber wenn du nach Hause gehst, dann begleite ich dich. Ich will schließlich nicht, dass du heimlich deine Wettschulden nicht einlöst.«

So blieb Marijana noch ein Weilchen noch bei mir und meiner Familie und feierte bei Tapas und Limonade mehr oder weniger den Sieg der spanischen Fußballnational-mannschaft über die Kroaten. Als Marijana sagte, sie wolle nach Hause gehen, verabschiedete sie sich von meinen Eltern und von Luis und ich brachte sie zur Tür, wo ihre Mokassins standen. Marijana wollte schon da-nach greifen, doch ich war schneller und hob sie auf und mahnte:

»Marijana!«

Diese sagte dann mit unglücklicher Miene:

»Ach ja stimmt, wir hatten ja gewettet.«

Ich schaute nach, ob ich einen Schlüssel dabeihatte und schloss die Türe hinter mir. Dann ging ich mit Marijana aus dem Haus rüber zu ihrem Haus. Ich trug Marijanas Socken und ihre Mokassins in der Hand und sie lief bar-fuß den Gehweg rüber. Ich lief die Strecke natürlich auch barfuß. Auch das Treppenhaus bis zu ihrer Wohnung gingen wir beide barfuß hinauf, bis wir schließlich die Wohnung erreichten und ich ihre Socken und Schuhe vor der Tür abstellte. Marijana schloss auf und sagte:

»Danke, dass du mich begleitet hast. Ich wünsche dir eine gute Nacht, Lola.«

»Ich dir auch, Marijana. ¡Adios, hasta mañana!«

»Ja, bis morgen.«

Marijana schloss die Tür hinter sich und ich ging wieder das kurze Stück nach Hause zurück. Den Gehweg entlang und die Treppen bis zu meiner Wohnungstüre hinauf und natürlich putzte ich die Füße auf der Fußmatte ab. Dann ging ich in mein Zimmer und setzte mich kurz an den Schreibtisch, um das Erlebte aufzuschreiben. Dann tauschte ich mein Fernando-Madrido-Trikot gegen meinen Schlafanzug und kuschelte mich auf nackten Füßen zum Erfolg unter meine Bettdecke, wo ich dann auf nackten Füßen zum Erfolg einen Traum träumte und bis zum nächsten Morgen schlief, der wieder die eine oder andere Überraschung für mich bereithielt.

8. Kapitel: Das Angebot

Ein neuer Morgen brach über Dortmund an und bei diesem Morgen handelte es sich um einen Lunes, um einen Montag. Auch wenn es ein Montag in den Ferien war, so hatte ich doch nicht direkt Freizeit, sondern die Absicht, meiner Mutter im Unverpackt-Laden zu helfen. Meine Madre war mir sehr dankbar und auch Marijana bot ihr die Hilfe an. Also begleitete ich nach dem morgendlichen Desayuno, einer Mahlzeit, die aus Churros und Kakao bestand und von vielen anderen eher als »Frühstück« bezeichnet wurde, und der morgendlichen Ducha caliente, einer warmen reinigenden Dusche, Madre auch schon aus dem Haus in Richtung Straßenbahn. Vor dem Hochhaus, in dem Marijana wohnte, holten wir sie an der Haustür ab und gingen mit Marijana in Richtung Straßenbahn und fuhren mit dieser bis zur Reinoldikirche, nahe der sich unser Unverpackt-Laden befand. Madre schloss ihn auf und gemeinsam mit ihr gingen wir auch hinein. Wir legten unsere Sachen unter dem Verkaufstresen ab und gingen ins Lager, um die unverpackten Waren einzuräumen. Marijana und mir schien das Spaß zu machen. Die Waren befanden sich in verschiedenen großen gläsernen Gefäßen und waren zum Selbstabfüllen. Jedoch nur für den, der eine eigene Verpackung mitbrachte. So auch der erste Kunde des Tages, der ein großes Marmeladenglas dabeihatte – und ohne es zu wissen auch eine große Überraschung für mich. Doch zunächst einmal quatschte ich, als ich das letzte Glas Erbsen und Marijana das letzte Glas Konfekt vom Lager in den Verkaufsraum trugen.

»Und Marijana, ist das nicht ein herrlicher Start in die Woche?«

»Nun ja, wie man's nimmt, Lola.«

»Freust du dich denn gar nicht, oder liegt's am gestrigen Abend?«

»Wohl eher liegt es am gestrigen Abend«, antwortete Marijana und räumte das Konfekt-Glas ins Regal.

»Also ich muss zugeben, dass dir dein Trikot vom Luka Ledrić gutgestanden hat.«

»Ja, danke dafür, und ich finde auch, dass er gestern sehr gut am Ball war und die beiden wichtigen Tore für Kroatien in der zweiten Halbzeit schoss. Das war auch gut so, immerhin standen wir nach der ersten Halbzeit 0:1 im Rückstand.«

»Bis dann in der neunundachtzigsten Minute noch der Ausgleich durch Madrido kam«, sagte ich und räumte das Erbsenglas ins Regal.

»Eben und dann war es ein 2:2, …«

»… das kurz vor dem Abpfiff in ein …«

»… 3:2 für Spanien verwandelt wurde.«

»Tja, wir Spanier sind eben fußballtechnisch immer für eine Überraschung gut. Besonders dann, wenn man Hernando Morato heißt und im Sturm spielt. Morato heißt schließlich tödlich.«

»Und Madrido war der Namenspatriot deines Trikots.«

»Nicht ganz: Der Madrido im Spiel gestern war Jorge Madrido; der Madrido, dessen Trikot ich trug, war Pedro Madrido. Aber nichtsdestotrotz, wir hatten ja bezüglich des Fußballspiels auch eine Wette bezüglich deiner Füße getroffen, oder?«

»Ja, das stimmt und entsprechend habe ich, so leid es mir tut, meine geliebten Mokassins zu Hause gelassen.«

»Oh, du Ärmste!«, maulte ich.

»Du musst mich jetzt nicht bejammern.«

»Nun ja, muss ich das, Marijana? Nein, Spaß beiseite, aber ich denke mir, es ist immer noch besser, barfuß zu gehen, als dir einen Monat lang Dienerin zu sein.«

»Nun, ja Letzteres wäre mir lieber gewesen, du freche kleine Spanierin!«

»Jetzt werde nicht frech, du kleine vorlaute Kroatin! Dabei ist es gar nicht so übel, barfuß zu sein«, sagte ich und kehrte gerade meinen Rücken dem Regal zu.

»Dass es gar nicht so übel ist, barfuß zu gehen, habe ich vorhin schon gemerkt, aber«, sagte Marijana nun mit strengerer Miene, »ich möchte klarstellen, dass ich nicht vorlaut bin!«

»Ach wirklich? Ich merke schon, das bist du doch.«

»Vorsicht, du kleine freche Spanierin! Wenn du so weitermachst, dann quetsche ich dich durch meine Finger!«

»Oh, ich bekomme Angst! Und was geschieht dann?«, fragte ich und hörte im Hintergrund, wie jemand die Tür zu dem Laden öffnete.

»Dann, du freche Spanierin, zerquetsche ich dich zu Hackfleisch und mache aus dir eine schöne große, saftig leckere Pljeskavica, die ich mir auf dem Grill brate!«, drohte sie mir an.

»Na gut!«, erwiderte ich und wedelte boxend mit

zu Fäusten geballten Händen durch die Luft. »Doch zuerst muss du mich erst einmal kriegen!«

Kaum hatte ich diesen Satz gesagt, schlug ich ein großes Rad oder gleich drei davon und schlug anschließend mit dem rechten Bein hoch in die Luft und machte mit den Fäusten zwei Boxbewegungen, die ich mit einem lauten »Hey!«-Schrei untermalte. Marijana blieb die Luft weg.

Offensichtlich erregte ich damit jedoch die Aufmerksamkeit eines Kunden, der gerade mit einem Einmachglas in der Hand den Laden betreten hatte. Eigentlich wollte er das Konzept des Unverpackt-Ladens testen, doch irgendwie schien ich durch die Art, wie ich mich ihm da präsentiert hatte, eher sein Interesse zu wecken. Jedenfalls sprach er mich an und begann zu erzählen:

»Guten Tag, junge Dame, in dir scheint ja ein kleines feuriges Talent zu stecken.«

»Gracias«, sagte ich.

»Wie hießt du?«

»Mein Name ist Lola de Pies Descalzos al Éxito, aber Sie können mich auch ›Auf nackten Füßen zum Erfolg‹ nennen.«

»Auf nackten Füßen zum Erfolg?«, fragte er skeptisch.

Ich nickte.

»Das ist aber ein ungewöhnlicher Name«, sagte er.

»Also eigentlich heißt sie Lola und ist meine Tochter«, erklärte Madre hinter dem Tresen.

»Ach so, Lola, na gut.«

»Madre nennt mich Lola, aber ich nenne mich

›Auf nackten Füßen zum Erfolg‹. Machen Sie, was Ihnen lieber ist. Gefällt Ihnen unser Unverpackt-Laden?«

»Ja, der gefällt mir schon ganz gut, aber was ich dir eigentlich sagen wollte, Lola, ist, dass du ein gewisses Talent für Akrobatik und Kampfkunst zu haben scheinst. Immerhin bist du gerade voll in Action Rad schlagend auf mich zugekommen und hast dann noch eine auf Kickboxerin im Angriffsstellung gemacht, die gleich zuschlagen würde. Da würde selbst ein Tiger vor dir Angst bekommen.«

»Echt?!«, sagte ich erstaunt, »Gracias, Señor.«

»Gern geschehen. Und weil du da doch ein sehr großes Talent dafür hast, wollte ich dir einen Flyer von mir geben.«

Der Mann öffnete die Brusttasche seines Hemdes und holte einen Flyer hervor und drückte ihn mir in die Hände. Ich öffnete ihn und staunte nicht schlecht, als ich ihn las.

In der Zwischenzeit kam wohl auch Marijana zu uns. Ich hörte sie nicht kommen, aber vielleicht lag es daran, dass sie wie ich barfuß oder aber ich zu sehr vertieft in den Flyer war. Auf jeden Fall ließ der Flyer mein Herz höherschlagen. In ihm stand nämlich geschrieben, dass es in Dortmund eine Schule gibt, die Kurse für *Martial Arts* anbietet, u. a. auch *Freestyle Kickboxing*. Diese verschiedenen Kurse sollen laut Flyer die Schüler in verschiedenen Kampfkünsten unterrichten und ihnen auch die Möglichkeit geben, unter Einfluss von Akrobatik und musikalischer Untermalung ihren eigenen Kampfkunststil zu entwickeln. Diesen können sie dann, wenn sie möchten auch bei Turnieren unter Beweis stellen und so Preise gewinnen, erklärte der Mann mir, als ich die entsprechenden Zeilen im Flyer las. Ich ließ mir die Worte durch den Kopf gehen. Ich wollte auf nackten Füßen zum Erfolg sein, ich wollte die tapfere Ritterin Doña Quijota de Pies Descalzos al Éxito sein, die sich jeder Gefahr und jedem Feind todesmutig entgegenstellt; ich wollte dem feurigen Kampfgeist in mir, den Lauf lassen, den er wollte, und ihn gleichzeitig effizient trainieren. All das wollte ich und diese Martial-Arts-Kurse lieferten mir dafür die perfekte Grundlage. Einem solchem Angebot konnte ich unmöglich widerstehen.

»Señor«, sagte ich, »auf ihre Schule für diese Martial-Arts möchte ich unbedingt. Ich möchte das unbedingt lernen: Diese Freestyle-Kampfkunst.«

»Gut, dann, liebe Lola oder Auf nackten Füßen zum Erfolg, wie du dich nennst, möchtest du gleich heute Nachmittag einen Kurs im Freestyle Kickboxing besuchen?«

»Auf jeden Fall.«

»Also ich gebe dir eine Schnupperstunde gratis. Dann kannst du danach den Kurs besuchen, vorausgesetzt, du bezahlst ihn. Wie alt bist du?«

»Ich bin vierzehn Jahre alt.«

»Vierzehn Jahre, dann muss die Mutter aber mit dem Vertrag einverstanden sein.«

»Also, mein Herr«, sagte Madre, »in Lola steckt wirklich ein richtiges Talent wohl für ihr Freestyle Kickboxing. Nur wir kommen jetzt nicht gerade aus der wohlhabendsten Familie und ...«

»... das ist kein Problem. Die Junioren-Kurse sind jetzt nicht besonders teuer.«

»Nun ja, und wer passt auf den Laden auf, wenn ich mit Lola bei Ihnen bin?«

»Also die Schnupperstunde ist um 15:00 Uhr.«

»15:00 Uhr«, sagte Marijana, »ich glaube, meine Mama hat dann Zeit. Sie kann dann kommen und Sie ablösen, Frau Sánchez.«

»Danke, Marijana, das ist lieb von euch. Am besten kommt so gegen 14:30 Uhr. Wo müssen wir denn hin?«

»Hansastraße 34, das ist Ecke Kampstraße«, erklärte der Mann. »Keine fünf Minuten von hier.«

»Das ist dann wirklich nahe. Also ich rede mit meiner Kollegin und sie löst mich rechtzeitig ab. Dann sage ich mal: Bis 15:00 Uhr.«

»Gut«, sagte der Mann, »dann brauche ich noch eben den vollständigen Namen ihrer Tochter. Mein Name ist übrigens Neubert, falls ich das noch nicht gesagt habe.«

»Das haben Sie noch nicht«, sagte ich.

»Danke, also wie gesagt: Neubert. Und dein Name war noch gleich?«

»Auf nackten Füßen zum Erfolg«, antwortete ich.

»Lola Álvarez Sánchez«, erwiderte meine Mutter.

»Lola Álvarez Sánchez: 15:00 Uhr«, wiederholte Herr Neubert und schrieb es in ein kleines Notizbuch, was er in seiner Hosentasche trug. »Wunderbar, dann sage ich mal: Bis heute Nachmittag um drei.«

»Gerne«, sagte Madre. »Wollen Sie nicht noch etwas kaufen?«

»Ach so, stimmt ja«, sagte der Mann, »ich glaube, ich nehme ein paar Süßigkeiten.«

»Diese haben wir da vorne«, sagte ich. »Ich bringe sie eben dahin.«

Ich führte Herrn Neubert zu unseren großen Gläsern mit den Süßigkeiten. Dann zeigte er mir das Einmachglas. Ich stellte es auf die Waage und drückte auf »TARA«. Dann gab ich ihm das Glas zurück und sagte ihm, er solle es mit den Süßigkeiten füllen. Das tat er und füllte Lakritzschnecken, Gummibärchen, Schokolinsen, Schaumbananen und Kirschen aus Weingummi in das Einmachglas. Dann wog ich es und die Waage zeigte 2 kg Süßigkeiten an. Da die Süßigkeiten 29 Cent pro 100 g kosteten, berechnete Madre ihm 5,80 €. Der Mann bezahlte und verließ das Ladenlokal wieder. Daraufhin griff Madre zum Telefon, rief Familie Ković an und fragte Marijanas Mutter, ob sie um 14:30 Uhr ins Geschäft kommen könnte. Sie hatte Zeit und stimmte zu. Meine Augen funkelten wie Sterne.

»So, Marijana«, sagte ich, »während du heute Nachmittag hier mit deiner Mutter den Laden unterhältst, werde ich mit meiner Mutter zu der *Martial-Arts*-Schule gehen.«

»Ich beneide dich, Lola«, sagte Marijana. »Auf jeden Fall wünsche ich dir jetzt schon viel Spaß.«

Wir zwei beste Freundinnen lachten und schlugen ein. Nun konnte der Nachmittag kommen.

9. Kapitel: Die Schnupperstunde

Der Nachmittag kam und mit ihm um 14:45 Uhr Marijanas Mutter, die meine Madre und mich ablöste. Während nun Marijana und ihre Mutter in unserem Unverpackt-Laden zurückblieben, um weiterhin die Kundschaft zu bedienen, gingen Madre und ich weiter die kurze Strecke rüber zur Hansastraße 34. Diese lag an der Ecke Kampstraße und das war wirklich nicht weit zu laufen. Eigentlich war sie sogar so nah, dass ich fast sagen könnte, dass es um die Ecke lag. Die Martial-Arts-Schule war sehr gut an ihren Werbeschriften an der Seite zu erkennen. Dort stand in roten und schwarzen Lettern auf die Fenster geklebt: »Schule für Martial Arts aller Art – Karate, Kickboxen, Taekwondo und Freestyle«. Madre und ich gingen zur Türe und klopften an diese. Eine Stimme sagte daraufhin »Herein!« und wir betraten die Martial-Arts-Schule. Wir gingen durch die Tür und erkannten hinter der Tür eine Art Pförtner, der an einem Tresen saß. Madre ging auf den Mann zu und sprach ihn an:

»Guten Tag, der Herr. Mein Name ist María Sánchez García. Ich bin mit meiner Tochter Lola hier. Herr Neubert war heute Morgen bei uns im Unverpackt-Laden und, nachdem er Lolas besonderen Auftritt dort gesehen hatte, hat er uns das Angebot gemacht, ihr heute um 15:00 Uhr eine Schnupperstunde zu geben. Er sagte, Lola habe das Talent für Freestyle Martial Arts.«
Der Pförtner nahm ein kleines Büchlein zur Hand.
»Wie war noch gleich der Name?«

»Meiner oder der meiner Tochter?«

»Schon der ihrer Tochter.«

»Lola Álvarez Sánchez«, antwortete meine Mutter.

Der Pförtner schaute nach.

»Ja, hier steht es. Lola Álvarez Sánchez hat heute um 15:00 Uhr eine Schnupperstunde bei uns. Ich unterrichte kurz per Durchwahl unseren Chef Herrn Neubert.«
Der Pförtner nahm das Telefon und telefonierte kurz. Nach einer Weile kam Herr Neubert die Treppe herunter und nahm meine Mutter und mich in Empfang.

»Ach, ist das nicht das kleine Mädchen, das mich heute Morgen mit einem karateartigen Radschlag in Erstaunen versetzte?«

»Buenos días, Señor«, sagte ich, »sind Sie nicht der Herr, der heute Morgen bei uns Süßigkeiten kaufen wollte und mir dann Ihre Schule empfohlen hatte?«

»Ah, ich sehe, wir sprechen dieselbe Sprache«, sagte er und reichte mir die Hand zum Gruß. »Du warst noch mal irgendwas mit nackten Füßen oder so, warte ich gucke mal eben in den Terminkalender.«

»Auf nackten Füßen zum Erfolg«, sagte ich, während er seinen Terminkalender suchte.

»Ach ja, stimmt. Das war's, wobei laut Terminkalender musst du eigentlich Lola Álvarez Sánchez sein.«

»So habe ich geheißen, bis zu dem Tag, an dem ich mich ›Auf nackten Füßen zum Erfolg‹ nannte.«
Dann führte ich ihm nochmal vor, auf welchen nackten Füßen zum Erfolg ich war, und zog meinen nackten rechten Fuß nach hinten und meinen nackten linken Fuß nach vorne und formte meine Hände zu Boxfäusten und

wedelte mit diesen durch die Luft, als würde ich gerade boxen. Dann zog ich die Füße wieder mit einer fixen Bewegung zusammen und trat laut mit den Füßen auf.

»Von mir aus können wir auch gleich anfangen«, sagte ich.

»Das freut mich, denn wie ich sehe, hast du viel Talent. Das wollen wir doch mal fördern. Komm am besten mal mit mir nach oben und ich stelle dir deinen Tricking-Trainer Sascha vor.«

Madre, Herr Neubert und ich gingen die Treppe hinauf. Sie führte zu einer Türe. Herr Neubert klopfte. Nach einer Weile öffnete ein Mann im Trainingsanzug.

»Sascha, das ist Lola, Lola das ist Sascha, dein Tricking-Trainer.«
Ich schüttelte ihm die Hand.

»Buenos días, Señor Sascha. Soll ich ›du‹ sagen, oder doch ›Sie‹? Dann brauche ich aber Ihren Nachnamen.«

»Du kannst ruhig ›du‹ zu mir sagen, Lola. Ich werde dir eine Schnupperstunde geben. Vorher aber möchte ich dich bitten, dich umzuziehen, denn in diesem Kleid kannst du unmöglich mit mir trainieren. Folge mir!«
Sascha ging mit mir einen Korridor entlang zu ein paar Spinden. Er nahm aus einem Spind eine weiße Stoffjacke, einen weißen Gürtel und eine weiße Hose.

»Ich denke mir, das dürfte deine Größe sein. Ziehe diesen dreiteiligen Karate-Gi an und komme dann zu mir rüber!«

»Alles klar«, sagte ich.

Gesagt, getan, zog ich mein Lieblingskleid aus und dafür den Karate-Gi an. Mein Lieblingskleid war ein typisches spanisches Kleid. Es war scharlachrot, sehr kurzärmlig bis ärmellos und mit einem Blümchenmuster in Hüfthöhe geschmückt. Sein Rockabschnitt bestand aus vier großen weiten roten Stufen, deren Unterseite stets mit einem dicken schwarzen Streifen geschmückt waren, und zugleich mir bis kurz unter die Knie reichte. Ich zog das Kleid aus und dafür die weiße Karatehose und die weiße Karatejacke an und band sie mit dem weißen Gürtel fest. Dann griff ich nach meinem Kleid und trug es in der Hand rüber zu Madre und drückte es ihr in die Hand. Dann klopfte ich an die Tür des Trainingsraums und Sascha öffnete. Er sagte:

»Gut, Lola, dann lass uns mit dem Training beginnen.«

Ich folgte Sascha in den Trainingsraum. Auf dem Boden waren weiße Turnmatten ausgelegt. Sascha zeigte auf eine und bat mich, dort kniend Platz zu nehmen. Ich tat wie mir geheißen, also kniete ich mich auf die Matte. Auch Sascha kniete sich auf die Matte und zwar mir gegenüber hin. Sein Trainingsanzug war genau wie meiner geschnitten, nur war er blau und größer und statt einem weißen trug er einen rot-weißen Gürtel und er war wie ich barfuß.

»Also, Lola, bevor wir richtig trainieren können, musst du dich erst einmal aufwärmen, damit du dir nicht wehtust. Dazu läufst du ein paar Runden über die Matten.«

»Nichts einfacher als das!«, rief ich.

»Gut, und danach möchte ich sehen, was du so

kannst. Meister Neubert hat gesagt, du hättest ein Talent für Karate, aber auch für Freestyle Kickboxing.«

»Wo ist da der Unterschied?«, fragte ich.

»Karate geht nach festen Regeln. Beim Freestyle Kickboxing kannst du verschiedene Griffe und Techniken aus dem Karate oder auch dem Kickboxen und dem Taekwondo zu einer eigenen Choreographie kombinieren und auch Akrobatik mit einbauen. Wie ich hörte, kannst du gut Rad schlagen.«

»Sí, das habe ich ihm heute Morgen unter Beweis gestellt. Also, Meister Sascha, ich bin bereit. ¡Vamos! Dann wollen wir uns mal aufwärmen.«

»Gut, viel Erfolg!«

Sascha sagte mir, ich solle einige Runden im Kreis laufen und dabei auch Lockerungsübungen machen. Das machte ich dann auch. Allerdings sollte ich das schnell machen. Das verlangte von mir Ausdauer, doch ich schaffte das. Immerhin hatte ich einen sehr langen Atem. Nach diesem Aufwärmen stoppte er mich und bat mich, mich vor ihm zu verbeugen, was ich dann auch tat. Nun solle die heißere Phase beginnen, sagte er.

»Hast du schon einmal gegen einen Box-Sack geboxt?«, fragte er mich.

»No, also noch nicht.«

»Gut, aber wie man das macht, weißt du, oder?«

»Ich denke schon.«

Er führte mich in eine Ecke des Raums, wo der Box-Sack hing. Es war ein Sandsack, der an der Decke befestigt war. Ich sah mir das Monstrum an und dachte mir bei der Ritterin Doña Quijota de Pies Descalzos al Éxito, die in mir schlummerte, mit diesem Gegner werde ich ja wohl im Schlaf fertig. Ich ballte meine Hände zu Fäusten und schrie:

»¡Olé!«

Und dann schlug ich mit den Fäusten gegen den Sandsack. Er wich mir förmlich zur Seite und, als er zurückkam, schlug ich erneut auf ihn ein. Er wich mir wieder zu Seite und, als er dann erneut zurückkam, entschied ich, ihm von rechts in die Seite zu treten, was ich dann auch tat. Mein Fuß knallte regelrecht gegen den Sack. Ich verspürte schon einen kleinen Schmerz im Fuß, doch so richtig weh tat er mir nicht, dennoch fühlte er sich in dem Moment hart an, weil die kräftige Wucht des Sackes es in sich hatte.

»¡Ay caramba! Der Sack hat es aber in sich!«

»Das glaube ich für den Anfänger. Tut es denn weh?«

»Ein bisschen, aber ich halte es aus.«

»Weißt du, wenn du das häufiger machst und deine Füße abhärtest, dann tut es irgendwann auch nicht mehr weh.«

»Also ich laufe viel barfuß, d. h. eigentlich laufe ich immer barfuß. Daher kann ich den Schlag auch gut vertragen. Ich bin auch hin und wieder auf Steinchen getreten, doch irgendwann tut's nicht mehr weh.«

»Na gut, und ich denke mir, da härtest du deine Füße von selbst mit ab. Als Nächstes möchte ich gern sehen, ob du vielleicht ein paar Karategriffe …«

Noch ehe er den Satz vollenden konnte, ergriff ich schon das Wort.

»So in etwa?«, fragte ich und zog meinen rechten Fuß nach hinten und den linken Fuß nach vorne und hielt meine Hände in flacher kantenartiger Form bereit. Anschließend ballte ich meine rechte Hand zur Faust und schritt einen Schritt nach vorne und holte mit dem rechten Fuß kickartig aus und, nachdem dieser den Boden berührte, ging ich in die Hocke und sprang sodann in die Luft und schlug mit den Händen durch diese, als wollte ich ein Brot zerschneiden. Als ich dann wieder festen Boden unter den nackten Füßen hatte, griff ich Sascha ganz fest und warf ihn um. Während ich so handelte, stellte ich mir vor, Doña Quijota de Pies Descalzos al Éxito zu sein und gerade gegen einen Gegner kämpfen zu müssen und dabei gleichzeitig auf mein Schwert verzichten zu müssen. Ich stand, nachdem ich Sascha umgeworfen hatte, mit beiden Füßen standfest auf der Matte und Sascha lag neben mir und brauchte eine Weile, um sich wieder aufzuraffen.

»Sag mal, hast du heimlich trainiert?«, fragte er mich. »Das war ein erstklassiger Nage-Waza-Griff, mit dem du mich übers Kreuz gelegt hast.«

»¡¿Ah, de Verdad?! Das habe ich jetzt gar nicht gewusst, Señor Sascha.«

Señor Sascha raffte sich wieder auf. »¡¿Ah, de Verdad?!« heißt übrigens so viel wie »Ach wirklich?!« Als er wieder neben mir stand, strich er sich erst mal den Staub von seinem Karate-Gi. Dann sprach er mich wieder an:

»Also, Lola, in dir schlummert wirklich ein Talent! Du scheinst ja richtig viel Kampfkunst an den Tag legen zu können, als wäre wirklich ein Tiger in dir!«

»Ich bin Spanierin. In mir brennt ein Feuer der spanischen Nacht.«

»Das merkt man. Und ich glaube, dieses Feuer

kannst du bestimmt durch gezieltes Training in Karate und Freestyle Kickboxing bändigen und gezielt einsetzen. Weißt du, beim Kampfsport kommt es nicht allein auf das Feuer im Körper an, sondern auch um Kraft, Ausdauer und Gleichgewicht. Ich denke, das Freestyle Kickboxing wäre das Richtige für dich, denn dort kannst du mit einer eigenen Choreographie gegen imaginäre Gegner kämpfen. Denn wenn du so auf Gegner zugehst, wie du gerade auf mich zugegangen bist, brauchen die nach dem Kampf mit dir eine ärztliche Betreuung.«

»Oh, Gracias! Und zum Thema Choreographie möchte ich noch etwas zeigen.«
Kaum hatte ich das gesagt, schon zog ich wieder meinen rechten Fuß nach hinten und meinen linken nach vorne und brachte meine Hände wieder in Angriffsstellung. Dann rannte ich nach vorne los, sprang nach vorne, ließ mich auf meine Handflächen fallen und machte eine Rolle vorwärts, die ich kurz danach in eine Brücke und dann schnell wieder in einen aufrecht stehenden Körper umwandelte, den ich unter einem lauten »¡Hay!«-Schrei nach links drehte und dann in drei aufeinanderfolgende geschlagene Räder umwandelte, nach denen ich wieder aufrecht neben Meister Sascha stand.

»Lola, ich bin begeistert. Am besten würde das noch werden, wenn du das zu deiner Lieblingsmusik performst. Was ist deine Lieblingsmusik?«

»Ich höre besonders gerne Salcrabbio.«

»Salcrabbio, wirklich?«, fragte er ungläubig. »Ich hätte bei einer Spanierin zunächst an Flamenco gedacht. Mhm, mit Shanty-Rock kombiniert wird das sicher etwas eigenartig, aber vielleicht lässt sich das gut lösen. Auf jeden Fall hast du deine Schnupperstunde bestanden.«

»Gracias, und ich muss echt sagen, auf weitere Stunden mit dir freue ich mich jetzt schon.«
Kaum hatte ich das gesagt, sah ich in einen Spiegel an der Wand des Raumes und ich musste dabei erkennen, dass mein Gesicht strahlte wie die leuchtende spanische Sonne meiner geliebten spanischen Heimat, der Costa del Sol.

Nach einer weiteren Verbeugung ging ich zusammen mit Meister Sascha zur Tür und verließ den Raum. Vor der Tür nahm mich bereits Madre wieder in Empfang.

»Lola, mi hijilla, du strahlst ja richtig. Hat dir die Schnupperstunde denn so gut gefallen?«

»Und ob, Madre, das hat sie. Ich glaube, Freestyle Kickboxing ist der richtige Sport für mich. Diesen möchte ich lernen.«

»Dem kann ich nur zustimmen«, sagte Trainer Sascha. »Ich glaube, wenn Ihre Tochter das durchzieht, wird sie bestimmt sehr bald an den Meisterschaften der WAKO teilnehmen.«

»Der was?«, fragte ich.

»Der WAKO«, erklärte Meister Sascha. »WAKO ist die Abkürzung für World Association of Kickboxing Organizations. Ich bin mir sicher, Lola ist ein großes Nachwuchs-Talent dafür.«

»Also, wenn Sie so sehr die Leistungen meiner Tochter loben, dann soll sie das ruhig machen, aber es ist so, wir kommen nicht gerade aus einer der reichsten Familien. Im Gegenteil: Wir sind recht arm. Meine Tochter wollte neuerdings zu einem Salcrabbio-Konzert und wir konnten sie nicht gehen lassen, weil wir kein Geld für die Eintrittskarte hatten und Lola hat da wirklich sehr geweint. Deswegen werden Sie wohl dafür Verständnis haben, dass Lola wohl trotz ihres Talentes nicht an ihren Kursen teilnehmen kann.«

Als meine Mutter das sagte, traten mir Tränen des Kummers in die Augen. Ein so schöner Lebenstraum, den ich verwirklichen wollte, platzte wie eine Seifenblase. Ich war kurz davor zu weinen, doch dann hörte ich die Stimme von Herrn Neubert in die Runde schreien.

»Was höre ich da?! Man unterbietet hier die Förderung eines vielversprechenden Talentes nur, weil die Eltern kein Geld haben!«

»Ja, Chef, so ist das nun einmal. Lolas Mutter hat gesagt, sie hätte nicht einmal Geld für eine Konzertkarte über. Wie soll sie denn dann hier die monatlichen Kurse von Lola bezahlen? Das sind immerhin 50 bis 60 €.«

»Papperlapapp, Sascha, ein solch viel versprechendes Talent wie Lola setzen wir nicht auf die Straße, zumal sie sich selbst ›Auf nackten Füßen zum Erfolg‹ nennt, was schon ihre Überzeugung, eine erfolgreiche Sportlerin unserer Schule zu werden, unterstreicht.«

»Im Freestyle Kickboxing, um genau zu sein«, warf ich ein.

»Danke, Lola, ein solches Talent wie dich werden wir auf jeden Fall fördern. Sascha, hast du das verstanden?!«

»Ja, Chef. Ich bin genau wie Sie davon überzeugt, dass sie bei den Turnieren der WAKO bestimmt ein sehr erfolgreiches Nachwuchs-Talent ist, aber ihre Eltern können sich die Kurse für sie nicht leisten.«

»Das soll für Lola aber kein Hinderungsgrund sein, hier bei uns eine erfolgreiche Freestyle-Kickboxerin zu werden, und wenn sie die beste von ganz Deutschland würde, dann würde sie genug Preisgeld nach Hause bringen, dass sie davon ihre Kurse bei uns begleichen und gleichzeitig ihrer Familie aus der Armut helfen kann. Erst recht dann, wenn sie es bis in die WAKO schafft und Europa- oder gar Weltmeisterin werden könnte. Deswegen wirst du sie unterrichten und trainieren. Hier zwei Stunden und auch zu Hause soll Lola trainieren. Eine Stunde täglich mit dem Box-Sack. Und was die Finanzierung der Kurse betrifft, mache ich Frau Sánchez folgendes Angebot: Sie macht einfach für unsere Kampfkunst-Schule Werbung in ihrem Unverpackt-Laden, und wenn Lola irgendwelche Preise gewinnt, bekommen wir die Hälfte des Preisgeldes. Einverstanden, Frau Sánchez?«

»Sí, ja, damit wäre ich einverstanden. Du auch, Lola?«

»Ich würde zwar gerne das ganze Geld mit nach Hause nehmen, aber da es meine Ausbildung mitfinanziert, bin ich damit einverstanden.«

»Gut, Lola, dann trainieren wir ab Donnerstag miteinander und, wenn du fleißig arbeitest, wirst du bestimmt eine der Besten in der U13.«

»Ich glaube nicht, dass meine Lola es schafft, eine der Besten in der U13 zu werden.«

»Aber warum nicht?«, fragte Sascha. »Ich habe noch nie ein so talentiertes Mädchen wie ihre Lola erlebt.«

»Was Madre sagen wollte ist, dass ich bereits vierzehn Jahre alt bin.«

»Na gut, wenn das so ist, dann wirst du eine der besten Nachwuchs-Freestyle-Kickboxerinnen der U16.«

»¡Bien!«, sagte ich. »Gut!«

»Gut«, sagte auch Herr Neubert. »Dann würde ich mal sagen, Frau Sánchez, unterschreiben Sie den Vertrag und Sascha ist ab Donnerstag Lolas Tricking-Trainer.« Gesagt, getan, unterschrieb Madre den Vertrag. Ich nahm ihr mein Kleid ab und, während ich rüber zu den Spinden ging, um mich umzuziehen, führte Herr Neubert sie zu seinem Schreibtisch, um meine Mitgliedschaftsurkunde von Madre unterzeichnen zu lassen. Nach einer Weile kam ich in meinem roten spanischen Kleid zurück und Herr Neubert kam mir mit dem Vertrag entgegen, damit ich im Feld »Name des Mitglieds« unterschreiben konnte. Dann verabschiedeten Madre und ich uns von Herrn Neubert und gingen die Treppe hinab zum Ausgang.

Nach kaum fünf Minuten, die ich eher vor Freude getanzt hatte, als dass ich sie gegangen war, erreichten wir wieder unseren Unverpackt-Laden in der Thomasstraße. Ich trat als erste hinein und rannte auf Marijana zu und umarmte sie mit einem innigen Verlangen.

»Lola!«, sagte sie, »willst du mich erwürgen oder warum greifst du so fest zu?«

»Oh, entschuldige Marijana«, sagte ich, »aber ich habe gerade wohl die schönste Stunde meines Lebens erlebt. Ich durfte nämlich in das Freestyle Kickboxing reinschnuppern und das hat mir so viel Spaß gemacht und meinen Probe-Trainer so sehr aus den Socken gehauen, dass ich das ab Donnerstag nun regelmäßig trainieren kann. ›Und wer weiß‹, sagte er, ›vielleicht wird Lola bald auch auf nackten Füßen zum Erfolg deutsche Meisterin.‹«

»Mensch, Lola! Klingt das krass. Also das klingt ja so, als hättest du gerade den Sport deines Lebens gefunden.«

»Das denke ich auch. Es geht darum, Kampfsport in einer Choreographie zu Musik gegen imaginäre Gegner anzuwenden und ich darf auch Akrobatik einbauen. Um ehrlich zu sein, ich fühle mich da wie Doña Quijota de Pies Descalzos al Éxito, mit deren Feuer im Blut ich allen zeigen kann, wer hier die Hosen anhat.«

»Wow, Lola, wow!«

»Ja, und soll ich dir etwas sagen, Marijana: So kann ich Lola Álvarez Sánchez Auf nackten Füßen zum Erfolg sein.«

»Ja, so kannst du wirklich auf nackten Füßen zum Erfolg gelangen.«

»Sí, und das nicht nur in der Gestalt der Ritterin Doña Quijota de Pies Descalzos al Éxito, sondern auch im Karate-Gi als Kickboxerin.«

Meine Worte klangen voller Zuversicht und voller Selbstvertrauen in den zu mir passenden Sport, den ich da kennengelernt hatte. Allerdings schien ich ein wenig vergessen zu haben, dass meine Madre im Raum war. Sie kam auch mich zu und sagte zu mir:

»Du, Lola, stimmt es, dass du dieser Don Quijote warst, der letztens im Park für Aufsehen sorgte?«

»Selbstverständlich, Madre.«

»Also eigentlich müsste ich dich für diese Aktion bestrafen, doch da ich sehe, dass in meiner kleinen Chiquilla doch ein Mädchen steckt, das weiß wie man

Kampfsport anwendet, möchte ich da doch ein Auge zudrücken. Immerhin hast du auch durch dein Handeln verhindert, dass ein Mädchen sexuell missbraucht wurde. Dennoch möchte ich, dass du in Zukunft klüger handelst. Gut, Lola, dann möchte ich dich nachher bitten, dass du noch hier zusammen mit Marijana aufräumst und dass du diese Flyer von der Martial-Arts-Schule unter den Verkaufstresen legst. Des Weiteren überlegst du dir noch, wie du am besten im Verkaufsraum Werbung für die Martial-Arts-Schule machst, denn immerhin ist das deine Eintrittskarte in deren Ausbildung zur Freestyle-Kickboxerin.«

»Ist alles verstanden, Madre.«

»Sehr gut, Lola. Dann würde ich mal sagen, bleiben wir noch bis 18:00 Uhr. Dann ist Ladenschluss und wir können nach Hause fahren«, sprach Madre.

So blieben Marijana, deren und meine Mutter und ich noch bis 18:00 Uhr im Laden und schlossen dann das Lokal. Ich legte die Werbeflyer in eine Schublade unter den Tresen und räumte mit Marijana alle Waren ins Lager. Anschließend gingen wir alle aus dem Lokal, wobei Marijana und ich das im Gegensatz zu unseren Müttern barfuß taten. Gemeinsam gingen wir rüber zum U-Bahnhof »Reinoldikirche«, um die Straßenbahn nach Hause zu nehmen, und auf der Treppe fragte ich Madre noch:

»Du, Madre, wo nehmen wir eigentlich meinen Box-Sack her?«

»Oh, daran habe ich noch nicht gedacht. Lass mich am besten gleich erst mal die Tortillas de Patatas für die Familie braten und ich werde mit deinem Vater drüber sprechen. Warum tragen Marijana und du eigentlich keine Schuhe?«

Eine gute Frage von meiner Madre. Natürlich hätte ich
sie schlicht mit der Ausrede beantworten können, dass
wir einfach frei nach dem Motto »barfuß durch den Sommer« liefen, doch ich entschied dann, Madre doch lieber
den wahren Hintergrund unserer Barfüßigkeit zu erzählen, denn die wahre Geschichte fand ich viel schöner und
origineller. Also erklärte ich:

»Ach weißt du, Madre, ich lebe bereits seit einigen Wochen nach dem Lebensmotto ›Auf nackten Füßen
zum Erfolg‹ und deswegen gehe ich nur noch barfuß und
Marijana geht barfuß, weil sie eine Wette verloren hat.«

»Ach, worüber habt ihr denn gewettet?«, fragte
Madre neugierig und ich antwortete ihr:

»Na darüber, wer das Fußballspiel gewinnt, Spanien oder Kroatien, und Marijanas Wetteinsatz bestand
darin, ...«

»... einen Monat lang nur noch barfuß zu laufen,
sollte Spanien das Spiel gewinnen«, schloss Marijana an
und wir beide lachten.

Dann fuhren wir alle mit der Straßenbahn zurück nach
Hause und unsere Mütter machten dann noch das Abendessen. Madre sprach mit Padre allerdings über meinen
Trainingsvertrag und die notwendige Investition in den
Box-Sack. Nach dem Abendessen ging ich auf mein Zimmer und setzte mich an den Schreibtisch, um den vergangenen Tag niederzuschreiben. Danach tauschte ich mein
rotes Kleid gegen meinen Schlafanzug und ging zu Bett.
Schließlich träumte ich auf nackten Füßen zum Erfolg einen Traum, der mir gefiel.

10. Kapitel: High Noon im Stadtgarten

Am Dienstagmorgen wurde ich von selber wach. Ich stand auf, streckte mich und rutschte aus dem Bett. Den Schlafanzug noch an ging ich zu meinem CD-Player und legte eine CD von Salcrabbio ein und tanzte dazu. Allerdings tanzte ich nicht normal, sondern überlegte gleich, ob nicht irgendwelche Schritte gut zu der Musik passen würden, die ich akrobatisch und vielleicht auch kampfbereit vorstellen könnte. Ich schlug gerade dabei fest auf den Boden auf, als plötzlich eine Stimme von unten durch die Decke drang.

»Ruhe da oben!«, schrie die Stimme.

Irgendwie konnten sich meine Nachbarn noch nicht ganz mit meinem neuen Hobby anfreunden. Auf jeden Fall übte ich weiter und probierte zu dem Lied »Lieder der Freiheit« aus mit den Händen nach vorne und nach hinten zu boxen sowie mit den Füßen kampferprobt aufzustehen. Mir machte das Spaß. Dann blickte ich zum Schrank und entdeckte meine Ritterwaffen, die völlig getrocknet waren und nur auf Doña Quijota de Pies Descalzos al Éxito warteten. Ich wollte so gerne damit nach draußen auf die Jagd gehen. Also zog ich mich an und war in Nullkommanichts wieder die gerüstete Ritterin Doña Quijota de Pies Descalzos al Éxito. Als solche schlich ich mich aus meinem Zimmer und ging mit Lanze, Schwert, Helm und Schild gewappnet rüber auf die Burg meiner Escudera Sancha María, die mir beim Klopfen an die Tür jene öffnete.

»Sei gegrüßt, große Doña Quijota«, sagte sie.

»Mit Sicherheit wollt Ihr auf große Abenteuer gehen.«

»Ja, natürlich möchte ich das.«

»Du weißt aber schon, dass wir erst unseren Eltern mit dem Laden helfen müssen. Also einräumen und so.«

»Das können auch unsere Brüder für uns machen.«

»Das kann dein kleiner Bruder für dich machen, Lola, aber ich bin ein Einzelkind. Also kann ich das nicht meinem kleinen oder großen Bruder übertragen.«

»Ja gut, da ist was dran. Aber denkst du, wir könnten nach dem Einräumen ein Abenteuer bestehen?«

»Ja, ich denke, das können wir«, sagte Sancha María alias Marijana Ković. »Ich gehe nur eben meinen Roller holen, den du ja gerne als Schlachtross bezeichnest.«

Sancha María alias Marijana ging in Richtung ihres Zimmers, wo der Tretroller stand. Sie nahm ihn und ging zur Tür. In der Hand trug sie weiße Strümpfe. Marijana wollte sich diese anziehen und zu ihren Mokassins greifen, doch obgleich beides so gut zu ihrem dunkelblauen Kleid passte, so musste ich sie an etwas erinnern:

»Sancha María, hatten wir nicht abgemacht, dass du, falls die Kroaten gegen Spanien verlieren, was machst?«

Und um sie zu erinnern, ließ ich meine nackten Zehen vor ihren Augen tanzen.

»Ach stimmt ja, ich hätte ja beinahe vergessen, dass ich barfuß laufen muss«, sagte sie.

»So ist es«, sagte ich.

Marijana stellte ihre Schuhe wieder beiseite und verließ barfuß die Wohnung. Sie schaute nach, ob sie einen

Schlüssel bei sich hatte und schloss dann die Türe hinter sich. Mit dem Roller in der Hand begleitete sie mich barfuß die Treppe hinab.

»Soll ich dir was sagen, Sancha María, jetzt, wo wir beide barfuß gehen, sind wir irgendwie das Rittergespann schlechthin. Die *Caballeras de Pies Descalzos al Éxito* sozusagen.«

»Sozusagen, aber eigentlich bin ich noch deine Knappin, große Doña Quijota.«

»Meine Knappin oder Escudera, wie wir Spanier sagen würden. Doch das macht nichts. Wenn du soweit bist, werde ich dich zum Ritter schlagen.«

»Danke, wirklich, das machst du? Krass, ich freue mich schon drauf!«

»¡Bien! Dann werde ich noch meine Rosinante holen.«

»Mach das!«, sagte Sancha María.

Ich ging in Richtung meines Kellers und wollte nach meinem Schlachtross sehen. Doch es war leider nicht dort aufzutreiben. Nach einer Weile kam Sancha María zu mir und fragte mich, ob alles in Ordnung sei. Doch ich musste ihr mitteilen, dass mein Schlachtross verschwunden sei.

»Jemand hat Rosinante entführt! Was mache ich denn jetzt? Gut, ich habe Helm, Maske, Lanze, Schild und Schwert, aber ein Ritter ohne Streitross ist nur ein halber Ritter.«

Meine Escudera lachte ein wenig und konnte mich dann beruhigen:

»Du, ich glaube, dein Schlachtross ist nicht entführt worden. Sondern eher ist es das Fahrrad deines

Vaters und der ist damit zur Arbeit geradelt. Vielleicht finden wir ein anderes Ross für dich.«

Sancha María betrat den Keller. Nach einer kurzen Weile schrie sie:

»Au! Was ist das denn?«

Sie blickte sich um, und merkte, dass sie in einen Nagel getreten war. Sie zog das rostige Stück Metall aus ihrem nackten Fuß und warf es weg.

»Hier muss man echt aufpassen, wo man hintritt«, sagte sie.

Nach einer kurzen Weile erreichte sie den Schrank im Keller und sah hinein. Ich drehte mich nach ihr um und sah mit ihr hinein. Doch außer ein paar Werkzeugen und Farbe und ein paar alten anderem Krams, konnten wir nichts entdecken, was an ein Schlachtross erinnerte. Dafür fand Sancha María aber etwas Anderes. Es war eine Umhängetasche, nach der sie sich bückte und sie mir in die Hand reichte.

»Hier, Lola, in diese Tasche packst du jetzt erst einmal deinen gesamten Ritterkram. Solange wir zwei nämlich unseren Mamas im Laden helfen, ist es besser, du bist …«

»Sí, ich habe schon verstanden, dann ist es besser, nicht Doña Quijota zu sein, zumal ich im Moment auch kein Ross habe. Also gut: Fürs erste.«

Ich nahm die Umhängetasche und hängte sie mir um. Es war eine längere Umhängetasche, sodass da gut mein Umhang, meine Helm und sogar mein Schwert samt Gürtel hineinpassten. Sogar mein Schild passt noch rein, wenn auch mit Mühe und Not. Lediglich für meine Lanze war die Tasche zu kurz. Also legte ich sie zwar herein, musste sie jedoch herausgucken lassen. Ich verschloss die Tasche und wirkte so ganz ohne meine Rüstung bloß wie eine kleine barfüßige Spanierin mit gelben Rock und rotem Oberkleid. Doch auch wenn diese so zierlich wirkte, so brannte in ihr das Feuer einer großen Ritterin, deren Rüstung bloß in ihrer Tasche versteckt war. Von links an gesellte sich nun die beste Freundin dieser jungen Dame und sprach:

»So meine Liebe, lass uns wieder hoch gehen. Ich denke, unsere Mamas erwarten uns.«

Also gingen wir beiden aus dem Keller nach oben. Kaum standen wir im Treppenhaus, vor der Haustüre, sagte ich zu meiner Freundin Marijana:

»Weißt du was, ich habe noch nicht gefrühstückt, aber ich lade dich zu mir zum Frühstück ein.«

»Prima, dann brauche ich nicht noch mal extra rüber. Ich rufe nur von dir aus mal kurz an, dass ich bei dir bin, aber gleich dich und deine Mutter in die Stadt begleite.«

Marijana und ich gingen zu mir in die Wohnung und Marijana setzte sich als Vierte zu meiner Mutter, Luis und mir an den Frühstückstisch. Padre war nicht zu Hause, denn er hatte Frühschicht, erzählte Madre. Deswegen fehle auch sein Fahrrad, sagte sie. Nachdem Frühstück nahm ich meine Tasche mit meiner Ritterrüstung und Marijana ihr Schlachtross (ihren Tretroller) und wir beiden begleiteten meine Madre aus der Wohnung die Treppe hinab zur Haustür und dann weiter zur Straßenbahn in Richtung Innenstadt. Auf dem Weg sammelten wir auch Marijanas Mutter ein und sie ging mit uns. Gemeinsam fuhren wir dann zu viert in die Stadt und gingen vom

U-Bahnhof »Reinoldikirche« schnurstracks zu unserem Unverpackt-Laden. Madre schloss auf und Marijana und ich gingen gleich ins Lager, um die Waren nach vorne zu räumen. Beim Umräumen entdeckte ich etwas im Lager, was einem Tretroller verdächtig ähnlichsah. Ich legte das Objekt frei und stellte fest, dass es tatsächlich ein Tretroller war. Genauso einer wie der von Marijana. Nur schmutzig war er und voller Staub, doch dieser ließ sich sicherlich abwischen. Ich stellte mich drauf und fuhr eine Runde und ich musste sagen, das Ding lief wie geschmiert. Ich stellte ihn zurück in die Ecke und sagte:

»Wenn es uns die Eltern gleich erlauben sollten, Abenteuer zu bestehen, habe ich nun ein Streitross dafür.«

»Das stimmt, Lola. Nun hat Doña Quijota de Piedes ihr Schlachtross wieder und auch eins, mit dem es Sancha Marías Ross aufnehmen kann.«

»Wie du meinst, aber meins ist, auch wenn es verstaubt ist, das Edlere von beiden.«

»Na gut, dein Reden, Lola. Los, aber lass uns weiter ausräumen.«

Marijana stellte ihren Tretroller zu meinem Neuen und wir beiden räumten alle übrigen Waren aus dem Lager in den Verkaufsraum. Nachdem alle Regale gefüllt waren, fragte ich meine Madre, ob Marijana und ich nicht vielleicht nach draußen zum Spielen dürften. Madre und Frau Ković sahen aus dem Schaufenster nach draußen und stellten wie wir strahlenden Sonnenschein fest. Nach einer kurzen Zeit sagte Madre:

»Na gut, draußen ist schönstes Wetter und es gibt eh nicht so viel im Laden zu tun, dass wir hier zu viert sein müssen, also könnt ihr zwei nach draußen zum Spielen.«

»Prima«, sagten Marijana und ich im Akkord.

Gemeinsam gingen wir zurück ins Lager und holten unsere Tretroller und verließen danach die Descalcería. Draußen schwangen wir uns auf die Schlachtrösser und ritten den Abenteuern zu. Über meinen Schultern hing die Tasche mit meinen Rittersachen, die ich nur bei Gelegenheit anlegen müsste.

Als Marijana alias Sancha María und ich den Unverpackt-Laden verlassen hatten, wussten wir noch nicht so ganz, wohin wir reiten sollten. Nachdem ich eine Weile überlegt hatte, sagte ich:

»Einfach der Nase nach oder vielmehr der Sonne.«

Und so ritten wir auf unseren Schlachtrössern in Richtung Süden. Nach mehreren verglasten Gebäuden erreichten wir einen großen Platz zwischen zwei Gebäuden. Der große Platz war der Friedensplatz und hatte eine Säule in der Mitte und drum herum standen noch mal vier einzelnen Säulen. Eines der beiden Gebäude war das Ayuntamiento (Rathaus) der Stadt Dortmund. Es sah nicht besonders historisch aus, denn es war ein mehrstöckiges, rechteckiges Gebäude und hatte einen stählernen Torbogen auf der dem Friedensplatz zugewandten Seite und war über eine Treppe zu erreichen, die lediglich in ein verglastes Erdgeschoss führte. Darüber waren weitere Etagen gebaut, doch sie hatten allesamt nur längliche Fenster. Es sah nicht besonders schön aus, um seine Stadt einschließlich deren Regierung gut präsentieren zu können. Da war mir der nahegelegene Stadtgarten schon lieber, der mit seinen vielen grünen Bäumen wie eine schöne grüne Lunge innerhalb der vielen dichten Bebauung der Innenstadt wirkte. Genau diese grüne Lunge steuerten Marijana und ich mit unseren Tretrollern an. Kaum erreichten wir diese nach wenigen Minuten, fuhr ich auf meinem Roller auf eine Wiese zu und ließ mich ins Gras fallen. Das Gras war schön angenehm weich und kitzelte sanft meine nackten Füße. Auch Marijana schien das Gras zu gefallen, als sie ihren Tretroller neben mir parkte. Nachdem ich eine Weile im Gras lag und in den Himmel schaute, dachte ich, da wären Wolken, die wie Drachen aussahen. Das teilte ich auch Marijana mit.

»Du Marijana«, sagte ich, »da sind Wolken, die wie Drachen aussehen. Ich denke mir mal, ich Ritterin müsste gegen die kämpfen.«

»Liebe Doña Quijota«, sagte Marijana, »ich glaube, sie sind zu weit entfernt von uns. Lass uns die Natur genießen. Aber sag mal, wie hat dir gestern die Schnupperstunde gefallen? Als du gestern Abend zurückkamst, hast du sehr gestrahlt und gesagt, du könntest da richtig Doña Quijota sein.«

»Das kann ich auch, liebste Sancha María«, sagte ich. »Im Prinzip lerne ich da verschiedene Kampfsportarten akrobatisch anzuwenden. Genau auch das, wenn ich als Ritterin Doña Quijota gegen das Böse kämpfe.«

»Da scheinst du ja den Sport für dich gefunden zu haben.«

»Und ob«, sagte ich.

Ich blickte nach vorne auf eine Wiese. Dort sah ich, wie ein großer, dicker Junge auf einen kleineren, schmächtigeren Junge einredete und ihm die Faust zeigte. Das konnte ich nicht zulassen, sagte ich und ich dachte mir, hier müsse die Ritterin für Ordnung sorgen. Schnell griff ich nach meiner Tasche und packte den Gürtel mit dem Schwert aus und legte ihn mir um. Ich setzte meinen Helm auf, legte meinen Umhang an, setzte meine Maske auf und nahm Lanze und Schild in die Hand. Von Kopf bis Fuß gerüstet schwang ich mich auf mein Schlachtross und eilte zu dem ungleichen Paar, wo einer der beiden offensichtlich Streit suchte.

»Sancha María, folge mir!«

Sancha María folgte mir auf ihrem Schlachtross. Schon bald kamen wir bei den beiden Streithähnen an. Entschlossen ging ich auf den großen, dicken Jungen zu und zog mein Schwert hervor.

»Hey, du Riese, du Dickwanst, was soll das?! Ist das nicht feige, sich einfach an Armen und Schmächtigen zu vergreifen?! Such dir lieber jemanden, der genauso stark ist wie du!«

»Ach ja, und wer sagt das?«

»Das sage ich, Doña Quijota de Pies Descalzos al Éxito, die größte und tapferste Ritterin, die die Welt je gesehen hat! Und ich habe keine Probleme damit, es mit dir aufzunehmen!«

Der Riese drehte sich nach mir um:

»Du kleiner Wurm, du willst es mit mir aufnehmen?! Glaube mir, wenn Big J erst mal mit dir fertig ist, fährst du heulend mit dem Krankenwagen.«

»Na schön, wenn du ein Duell willst, dann sollst du auch eins bekommen! Ich fürchte mich jedenfalls nicht vor dir!«

Big J kam auf mich zu:

»Das solltest du aber, du halbe Portion!«

Big J ballte seine Faust und wollte mich boxen. Doch dann zog ich mein Schwert hervor.

»Hast du auch ein Solches?! Wenn ja, dann sei ein Mann und kämpfe!«

Big J guckte mich grimmig an und sagte:

»Verflixt, so ein Schwert habe ich nicht, aber dafür habe ich es in den Fäusten.«

»Na gut, es ist gegen die Ritterehre einen Gegner mit Waffen anzugreifen, wenn er keine Waffen besitzt. Daher lege ich Schwert, Schild und Lanze ab. Sancha María, nimmst du mein Rüstzeug!«

»Jawohl, große Ritterin.«

Sancha María kam zu meiner Linken. Ich reichte ihr die Waffen und forderte nun nur mit Fäusten bewaffnet Big J zum Zweikampf heraus. Ich ging auf ihn zu und stellte mich Auge in Auge ihm gegenüber und sah ihm tief in die Augen.

»So, Big J, wir können.«

»Gut, du kleine Portion, aber ich warne dich, dein Lachen wird dir noch im Hals stecken bleiben.«

Big J lockerte seine Arme, die er unten zu Fäusten geballt hatte.

»Ich bin einer der Stärksten überhaupt und ich habe schon so viele verprügelt. Das kann ich auch mit so einer kleinen maskierten Portion wie dir.«

Mir machte er keine Angst, denn er wusste ja nicht, wen er vor sich hatte. Stattdessen hinterließ er auf mich eher den Eindruck, als wäre er nicht der Hellste und hätte mehr Kraft in den Muskeln als Grips im Gehirn. An dieser Schwachstelle wollte ich ihn kriegen und ihn mit Ganzkörpereinsatz und vor allem Köpfchen besiegen. Ich beobachtete ihn nur und kaum sah ich, wie er mit seiner Faust gegen mich ausholte, um mir in die Magengegend zu schlagen, so schnell schloss ich meinen Bauch durch einen gekonnten Schritt zusammen und trat ihm mit einem Kick durch den nackten linken Fuß gegen die Brust. Big J fiel nach hinten.

»Na, wer von uns beiden ist der Stärkere?«, fragte ich.

Big J raffte sich wieder auf und ging erneut auf mich zu. Nun wollte er mir seine dicke Faust ins Gesicht schlagen, doch anstatt mein Gebiss zu verwetten, beugte ich mich leicht und schlug ihm dafür gezielt mit beiden Fäusten oben zwischen die Beine.

»Aua!«, schrie er.

Und dann ging er schreiend zurück. Das nutzte ich aus, um ihm, als er dann einmal nicht hinsah, mit dem nackten rechten Fuß erneut oben zwischen die Beine zu treten. Das gab ihm den Rest und er fiel um.

»Dreimal Eier aufgeschlagen«, sagte ich. »Noch Speck, Zwiebeln, Kartoffeln und Kräuter dazu und ich habe eine köstliche Tortilla.«

Ich ging auf Big J zu und sah, wie der auf dem Rücken lag und seinen Kopf schüttelte. Ich stellte mich neben seinen Kopf und sah ihm tief in die Augen.

»Na, was ist? Wolltest du mich nicht verprügeln? Also ich bin bereit, du Schlägertyp.«

»Du«, meinte Big J zu mir, als er mir in die Augen sah, »du, willst, dass ich dich verprügele?«

»Klar, das wolltest du doch. Ich helfe dir sogar

hoch.«

Ich reichte ihm die Hand und half ihm auf. Kaum stand er neben mir, sagte er zu mir:

»Wenn du willst, gerne.«

Er ballte seine Faust und hielt sie mir nach oben gerichtet unter das Kinn. Eigentlich war er so schon in Angriffsposition, doch auch ich konnte ihm eine so kalte Schulter zeigen und anstatt meinen Kopf gegen seine Faust zu verwetten, boxte ich ihm schnell mit der rechten Faust gegen den rechten Ellenbogen und wehrte so die angreifende Faust ab, die Big J sich dann selbst gegen das Kinn verpasste. Ich drehte mich um und ließ Big J hinter mir. Dieser griff mich dann wohl von hinten an, vermutete ich. Aber damit rechnete ich natürlich und kaum griff er mir mit den Händen gegen den Hals, trat ich ihm mit dem linken Fuß gegen die Eier und drehte mich schnell um und verwandelte während der Drehbewegung meinen rechten Fuß in einen großen Tritt und schleuderte mit dem Tritt den Angeber Big J gegen den nahegelegenen Bratwurststand von Wurst-Manni. Ich ging auf den Wurststand zu und rief meiner Freundin Marijana zu:

»Sancha María, möchtest du auch eine Bratwurst?«

»Gerne, Doña Quijota«, sagte sie.

Ich erreichte den Wurststand von Wurst-Manni und neben dem kauerte auf dem Boden Big J. Als er mich sah, raffte er sich auf und umklammerte den Bratwurstverkäufer. Mit zitterndem Mund klammerte er sich um den Bratwurstverkäufer:

»Onkel Manni, Onkel Manni, beschütze mich vor dem. Der ist unberechenbar irre.«

»Mensch, Julian«, sagte er, »du bist doch selbst sehr stark. Den Kleinen da schaffst du doch mit links.«
Ich ging auf Wurst-Manni zu und orderte zwei Bratwürste mit Senf:

»Dos Salchichas con mostaza, por favor oder wie Sie sagen würden: Zwei Bratwürste mit Senf, bitte.«
Wurst-Manni gab mir die beiden Bratwürste mit Senf.

»Zwei Bratwürste mit Senf. Das macht 5,00 €.«
Ich griff in meine Tasche und musste feststellen:

»Ups, jetzt habe ich keinen 5,00-€-Schein, aber ich denke, Ihr Neffe Julian will doch eh so eine halbe Portion wie mich verprügeln. Also nur zu, soll er das.«

»Dich verprügeln, niemals«, sagte Big J.

»Ach komm, du hast doch selbst gesagt, du verprügelst doch so gerne so halbe Portionen wie mich. Und sieh mich an: Ich bin kleiner und schmächtiger als du! Du hast ein sehr leichtes Opfer! Außerdem, wenn du mich nicht verprügelst, dann gehen die beiden Bratwürste, die ich bei deinem Onkel bestellt habe, auf dich!«
Ich hatte den richtigen Ton getroffen, mit dem ich Julian alias Big J provozieren konnte. Er ballte wieder seine Fäuste nach mir und ging auf mich zu.

»So, du kleine schmächtige Portion, willst also, dass ich dir Würste bezahle, hä?! Passe eher auf, dass ich nicht aus deinen Eingeweiden welche mache!«
Big J ballte seine Fäuste und griff mich an. Doch ich warf eine Bratwurst nach ihm, die er mit einem geschickten Boxschlag beiseite schlug. Dann ballte er die rechte Hand zu einer kräftigen Faust und wollte diese mir gegen das Gebiss hauen.

»Gleich hast du keine Zähne mehr, um eine Wurst

zu kauen!«

Big J schlug seine Faust in Richtung meines Gebisses. Doch ich duckte mich schnell und schlug ein Rad nach rechts und wich so Big J aus, der statt nach mir in die Luft schlug.

»Hast du denn keine Augen im Kopf?! Hier bin ich«, sagte ich frech.

Big J drehte sich nach mir um und wollte mir mit der Faust gegen den Magen schlagen. Doch ich war schneller und trat ihm schneller mit dem rechten Fuß gegen die Brust, als er mit seiner Faust nach unten Richtung Magen. Der Tritt gegen die Brust brachte ihm voll den Schlag nach hinten und er fiel nach einigen Schritten rückwärts zu Boden.

Ich ging auf ihn zu und brüllte ihn an:

»Tat's weh?!«, fragte ich.

»Und ob?«, sagte er. »Mir brummt der Schädel.«

Wie ein toter Maikäfer lag er auf dem Boden und konnte sich kaum rühren. Ich stand zu seiner Rechten und hob meinen nackten rechten Fuß hoch und wusch ihm einmal kurz damit durchs Gesicht. Dann nahm ich meinen Fuß zurück und ging im Kreis um ihn herum.

»Sei du froh, dass ich barfuß bin! Sonst hätte dir mein Tritt sicherlich noch mehr wehgetan. Im Übrigen schuldest du mir noch eine Bratwurst, wenn du mir keine Tracht Prügel schenken kannst!«

»Eine Tracht Prügel, die kannst du gerne haben! Ich poliere dir die Fresse und pochier' dir die Eier!«

Wie von einem Floh gebissen sprang Big J auf und stand wieder auf den Beinen. Passenderweise stand ich ihm schon an der Frontseite gegenüber. Er rannte auf mich zu, um mich anzugreifen. Doch auch dieses Mal zog er den Kürzeren. Er griff mich wieder mit einem kräftigen Faustschlag an und wollte bei mir Magen und Brust auf einmal treffen. Doch irgendwie konnte ich das voraussehen und ich machte mich klein und sprang dann nach oben, sodass er eher über mich hinweg schlug, als dass er mich traf. Und durch meinen Sprung nach oben verhinderte ich nicht nur, dass er mir mit der Faust auf den Rücken schlug, sondern ich sorgte auch, dass er sein Bücken in eine gekonnte Rolle vorwärts verwandelte, bei der er auf dem Rücken landete. Während er so mit dem Rücken im Sand lag, ging ich auf ihn zu und stellte mich neben ihm hin. Vor seinen Augen ließ ich sowohl meine nackten Zehen im Sand als auch meine zu Fäusten geballten Hände in der Luft tanzen.

»Was ist, Big J?! Willst du nicht kämpfen?!«

»Nein danke, auf keinen Fall«, erwiderte Big J. »Du bist viel zu gut für mich.«

»Ach komm, Big J. Du bist so nah bei mir …«, sagte ich und ließ meine Fäuste schweigen und öffnete die Hände und legte sie beide auf die Rückseite meines Umhangs und faltete sie zusammen, »… und ich bin so wehrlos, dass du mich doch ganz leicht fertigmachen kannst«, ich bückte mich nach ihm und sagte dann, »insbesondere da du mich jetzt gerade quasi im Liegen mit einem kräftigen Schlag gegen Magen und Faust prügelnd verletzen kannst.«

Big J guckte mich an und rief mir dann ins Gesicht:

»Na schön, dann mache ich das!«

Big J, noch immer auf dem Rücken liegend, ballte seine rechte Faust und schnellte mit dieser nach oben, um mir in die Magengegend zu treffen. Doch auch ich war schnell und schlug etwa genauso schnell, wie er mit seiner Faust meinem Magen näherkam, mit meinem nackten rechten Fuß gegen seinen Prügelknabenarm, der dann anstelle meines Magens Big Js Kiefer samt Gebiss traf und ihm so sogar beinahe einen Zahn ausschlug. Als Big Js Arm vom Kiefer zurück auf Big Js Brust rollte, fixierte ich ihn dort mit meinem nackten linken Fuß, den ich an Big Js Arm festkrallte, während ich von meinem nackten rechten Fuß, der im Sand festgekrallt war, gestützt rechts neben Big J stand. Mit dumpfer Stimme sagte er:

»Ich gebe es auf. Du hast gewonnen! Ich glaube, ich werde nie wieder jemanden verprügeln. Weder jemanden der mir gewachsen ist, noch jemandem der kleiner ist.«

»Ach wirklich?!«, fragte ich. »Versprichst du das?!«
Während ich das gesagt hatte, presste ich mit meinem linken Fuß Big Js Arm tiefer und fester auf dessen Brust.

»Ich verspreche es hoch und heilig! Normalerweise haben alle kleineren Leute vor mir Angst, aber nachdem du, Junge, mir gegenübertratst und ich dich verprügeln wollte, hast du mir die Leviten gelesen und beinahe mich verprügelt, anstatt, dass ich dich verprügelt habe.«

»Vielen Dank, der Herr Big J. Aber ich glaube, du hast so von mir gelernt, dass man sich nicht an kleineren Leuten vergreift.«

»Ich glaube, dass … Boah, brummt mir der Schädel!«

»Aber eine Sache möchte ich noch klarstellen,

nämlich, dass ich dich leider doppelt enttäuschen muss, als du zu mir gesagt hast, du könntest mit mir ganz leicht einen kleinen, harmlosen Jungen verprügeln!«

Ich riss mir Helm und Maske vom Kopf und öffnete das Haargummiband, sodass sich die Kugel an meinem Zopfende löste und meine schulterlangen schwarzen Haare öffnete, die ich sogleich vor seinem Gesicht fallen ließ. Big J guckte mich ganz verdutzt an.

»Du bist ja ein Mädchen!«, rief er staunend und verdutzt.

»Ja, das hättest du nicht gedacht!«

Das hätte er wirklich nicht gedacht und aus der Ferne hörte ich Big Js Freunde lachen.

»Unser Big J, unser großer Big J!«, riefen sie, »Unser großer Big J, der selbst ernannte König des Stadtgartens, der große Kerl, der jeden kleinprügeln kann, lässt sich von einem kleinen Mädchen so vorführen! Mann, ist er ein Schwächling!«

So riefen sie lachend und ich konnte auch mitlachen. Doch Big J fand es nicht so lustig. Er raffte sich auf und ging auf seine Freunde zu:

»Big J – ein Schwächling! Ihr nennt Big J einen Schwächling?! Na wartet, gleich gibt's Prügel!«

Big J stand auf, entfernte sich von mir und ging oder besser gesagt humpelte auf seine Freunde zu und ballte seine Fäuste vor ihnen. Auch mein Freundeskreis im Park ging auf mich zu. Das waren meine beste Freundin Marijana alias Sancha María und der Junge, den Big J vorhin verprügeln wollte und den ich dann schließlich vor Big Js Prügeln bewahrt hatte. Der Junge tanzte mich förmlich vor Freude an und ich konnte mich kaum auf den nackten Füßen halten. So erfreut begegnete er mir:

»Mädchen«, sagte er, »du hast mich vor Big J bewahrt und ihm gleichzeitig gezeigt, was eine Harke ist! Ich glaube, er wird uns künftig in Ruhe lassen. Du bist eine große Heldin!«

»Gracias, Chico«, sagte ich. »Ich bin übrigens Auf nackten Füßen zum Erfolg und du bist ...«

»... ich weiß nicht, auf welchen Füßen zum Erfolg ich bin. Aber danke nochmal!«

»Gerne geschehen, Chico«, sagte ich.

Ich nannte ihn »Chico«, was das spanische Wort für »Junge« ist, da ich seinen richtigen Namen nicht kannte. Dann kam auch Marijana zu mir und sagte:

»Du kannst ihm auch deinen richtigen Namen nennen.«

»Das habe ich doch. Kann ich meine Sachen wieder haben?«

Sancha María reichte mir Schwert, Schild und Lanze.

»Doch bevor wir beide wieder zu der heimatlichen ritterlichen Burg reiten, liebe Sancha María, möchte ich, die große Doña Quijota de Pies Descalzos al Éxito, noch eine Bratwurst mit dir essen.«

Ich näherte mich dem Würstchenstand. Da fiel mir doch ein:

»Zu dumm, dass ich kein Geld für die Würste habe.«

Der Wurstverkäufer lächelte und sagte:

»Das muss du auch nicht. Ich erlebe oft, wie sich mein Neffe Julian einfach an armen kleinen Jungen, die kleiner sind als er, vergreift und sie sinnlos verprügelt.

Ich habe ihm schon oft gesagt, dass man das nicht macht, aber er hat es nie wissen wollen. Und nun, da mir jemand begegnet ist, der ihm das mal so richtig klargemacht hat, denke ich mir, der verdient sich bei mir eine Bratwurst umsonst.«

»Oh, Gracias«, sagte ich. »Aber meine Escudera und der Junge hier bekommen auch eine.«

»Gerne«, sagte Bratwurstverkäufer Wurst-Manni, »die Runde geht auf mich!«

So gab Wurst-Manni jedem von uns ein Bratwurstbrötchen gratis. Sancha María und ich verabschiedeten uns von dem Jungen, den ich vor Big J und dessen Prügeln gerettet hatte, und legten uns mit den Bratwurstbrötchen in der Hand unter einen nahegelegenen Baum ins Gras, Ritterrüstung und Schlachtrösser zwischen uns positioniert, streckten die Beine mitsamt den nackten Füßen von uns und taten uns die Ruhe an und aßen dabei mit großem Genuss unsere Bratwürste.

»Die haben wir uns auch verdient«, sagte ich.

»Und ob«, schloss Sancha María an. »Besonders, weil gerade Mittag ist.«

Sancha María sagte diesen Satz und zeigte auf die Sonne, die hochstand.

»Da muss ich dir recht geben«, sagte ich.

Und so ließen wir uns unsere Bratwürste zu Mittag richtig gut schmecken.

Nachdem wir die Bratwürste aufgegessen und die Sonne unter dem Baum ausgenossen hatten, legte ich wieder meine Rüstung komplett an und Sancha María und ich schwangen uns auf unsere Schlachtrösser und ritten zurück aus dem Stadtgarten zurück nach Norden in Richtung des Unverpackt-Ladens, wo wir dann bis zum Abend hin unseren Müttern beim Verkaufen halfen und ich – ohne die Rüstung der Doña Quijota, sondern nur mein Kleid tragend – führte einige Kampfkunststücke vor und machte so Werbung für die Martial-Arts-Schule. Das war auch wichtig, denn nur so durfte ich diese ja besuchen und dort lernen. Doch das nächste Mal, als ich deren Räumlichkeiten betrat, war erst am kommenden Donnerstag. Am Abend schlossen wir den Laden um 18:30 Uhr und gingen alle vier zur Straßenbahn. Ich trug meine Tasche bei mir, in der meine ganzen Rittersachen waren, und Sancha María, die nun wieder Marijana war, und ich schoben unsere Tretroller neben uns her und achteten sehr darauf, dass wir mit diesen nicht unsere nackten Füße überfuhren. Schließlich erreichten wir die Straßenbahn, fuhren damit nach Hause und verabschiedeten uns vor Familie Kovićs Hochhaus, das Marijana und ihre Mutter betraten, während meine Madre und ich ja noch weiter bis zu dem Hochhaus gingen, in dem wir wohnten. Der Abend klang wie üblich aus: Madre kochte das Essen, was uns allen schmeckte und ich ging danach in mein Zimmer, um zu Bett zu gehen.

Doch wie immer schrieb ich vor dem Schlafengehen mein Abenteuer des Tages auf. Erst dann kroch ich natürlich barfuß, aber nicht mehr im Tageskleid, sondern im Nachthemd, unter meine Bettdecke, um es auf nackten Füßen zu einem erfolgreichen Schlaf mit einem schönen Traum zu bringen. Buenas noches.

11. Kapitel: Das Training

Der Mittwoch war im Gegensatz zum Dienstag nicht sehr ereignisreich. Es regnete den ganzen Tag und Marijana und ich halfen unseren Müttern den ganzen Tag im Laden und räumten Regale auf und putzten den Staub weg. Und immer, wenn Kundschaft kam, spielte ich ihnen das Karate-Girl vor und gab ihnen einen Flyer von der Martial-Arts-Schule. Doch dann kam der Donnerstag. Das war für mich ein Tag der Freude, denn von diesem Tag an würde ich richtiges Freestyle Kickboxing lernen. Ich strahlte schon beim Frühstück wie der Sonnenschein und auch in der Straßenbahn oder im Laden war ich das erfreuteste Mädchen der Welt. Als ich so gegen 14:00 Uhr den Laden verließ, um um 14:30 Uhr mit dem Training in der nahegelegenen Martial-Arts-Schule beginnen zu können, ließ ich Madre, Frau Ković und Marijana im Laden zurück und ging richtig vergnügt durch die Fußgängerzone und erreichte recht schnell die Martial-Arts-Schule. Ich ging durch die Tür und meldete mich an. Der Pförtner sagte, ich soll kurz die Treppe hinaufgehen und klopfen. Das tat ich und ich klopfte oben an der Tür. Sie öffnete sich und mein Trainer Sascha kam heraus. Er begrüßte mich und sagte zu mir:

»Lola, richtig?«

»Sí, Lola Álvarez Sánchez Auf nackten Füßen zum Erfolg.«

»Lola, dein Training beginnt um 14:30 Uhr und dauert zwei Stunden. Vorher kannst du dich aber schon umziehen. Folgst du mir bitte!«

»No Problema«, sagte ich und folgte ihm.

Er führte mich zu den Spinden, zu denen er mich schon in der Schnupperstunde am Montag geführt hatte. Er öffnete einen der Spinde und holte die Stoffhose, Stoffjacke und den Gürtel heraus, die ich schon am Montag gesehen hatte.

»So, Lola, die müssten dir passen. Ich hoffe, es ist die richtige Größe. Für das Training hier bekommst du einen weißen Karate-Gi, für spätere Auftritte einen schwarzen Gi.«

»Verstanden, Meister.«

»Prima, dann ziehe ihn dir an und sei pünktlich um 14:30 bei mir im Trainingsraum. Dein Kleid kannst du hier in den Spind legen, Lola.«

»Das werde ich«, sagte ich, »aber lieber Trainer Sascha. Tu mir bitte einen Gefallen!«

»Und der wäre?«, fragte Sascha.

»Nenne mich bitte nicht ›Lola‹! Mein Name ist ›Auf nackten Füßen zum Erfolg‹!«

»Okay, dann komme bitte um 14:30 Uhr in den Trainingsraum, liebe Auf nackten Füßen zum Erfolg.«

Sascha ging beiseite und ich zog mich um. Ich tauschte mein rotes Lieblingskleid gegen die weiße Hose und die weiße Jacke und band beides mit dem weißen Gürtel fest. Barfuß war ich selbstverständlich bereits den ganzen Tag schon gewesen. Ich faltete mein Kleid zusammen, legte es in den Spind und verschloss ihn. Abschließen konnte ich ihn nicht, da ich keine Schlüssel hatte, doch ich hatte ja auch nichts Wertvolles im Spind. Im Trainings-Gi ging ich dann rüber zur Tür des Trainingsraums. Ich klopfte und kurze Zeit später öffnete mir Trainer Sascha und wir konnten mit dem Training beginnen. Der Proberaum war mit Matten auf dem Boden ausgelegt und an der Seite befand sich ein Spiegel mit einer schmalen Sitzbank davor. In einer Ecke war unter der Decke ein Box-Sack befestigt und auch andere Turngeräte fanden sich in den Ecken wieder. Trainer Sascha und ich gingen in die Mitte des Raumes. Zunächst einmal musste ich ein paar Aufwärmübungen machen. Dazu hieß es, mehrere Runden im Kreis rennen und auch ein paar Lockerungs- und Dehnübungen. Nachdem ich sie hinter mir hatte, konnte ich mit dem eigentlichen Training beginnen. Zunächst einmal trainierten wir ohne, anschließend mit Musik. Sascha machte mir etwas vor und ich sollte es nachmachen. Im Prinzip sollte ich einen »Sumoringer«-Stand, so nannte er das auf den Boden machen und dann aus dem Stand heraus erst meinen rechten Arm so drehen, als würde ich einen Diskus werfen und dann quasi aus dem Stand heraus eine Rolle rückwärts machen und diese dann in einen Handstand und einen Radschlag verwandeln. Das klang kompliziert und daher machten wir auch einen Schritt nach dem anderen. Doch sehr schnell hatte ich den Dreh heraus und konnte diese Choreographie nachmachen. Dann probierten wir es zur Musik und ich konnte es auch. Dann fragte ich allerdings:

»Meister Sascha, kann ich auch so richtige Schritte wie Kickbox-Schritte einbauen?«

»Ja, selbstverständlich kannst du das, Auf nackten Füßen zum Erfolg. Doch zunächst einmal würde ich solche Griffe an einem Box-Sack trainieren. Du weißt, glaube ich, wo der steht, oder?«

Ich blickte mich um und sah direkt den Box-Sack. Ich ging zielstrebig auf den großen langen blauen Sack zu und war erstaunt, dass er doch ein bisschen größer als ich selbst war. Trainer Sascha kam auf mich zu und sagte:

»Ich werde eben Boxhandschuhe und dir eine Gesichtsmaske holen, damit du dich nicht verletzt.«

»Ach was, die brauche ich doch nicht!«

Ich ballte meine nackten Hände zu Fäusten und schlug auf den Box-Sack ein. Er gab nach und flog auf mich zurück, doch ich schlug ihm wieder rechtzeitig mit den Fäusten entgegen und brachte ihn so wieder mir gegenüber. Ich boxte mit den Fäusten, was das Zeug hielt und dann dachte ich, eigentlich wollte ich doch Kickboxing trainieren. Entsprechend griff ich auch den Box-Sack im nächsten Schritt mit meinem nackten linken Fuß an und traf ihn in seiner Mitte.

»Wie war ich?«, fragte ich.

»Das war schon für den Anfang recht gut, Lola, äh Auf nackten Füßen zum Erfolg. Glaubst du, du kannst auch höher kicken?«

»So in etwa?«, fragte ich und kickte mit dem linken Fuß aus dem Stand gegen die oberen drei Viertel des Box-Sacks.

»Ja, so in etwa«, sagte Trainer Sascha. »Kannst du das auch mit beiden Füßen?«

Ich überlegte kurz:

»Also mit einem Fuß muss ich schon auf dem Boden bleiben, aber nacheinander dürfte das gehen.«

Gesagt, getan, trat ich abwechselnd mit dem linken und dem rechten Fuß solche recht hohen Kicks gegen den Box-Sack und mein Trainer konnte die in Bezug zu meiner Körpergröße als »High-Kicks« bezeichnen. Dann wollte er mit mir aber noch eine Choreographie einstudieren und zwar wollte er mich bitten, ob ich nicht das Boxen mit einer akrobatischen Bewegung aus dem Stand kombinieren könnte. Ich überlegte, wie ich das anstellte. Ich ging in den Stand, sprang hoch, als wäre ich ein Frosch, drehte mich kurz in der Luft und landete wieder auf meinen nackten Füßen. Ich zog einen Fuß nach hinten und den anderen schob ich nach vorne und wedelte dazu mit den Armen, als wollte ich boxen. Dann zog ich die Beine wieder zusammen, schlug zwei Räder, zog die Beine wieder so auseinander, dass das rechte Bein nach hinten und das linke Bein nach vorne zeigte, und wedelte die Hände in einer Boxbewegung. Dann schrie ich »¡Olé!« und machte mit dem rechten Fuß einen ordentlichen High-Kick in die Luft. Sascha schien das sehr zu gefallen.

»Ich bin sprachlos, Auf nackten Füßen zum Erfolg. Aber einen Tipp gebe ich dir noch und zwar, wenn du auf den Boden aufspringst oder einen finalen Schlag ausübst, hast du sehr viel Energie in deinem Körper und diese will raus. Daher zisch dann einmal. Sag einfach: Ksch!«

»Tsch...!«, machte ich.

So richtig »Ksch« konnte ich nicht machen, da es im Spanischen diesen Laut nicht gab. Lediglich unser »Ch«, was wie ein kurzes »tsch« klang, konnte an den gewünschten Laut heranreichen. Ich musste das »Ch« aber verlängern. Nach einer Weile war Sascha mit dem Laut zufrieden.

»Prima«, sagte er, »diesen zischenden Schrei

nennt man übrigens Kiai.«

Kiai; das merkte ich mir. Dann fuhr Sascha zu erklären fort:

»Kannst du noch mal die Choreographie von eben wiederholen?«

»Claro, das kann ich«, sagte ich.

Ich stellte mich gerade hin, die Fußknöchel aneinandergepresst und wedelte kurz mit den Armen in der Luft. Dann ging ich in die Hocke und sprang aus dem Stand in die Luft, als wäre ich ein Frosch, drehte mich in der Luft und landete wieder auf meinen Füßen und machte bei der Landung den Kiai, also das Zischgeräusch »Tsch«. Dann raffte ich mich wieder auf, zog einen Fuß nach vorne und den anderen nach hinten und wedelte dazu mit den Armen, als wollte ich boxen. Schließlich zog ich die Beine wieder zusammen, schlug zwei Räder, zog die Beine wieder so auseinander, dass das rechte Bein nach hinten und das linke Bein nach vorne zeigte, und wedelte die Hände in einer Boxbewegung. Anschließend drehte ich mich nach dem Box-Sack um, schrie »¡Olé!« und machte erst mit dem rechten und danach mit dem linken Fuß einen ordentlichen High-Kick gegen den Box-Sack, der laut schallte. Während beider Kicks gegen den Box-Sack zischte ich. Dann drehte ich mich wieder um, presste die Hände gegeneinander, verbeugte mich kurz und ging wieder auf Sascha zu. Dieser begann mich schon auf meinem Weg zu ihm zu loben:

»Perfekt, Auf nackten Füßen zum Erfolg, wirklich perfekt. Wenn du so weitermachst, dann machst du deinem Namen alle Ehre.«

»Gracias«, sagte ich.

»Die Trainingsstunden bei mir sind zweimal wöchentlich: montags und donnerstags jeweils um 14:30 Uhr. Darüber hinaus solltest du jeden Tag mindestens eine Stunde zu Hause trainieren. Am besten auch mit einem Box-Sack.«

»Mit einem Box-Sack?«

»Ja, mit einem Box-Sack.«

»Das Dumme daran ist, ich habe keinen und ich weiß nicht, ob meine Eltern mir den kaufen können. Was kostet so ein Box-Sack denn?«

»So 90 € oder 100 € muss du schon investieren.«

»Oh! Estan muchas monedas«, sagte ich.

Mir war klar, dass meine eher armen Eltern nicht mal eben diese 100 € übrig hatten, und, ob mir die Schule diesen Box-Sack finanzieren konnte, wagte ich zu bezweifeln.

»Ich weiß nicht«, erklärte ich Sascha, »ob das funktioniert.«

»Also, liebe Auf nackten Füßen zum Erfolg, zunächst einmal kannst du fürs Erste versuchen auch ohne Box-Sack zu trainieren, zumal du beim Freestyle Kickboxing gegen imaginäre Gegner kämpfen wirst. Dennoch rate ich dir, dir auf nicht allzu lange Sicht einen eigenen Box-Sack zuzulegen. Ich denke, das wirst du auch hinbekommen. Da bin ich mir ganz sicher. Ein Blick auf die Uhr sagt mir, dass es fast schon 16:30 Uhr ist, liebe Auf nackten Füßen zum Erfolg. Insofern freue ich mich auf unsere nächste Stunde.«

»Gracias, ich freue mich auch auf die nächste Stunde, Meister Sascha. Adios.«

»Adios, wobei, im späteren Training wirst du

noch japanische Formeln von mir lernen, die du in deine Choreographien einbaust und zu den Bewegungen sprichst. Und da sich doch früh übt, wer ein Meister werden will, lernst du eben noch von mir eine japanische Formel, nämlich die, mit der man sich verabschiedet: Sayonara«, sagte er, presste seine Hände zusammen und verbeugte sich vor mir.

»Sayonara, Meister«, sagte ich.

Auch ich presste meine Hände zusammen und verbeugte mich vor Meister Sascha. Dann drehte ich mich um und ging aus dem Trainingsraum. Er folgte mir kurz und sag-te mir noch etwas:

»Ach, Auf nackten Füßen zum Erfolg, bevor ich es vergesse: Den Karate-Gi, den du trägst, ist von nun an deiner. Entsprechend nimmst du ihn mit nach Hause und bringst den zu jedem Training auch mit hierher.«

»Alles klar, mache ich. Sayonara, Meister.«

Ich ging im Gi zurück zum Spind. Ich zog ihn aus und faltete ihn zusammen. Dann öffnete ich den Spind und holte mein rotes Kleid heraus und zog es an, denn ich konnte schlecht in Unterwäsche auf die Straße gehen. Den Gi legte ich zusammen und band ihn mit dem Gürtel zusammen und klemmte ihn mir anschließend unter die Schulter. Ich trug mein Kleid und war damit fertig angezogen. Den Gi hatte ich mir unter die Schulter geklemmt und war nun fertig für den Heimweg. Ich stand auf und ging den Gang und die Treppe herunter zur Tür. Mein Herz schlug noch bis zum Hals von dem adrenalinreichen Training, das ich hinter mich gebracht hatte, und gleichzeitig verspürte ich auch Durst in mir und ein inniges Verlangen, ihn mit meiner geliebten Zitronenlimonade zu stillen. Dumm nur, dass ich gerade keine Flasche parat hatte. Auf jeden Fall ging ich hocherfreut die Treppe hinab zu Tür und verließ mit einem strahlenden Gesicht die Martial-Arts-Schule.

12. Kapitel: Der Box-Sack für Zuhause

D as Training hatte mir sehr viel Spaß gemacht
und kaum verließ ich die Schule, wo ich Martial
Arts trainierte, dachte ich mir, hier würde ich
gerne wieder hingehen. Dennoch überlegte ich, als ich so
meinen Karate-Gi unter den Schultern trug und ihn mit
dem weißen Gürtel zusammengebunden hatte, wie es so
weitergehen würde. Denn immerhin hatte ich noch keinen Box-Sack, den ich für mein Heimtraining im Freestyle Kickboxing benötigte. Eine Stunde täglich sollte ich
damit schon trainieren, hat Meister Sascha gesagt, doch
die Frage war, wo meine Eltern das Geld übrighätten, mir
den zu kaufen. Schließlich war so ein Box-Sack nicht gerade billig. Während ich so drüber nachdachte, ging ich
auf den großen Platz und bog nach links ab in Richtung
Reinoldikirche ein. Da sah ich plötzlich, wie jemand lange Finger machte und einem Passanten nach dem anderen
die Brieftasche aus der Gesäßtasche zog und diese in einem Regenschirm versteckte, den er bei sich trug. Ich sah
mir diese Gaunereien an und dachte mir gleich, das kann
ich nicht dulden, und, weil ich ja so ein Nachwuchstalent
im Freestyle Kickboxing und schon länger die Ritterin
Doña Quijota de Pies Descalzos al Éxito war, fasste ich
den Entschluss, diesem Taschendieb zu zeigen, was in
mir steckte. Ich schlich mich an den Taschendieb an,
nahm den Gürtel des Gis und band ihn mir um den Rock,
sodass nun der Gi fest an mein Kleid gebunden war, und
dann fasste ich mir ein Herz und trat einen Fuß nach vorn
und wedelte mit den zu Fäusten geballten Händen. Nor-

malerweise würde ich dazu auch Schreie ausüben, doch das verkniff ich mir, da ich den Taschendieb, der nun einer armen alten Großmutter in die Handtasche griff und sie um ihre Brieftasche erleichterte, nicht warnen wollte. Ich stand fest mit den Füßen auf dem Boden und, weil diese nackt waren, floss die Energie aus dem Boden sehr gut in meinen Körper. Dann schlug ich zwei Räder, um mich dem Taschendieb zu nähern, schrie einmal laut und kaum drehte sich der Taschendieb nach mir um, trat ich ihm schnell und heftig mit dem rechten Fuß gegen den Kopf und warf ihn so um. Ich stellte mir einfach vor, der Taschendieb wäre ein Box-Sack und entsprechend konnte ich ihn mit den Fäusten und Füßen schlagen. So erwischte ich ihn mit einem High Kick am Kopf und mit einem Faustschlag in der Magengegend. Es verstand sich von selbst, dass der Taschendieb umfiel, und mit ihm fiel auch sein Regenschirm um, aus dem nun gefühlt tausend Brieftaschen auf den Boden fielen. Der Taschendieb wollte sich aufrichten, doch ich schrie laut »¡Olé!« und trat ihm mit dem rechten Fuß auf den Magen und presste ihn so zu Boden. Die Leute drehten sich nach mir um und klatschten mir Beifall. Ich presste meine flachen Hände zusammen und verbeugte mich vor den Leuten. Dann blickte ich auf die auf dem Boden liegenden Brieftaschen. Ich hob eine auf, hielt aber während des Bückens weiterhin den Taschendieb mit meinem nackten rechten Fuß fest, genauso wie ein Raubvogel mit seiner Kralle seine Beute festhielt, und fragte die Menge:

»Gehört diese Brieftaschen zufällig einem von Ihnen?«

Die Menschen um mich herum, suchten ihre Körper ab

und fanden ihre Brieftaschen nicht. Auch die alte Großmutter suchte ihre Brieftasche und fand sie nicht ihrer
Handtasche. Ich öffnete die Brieftasche in meiner Hand
und fand den Personalausweis der alten Großmutter und
sprach sie an.

»Abuelilla, Abuelilla, ist das zufällig deine Brieftasche?«

Offensichtlich hörte sie mich nicht. Also suchte ich fest
den Blickkontakt zu ihr und formte die Hände zu einem
Trichter und wiederholte laut meinen Satz:

»Abuelilla, Abuelilla, ist das zufällig deine Brieftasche?!«

Dann merkte ich, dass ich die alte Dame »Abuelilla« rief
und mir fiel ein, dass ich ja in Deutschland war und die
Menschen dort nicht unbedingt mein Spanisch verstanden. Also wiederholte ich den Satz noch einmal und
übersetzte »Abuelilla« ins Deutsche.

»Liebes Großmütterlein, liebes Großmütterlein, ist
das zufällig deine Brieftasche?«

Die alte Dame, die noch immer ihre Brieftasche suchte
und nicht fand, kam auf mich zu. Ich zeigte ihr die Brieftasche und sie entdeckte in der Brieftasche ihren Personalausweis.

»Danke sehr, junge Dame. Du bist ja wirklich ehrlich«, lobte sie mich, »im Gegensatz zu diesem Halun-
ken!«

Die alte Dame haute ihre Handtasche wie eine Bratpfan-
ne dem Taschendieb auf dem Kopf.

»Frechheit, einer armen alten Dame einfach die
Brieftasche stehlen! Unerhört!«, rief die alte Dame.

Dann drehte sich die alte Dame um und ging. Ich hielt

den Taschendieb noch immer mit dem Fuß fest und dann hatte ich noch eine Idee:

»Liebes Großmütterlein, warten Sie doch! Ich glaube, wir sollten den Taschendieb der Polizei übergeben und an alle Herrschaften hier auf dem Platz«, nun wurde ich mit meiner Stimme lauter, damit ich auch verstanden wurde, »vermissen Sie ihre Brieftaschen?! Dann kommen Sie doch bitte zu mir und bringen doch bitte einen Polizisten mit!«

Gesagt, getan, dauerte es wirklich keine fünf Minuten und schon versammelten sich viele Menschen, die ihre Geldbeutel vermissten, bei mir und dem Taschendieb, den ich förmlich mit meinem nackten Fuß festkrallte, und dessen umgekippten Regenschirm und den vielen Brieftaschen, die aus diesem herausgefallen waren. Unter diesen vielen Passanten war auch ein Polizist und der sprach mich an:

»Guten Tag, wen haben wir denn da?«

»Auf nackten Füßen zum Erfolg, wie ich mich selbst nenne, oder mit bürgerlichen Namen: Lola Álvarez Sánchez. Ich war gerade auf dem Heimweg vom Freestyle Kickboxing-Training, da sah ich, wie dieser entzückende feine Herr hier unter mir einem Menschen nach dem anderen die Brieftasche aus der Hosentasche zog und sie in seinem Regenschirm versteckte. Das konnte ich nicht dulden und zeigte ihm mal, was ich so bei meinem Training gelernt habe.«

»Herr Wachtmeister«, sagte der Taschendieb, als er den Polizisten erkannte, »vor dieser Wilden, die auf mir hockt, müssen sie sich förmlich in Acht nehmen. Die hat mir so kräftig ins Gesicht getreten, dass ich umgefallen war. Und dann auch noch in den Magen gehauen. Die warf mich so um, dass mir mein Regenschirm da glatt aus der Hand fiel.«

Der Wachtmeister sah sich um und entdeckte den Regenschirm mit den vielen Brieftaschen daneben. Er sah sich die Brieftaschen an und stellte fest, dass da die verschiedensten Personalausweise mit den verschiedensten Fotos drin waren. Er sah sich einen an und erkannte den Mann auf dem Bild. Wenn ich mich recht erinnerte, las er vor:

»Herr Eduard Ebert?«

»Ja«, sagte der Mann und kam auf den Polizisten zu.

Der Polizist zeigte ihm die Brieftasche und fragte:

»Ist das Ihre Brieftasche?«

»Ja«, sagte er und guckte hinein.

»Gott Sei Dank, meine 200 € sind noch da.«

»200 €!«, rief der Taschendieb selbstlobend laut aus. »Dann hatte ich heute ja doch nicht so Pech, als ich ihmchen da die Brieftasche aus der Tasche zog!«

Ich sah dem Taschendieb ins Gesicht und irgendwie lief sein Gesicht ganz rot an und er sagte:

»Oh-Oh!«

Der Polizist pfiff seinen Kollegen rüber und ließ diesen das Diebesgut bewachen. Dann ging er auf den Taschendieb zu und sah ihm in die Augen.

»Ach, da haben Sie sich selbst verraten. Lola, so war doch der Name, richtig?«

»Sí, Lola oder eben Auf nackten Füßen zum Erfolg«, sagte ich und ließ meine nackten Zehen auf dem Bauch des Taschendiebes tanzen.

»Ja, Lola, wollte ich sagen, du kannst ihn jetzt

loslassen. Ich glaube, er wird mich und meinen Kollegen mit zur Wache begleiten. Du und der Herr Ebert kommen als Zeugen mit.«

»Das mache ich doch glatt, Señor Wachtmeister, und ich glaube, wenn ich dabei bin, büxt er Ihnen auch nicht aus.«

»Eine gute Idee. Außerdem musst du mitkommen, denn da du uns minderjährig erscheinst, müssen wir deine Eltern informieren.«

Gesagt, getan, hielt ich noch eben den Taschendieb mit meinem Fuß fest und ließ den Herrn Wachtmeister dem Taschendieb die Handschellen anlegen. Dann ließ ich den Taschendieb los und der Wachtmeister führte ihn ab. Sein Kollege, Herr Ebert und ich begleiteten ihn. Der Kollege des Polizisten trug den Regenschirm mit den gestohlenen Brieftaschen mit sich. Es war nicht weit bis zur Polizeistation und dort angekommen wurden erst einmal die Personalien aufgenommen und die gestohlenen Brieftaschen gezählt und registriert. Ich gab meine Personalien an. Nachname: Álvarez Sánchez, Vorname: Lola, Spitzname: Auf nackten Füßen zum Erfolg, Alter: 14 Jahre, natürlich auch mein Geburtsdatum: 4. April, samt Geburtsjahr und natürlich meinen Geburtsort: Marbella.

»Marbella«, sagte der Polizist, »das Marbella an der Costa del Sol?«

»Sí, das Marbella an der Costa del Sol in der Provinz Málaga in der Region Andalucia, äh Andalusien in Spanien. Ich bin gebürtige Spanierin, besitze aber neben der spanischen auch die deutsche Staatsbürgerschaft.«

»Alles klar, Mädchen, aber du weißt, dass wir das überprüfen müssen. Da du keine Papiere bei dir hast, müssen wir deine Eltern anrufen. Hast du die Nummer?«

»Sí claro, ja klar, sowohl die Nummer von Zuhause, als auch die Nummer unseres Unverpackt-Ladens in der Thomasstraße. Ich gebe Ihnen beide Nummern. Wenn Sie mit meinen Eltern sprechen möchten, wir Spanier haben ein anderes Nachnamensystem als die Deutschen. Wir haben zwei Nachnamen, einen vom Vater und einen von der Mutter. Mein Padre heißt mit Nachnamen Álvarez Gómez, Vorname Juan, und meine Madre heißt mit Nachnamen Sánchez García, Vorname: María. Ganz wichtig: Fragen Sie nach Señor Juan Álvarez Gómez bzw. Señora María Sánchez García. Das verstehen sie besser.«

»Ja, das habe ich schon verstanden«, sagte der Polizist, wählte die Nummer des Unverpackt-Ladens auf seinem Telefon und fragte:

»Ja, guten Tag, hier ist die Polizei. Ist in Ihrem Laden ein gewisser Señor Juan Álvarez Gómez oder eine Señora María Sánchez García zu sprechen? – Ja. – Ja, also Frau María Sánchez García ist da. Geben Sie mir die doch einmal bitte.«

Es dauerte eine Weile, bis der Polizist das Gespräch fortsetzte. Ich saß ihm gegenüber und streichelte unter dem Tisch meine nackten Füße aneinander.

»Guten Tag, Señora Sánchez García. Hier ist Polizeihauptmeister Meier vom PK Dortmund-Innenstadt. Es geht um Ihre Tochter Lola. Diese hat heute in der Fußgängerzone einen Taschendieb k. o. geschlagen. – Ja, Ihre Tochter hat mir schon erzählt, dass sie Kickboxerin ist. – Ja, wir sind ihr auch dankbar, da Sie uns so sehr geholfen hat, den Taschendieb zu fassen. Kommen Sie doch einfach eben rüber und holen sie ab.«

Der Polizist gab Madre die Nummer und Adresse des PKs, des Polizeikommissariats, und fragte mich, ob ich was trinken möchte, und ich äußerte den Wunsch nach einer Zitronenlimonade. Nach einer Viertelstunde kam auch Madre auf dem Polizeikommissariat an und nahm mich in die Arme.

»Lola!«, sagte sie, »was machst du für Sachen? Eigentlich solltest du doch direkt nach Hause gehen.«

»Das wollte ich auch, Madre«, sagte ich, »doch dann sah ich diesen Taschendieb, der den Leuten das Geld aus der Tasche zog.«

»Fünfunddreißig Brieftaschen«, sagte der Kollege des Polizisten, der schon vorher dabei war, als ich den Taschendieb stellte, »fünfunddreißig Brieftaschen waren in dem Regenschirm verstaut. Der Mann hat echt reichlich Beute gemacht. Ich habe das Geld zusammengezählt, Hauptmeister Meier.«

»Und wie viel kam heraus?«

»Nun ja die Leute hatten geschätzt stets etwa 70 € pro Kopf dabei. Am meisten sogar der Herr Ebert mit 200 €. Das macht fast 2600 €, die unser Taschendieb da hätte erbeuten können, wenn da die kleine Lola nicht eingegriffen hätte. Lola, du bist eine richtige Heldin. Ohne dich, wäre der uns durch die Lappen gegangen und eins kannst du mir glauben: Taschendiebe werden selten gefasst. Ich denke, du hast dir eine Belohnung verdient.«

»Gracias«, sagte ich, »und ich glaube, ich weiß, was ich möchte. Mein Trainer hat mir gesagt, dass ich zu Hause stets eine Stunde täglich mit dem Box-Sack trainieren muss, wenn ich eine erfolgreiche Freestyle-Kickboxerin werden will, nur leider habe ich das Problem, dass ich keinen Box-Sack habe und so ein Box-Sack sehr teuer ist und meine Eltern sich den nicht unbedingt leisten können. Wenn man mir schon das Geld für einen Box-Sack gibt, dann wäre ich froh.«

»Wenn es allein das ist, Lola«, sagte Polizeihauptmeister Meier. »Ich glaube, die Dortmunder Polizei wird dich in der Hinsicht belohnen, dass sie dir einen Box-Sack spendiert. Dafür, dass du uns wirklich geholfen hast. Und wenn du fleißig damit trainierst, wirst du bestimmt eine große Kickboxerin.«

»Freestyle-Kickboxerin, wenn ich bitten darf. Das ist ähnlich dem Kickboxen. Nur kämpft man mit einer eigenen Choreographie gegen imaginäre Gegner zur Musik. Ich kann Ihnen das mal zeigen«, sagte ich, nahm meinen Karate-Gi, den ich noch immer an mein Kleid gebunden trug, suchte kurz die Toilette auf, um mich umzuziehen, und trat dann im Karate-Gi vor Polizeihauptmeister Meier.

»Halten Sie bitte alle ein großes Stück Abstand zu mir!«

Alle traten ein gutes Stück von mir weg und ich zeigte ihnen, dass ich Boxbewegungen konnte, einen hohen Kick mit dem Fuß in die Luft konnte, dazu laut schreien konnte und auch Radschlagen und im Handstand drei Brücken hintereinander machen konnte. Für diese Action erntete ich Applaus. Im Hintergrund hörte ich Madre zu den Polizisten sagen:

»Und dabei hatte Lola heute erst ihre erste richtige Trainingsstunde.«

Hauptmeister Meier, der noch immer ein wenig baff aussah, kam auf mich zu und sagte:

»Lola, du bist wirklich ein Talent, dass man fördern müsste. Sag mal, wenn du mal mit der Schule fertig bist, möchtest du dann eine von uns werden? Ich denke, wenn du mit solcher Action auf Streife gehst, fleht jeder Gauner vor dir um Gnade.«

»Kann ich gerne machen«, sagte ich. »Kann ich als Polizistin denn auch barfuß laufen?«, fragte ich frech.

»Barfuß im Dienst und in Uniform?«

»Ja«, antwortete ich und lachte innerlich verlegen.

»Eigentlich nicht«, sagte Hauptmeister Meier.

»Also wenn ich wirklich Schuhe tragen muss im Polizeidienst, dann übe ich den nur ungern aus. Aber dennoch würde ich das Angebot gerne annehmen.«

»Nun ja, das hat bei dir ja auch noch etwas Zeit. Und zur Belohnung dafür, dass du uns geholfen hast, den Taschendieb zu verhaften, bekommst du von der Dortmunder Polizei einen Box-Sack für dein Heimtraining geschenkt.«

»Gracias«, sagte ich und umarmte Polizeihauptmeister Meier.

Nachdem alles geklärt war und die Polizei unsere Adresse hatte, zog ich mich erneut um, und verließ mit Madre und dem zusammengebundenen Karate-Gi die Polizeiwache und ging mit Madre zusammen zum Unverpackt-Laden und blieb dort bis Ladenschluss. Nachdem wir den Laden verschlossen, gingen wir gemeinsam zur Straßenbahn und fuhren nach Hause.

Gegen 19:30 Uhr saßen meine Familie und ich beim Abendessen und ließen uns die Paella gut schmecken.

Mmm (Mhm), ich liebte Madres Paella. Sie war mein absolutes Leibgericht. Eigentlich wird in Spanien Paella nur zu Mittag gegessen, doch in Deutschland aßen wir sie auch gerne zu Abend. Während ich mir den leckeren gelben Reis schmecken ließ, klingelte es an der Tür. Padre ging zur Tür und öffnete und wunderte sich, dass die Polizei vor der Tür stand.

»Buenos tardes«, sagte er, »was will denn die Polizei von uns?«

Ich stand auf und ging zu ihm und sagte:

»Padre, ich kann alles erklären.«

»Du musst Lola sein, der kleine Taschendieb-Schreck, von dem uns Hauptmeister Meier unterrichtet hat. Er hat uns geschickt und wir sollen dir diesen Box-Sack vorbeibringen.«

Der Polizist drückte mir den Box-Sack in die Hand. Ich nahm ihn an und stellte fest, dass er doch recht schwer ist. Meinem Padre gab der Polizist eine Kiste.

»Hier, Herr Sánchez …«

»Álvarez Gómez«, korrigierte Padre, »Álvarez Gómez ist mein Nachname.«

»Entschuldige, Herr Álvarez Gómez, hier ist das Nötige drin, um den Box-Sack an der Decke zu befestigen. Eine Anleitung ist auch dabei.«

»Gracias, vielen Dank.«

Padre nahm die Kiste an.

»Das war's«, sagte einer der beiden Polizisten. »Auf Wiedersehen.«

»Auf Wiedersehen«, sagte sein Kollege.

»Auf Wiedersehen«, sagten Padre und ich.

Wir trugen das schwere Gerät in die Wohnung. Mit einem gekonnten Leisetritt gegen die Tür nach hinten konnte ich sie wieder verschließen. Padre und ich trugen den Box-Sack samt Zubehör in mein Zimmer. Auf dem Weg dorthin fragte mich Padre, wie es dazu gekommen sei, dass ich von der Polizei diesen Box-Sack geschenkt bekam. Ich erklärte ihm dann:

»Das ist die Belohnung dafür, dass ich heute Nachmittag einen Taschendieb, der über 2000 € zusammengestohlen hatte, k. o. geschlagen und so zu seiner Festnahme verholfen habe.«

Padre blieb vor Erstaunen die Luft weg. Wir erreichten mein Zimmer und stellten die Sachen ab.

»Wir können ihn gleich noch aufhängen«, sagte Padre. »Jetzt lassen wir uns erst einmal die Paella deiner Mutter schmecken.«

Gesagt, getan, gingen wir zurück in die Küche und aßen das Abendessen zu Ende. Eigentlich wollte Padre sich aufs Sofa setzen und TV glotzen, doch ich überredete ihn noch, dass wir den Box-Sack festmachten. Also holte er Werkzeug aus dem Keller und wir bohrten ein paar Löcher in die Decke, um die Schrauben dort fest zu machen. So konnten wir die Halterung befestigen. Nachdem diese an der Decke befestigt war, fädelte Padre die Schlaufen am oberen Ende des Box-Sacks durch die Ösen in der Halterung und machte so den Box-Sack an der Halterung fest. Dann gab es einen festen Knoten und der Box-Sack hielt an der Decke. Fertig! Padre kehrte noch eben den Bohrstaub weg und dann verließ er mein Zimmer und ging ins Wohnzimmer, um dort TV zu gucken. Ich sah mir dagegen den Box-Sack an und war in mir rundum zufrieden. Am nächsten Morgen wollte ich damit nämlich trainieren. Inzwischen war es schon spät und ich wollte schon zu Bett gehen. Doch vorher setzte ich mich an den Schreibtisch und schrieb wie immer meinen erlebten Tag nieder, bevor ich dann auf nackten Füßen zum Erfolg mein Kleid gegen den Schlafanzug tauschte und mich auf nackten Füßen zum Erfolg erfolgreich ins Land der Träume begab.

13. Kapitel: Friday for Future

Die Sonne schien durchs Fenster und ihre wärmenden und leuchtenden Strahlen kitzelten mich wach. Ich schlug die Bettdecke beiseite und rutschte aus dem Bett. Ich war noch im Schlafanzug, als ich auf meinen frisch errungenen Box-Sack zuging.

»Eine Stunde täglich«, sagte mir eine Stimme im Kopf, »eine Stunde täglich sollte ich damit schon trainieren.«

Da dachte ich mir, es wäre doch eine gute Aufwärmübung für einen Start in den Tag, wenn ich meine Kickboxing-Künste dem Box-Sack sozusagen zum Frühstück serviere. Ich stellte mich neben das Teil hin, konzentrierte mich und begann mit Fäusten und Füßen gegen ihn zu schlagen und zu treten. Meine Tritte gegen den Box-Sack knallten laut wie eine Peitsche und je lauter sie wurden, desto mehr Adrenalin schürte das Feuer in mir. Ich geriet richtig ins Schwitzen, als ich da so mit vielen harten und immer härter werdenden Tritten den Box-Sack prügelte. Das kostete mich zwar ordentlich Power, aber ich kam trotzdem nicht aus der Puste, da ich die Atemtechnik-Tipps meines Trainers Saschas berücksichtigt hatte. Ich merkte schnell, je länger ich das machte und je konzentrierter ich das machte, desto besser wurde ich. Es machte mir richtig Spaß. Doch anscheinend war ich die Einzige, der das Spaß machte, denn während meines eifrigen Gefechts, klopfte es an der Tür. Ich reagierte auf das Anklopfen so, wie ich es gelernt hatte.

»¡Adelante!«, rief ich, was auf Deutsch »Herein!«

bedeutete.

Da öffnete sich meine Zimmertür und Madre kam herein und sie blickte ganz grimmig:

»Lola, was machst du da?«, fragte sie. »Ich bin vor Schreck aus dem Bett gefallen. Ich dachte, hier gibt's ein Erdbeben.«

»Ach so«, sagte ich und schlug fest mit den Fäusten gegen den Box-Sack. »Dabei ist es nur deine Tochter, die gerade ihr Kickboxen trainiert. (Ts)ch!«

Den Kiai-Ruf, also das (Ts)ch-Zischen, machte ich, um die ganze Energie aus meinem Körper zu lassen. Ich schlug und trat weiterhin laut gegen den Box-Sack.

»Ich bin nun einmal sehr ehrgeizig«, sagte ich und atmete dabei schnell ein und aus.

»Schon, aber musst du dein Training, denn so früh vor dem Desayuno machen?«

»Nun ja, die Ducha caliente danach verdiene ich mir so zurecht«, sagte ich und trat heftig mit dem linken Fuß gegen den Box-Sack. »Das Boxen macht richtig Spaß.«

Madre kam auf mich zu und sagte:

»¡Lola, mi hija, Lola!«

Ich erwiderte:

»Nenne mich nicht so! Lola gibt's nicht mehr! Das Mädchen vor dir heißt ›Auf nackten Füßen zum Erfolg‹ oder ›Pies Descalzos al Éxito‹!«

Ich boxte weiter kräftig mit Händen und Füßen gegen den Sack.

»Von mir aus, Pies Descalzos al Éxito, mi hija, aber, wenn sich nachher die Nachbarn beschweren, weil du das ganze Haus aufgeweckt hast, dann nehme ich dich nicht in Schutz. Das nimmst du auf deine Kappe!«

»Das mache ich doch glatt. Außerdem hoy es viernes, wenn mich nicht alles täuscht.«

»Sí, hoy es viernes y mañana es sábado de fin de semana. Heute kannst du noch so laut sein, da ein Arbeitstag ist, aber morgen würde ich dir raten, aus Rücksicht zu vecinos o padres, die dann gerne ausschlafen wollen, mit dem Training nicht vor 10 Uhr zu beginnen. Verstanden?«

»Verstanden, Madre.«

Madre verließ das Zimmer. Es versteht sich von selbst, dass ich mit meiner Familie zuhause Spanisch sprach, da wir ja alle aus Spanien nach Deutschland kamen. Und sicherlich haben Sie als Leser einige Worte nicht verstanden, aber ich übersetze einmal gerne, also der Satz: »Hoy es viernes« heißt auf Deutsch (en Alemán): »Heute ist Freitag.« Den Satz, den meine Madre darauf erwiderte: »Sí, hoy es viernes y mañana es sábado de fin de semana.« heißt ins Deutsche übersetzt »Ja, heute ist Freitag und morgen ist Samstag des Wochenendes.« »Vecinos« sind die Nachbarn, »o« heißt »oder« und »padres« sind die Eltern. Damit dürfte ich alle spanischen Wörter, die ich eben verwendet hatte, übersetzt haben. Während ich weiter am Box-Sack trainierte, ging Madre in die Küche, um sich wohl einen Café con leche (Milchkaffee) kochen zu wollen und das Desayuno vorzubereiten. Das adrenalinreiche Boxen mit dem Sack machte mir richtig Spaß und, wenn ich so drüber nachdachte, dass es gerade einmal zwei Wochen her war, dass ich mich mit Marijana zu dem Salcrabbio-Konzert geschlichen hatte, nach dessen Besuch ich mich in »Auf nackten Füßen zum Erfolg«

umbenannt hatte, so kamen mir die vergangenen zwei Wochen wie mein ganzes bisheriges Leben, aber auch wie ein einziger Wimpernschlag vor. Und wenn ich auch so drüber nachdachte, war es eine Woche nach meiner Monatsblutung, die ich als pubertierendes Mädchen leider einmal monatlich durchmachen musste. So war es nun eine Woche vor der nächsten und das war etwas, was ich am Ende doch etwas unangenehm empfand, aber ich gewöhnte mich daran. Aber was sind schon gezählte zwei Wochen, wenn man sie damit vergleicht, was man in ihnen erlebt hat? Eigentlich nur ein Augenblick, der wie im Fluge vergeht. Denn nun zwei Wochen schon auf nackten Füßen zum Erfolg, die damit begannen, dass ich als Doña Quijota de Pies Descalzos al Éxito die heilige Schrift für den Unverpackt-Laden von der Festung des Salcrabbio-Konzertes holte, und in denen wir nach einer letzten Schulwoche den Unverpackt-Laden eröffneten, ich dann zusammen wieder mit meiner Freunden Marijana als Doña Quijota de Pies Descalzos al Éxito und Sancha María zuerst in den Kampf gegen einen Bären und dann gegen einen Riesen zogen, wobei der Riese, der sich für Goliath hielt, dann doch von mir, dem kleinen David, in die Schranken gewiesen wurde, und ich schließlich auf die Martial-Arts-Schule aufgenommen wurde und dort Freestyle Kickboxing zu lernen begann. Ich möchte mich nicht selber loben, aber ich habe es nun einmal so live erlebt. Ob mir diese Gedanken damals beim Boxen durch den Kopf flogen, weiß ich nicht mehr so genau, denn ich musste damals sehr hart und konzentriert boxen. Immer wieder haute ich hart die zu Fäusten geballten Hände und die Füße gegen den Box-Sack, sodass es laut donnerte und krachte. Ich brauchte viel Ausdauer und Kraft, doch beides schien ich zu haben und ich wurde überhaupt nicht müde vom Boxen. Im Gegenteil, ich wurde sogar richtig, richtig hellwach.

Nach einer Weile entschied ich jedoch zu verschnaufen und dabei merkte ich doch glatt, dass ich Hunger bekam. Ich ging in die Küche und sah dort Madre, wie sie eine Tasse Milchkaffee trank. Ich klopfte an die Tür und fragte:

»Madre, soll ich Brötchen holen gehen? Ich meine, ich habe dich ja sehr unfein aus dem Bett geworfen und …«

»Ja, das kannst du, aber nicht im Nachthemd, mi hijilla.«

»Nicht im Nachthemd?«

Da bemerkte ich doch glatt, dass ich noch den Pyjama anhatte. Ich ging zurück in mein Zimmer und tauschte ihn gegen mein rotes Lieblingskleid. Barfuß blieb ich, sonst wäre ich ja nicht mehr Auf nackten Füßen zum Erfolg gewesen. Ich ging in die Küche und Madre gab mir das Geld für die Brötchen und ich ging zum nahegelegenen Bäcker. Der Weg über den warmen Gehweg war schön angenehm und der Duft nach frischen Brötchen, der mir in die Nase kroch, war einfach herrlich. Ich folgte diesem Duft und erreichte den Bäckerladen. Ich ging durch die Tür und atmete den Duft der Brötchen ein, der meine Nase angenehm kitzelte und mich Appetit nach einem guten Frühstück verspüren ließ. Ich bestellte die Brötchen. Es waren sieben an der Zahl, wie Madre es mir zuvor noch gesagt hatte. Eigentlich wäre es das gewesen, doch ich entdeckte dann die Morgenzeitung und, als ich einen Blick auf den Lokalteil warf, entdeckte ich eine Schlagzeile über den Unverpackt-Laden. Da dachte ich mir glatt, ich muss die Zeitung ebenfalls kaufen. Das tat ich und nach dem ich bezahlt hatte, ging ich mit Zeitung und Brötchen den Weg wieder nach Hause. Ich ging die Treppen im Hochhaus hinauf und durch unsere Wohnungstür, trat mir die nackten Füße ab, und ging zu Madre in die Küche, wo ich ihr die Zeitung und die Brötchen auf den Tisch stellte, wo Madre bereits mantequilla (Butter), confitura de fresa (Erdbeerkonfitüre), confitura de albaricoque (Aprikosenkonfitüre) und confitura de melocotón (Pfirsichkonfitüre) aufgestellt hatte. Mir goss sie bereits ein Glas mit meinem heißgeliebten Orangensaft ein und reichte mir eine Schüssel für mein morgendliches Müsli mit Haferflocken, Sonnenblumenkernen, Früchten und leche (Milch). Als Früchte gab es meistens Bananen und Erdbeeren, die ich mir selbst klein schnitt.

»Weil wir doch tagtäglich diese getrockneten Hülsenfrüchte, Haferflocken oder Sonnenblumenkerne in unserem Unverpackt-Laden verkaufen, dachte ich mir ich nehme mal ein paar für den Eigenbedarf mit.«

»Gracias, Madre«, sagte ich, »besonders deshalb, weil so ein Müsli zum Frühstück ein guter Start in den Tag ist. Andererseits scheint unser Unverpackt-Laden ein guter Erfolg zu sein.«

»Meinst du? Also bislang hatten wir noch nicht so viel Kundschaft, jedoch wurde es Tag für Tag mehr und, nachdem wir es den Leuten erklärt haben, machten sie es auch mit. Im Großen und Ganzen hattest du eine gute Idee, Lola. Äh Verzeihung, ich meine, Auf nackten Füßen zum Erfolg.«

»Sí Madre, aber ich meinte das deshalb so, weil es unser Unverpackt-Laden in den Diario gebracht hat«, sagte ich und reichte Madre die Tageszeitung, was die deutschsprachige Übersetzung von »Diario« ist. Zumindest in diesem Fall, denn »Diario« kann auch Tagebuch bedeuten. Madre schlug die Tageszeitung auf und las von unserem Unverpackt-Laden.

»Ach das stimmt, Lola-Liebling«, sagte sie.
Wieder sprach Madre mich mit dem Namen an, den Padre und sie für mich ausgesucht hatten, als ich noch in Madres Bauch war. Ich korrigierte sie deswegen, da ich doch nun einen anderen Namen trug.

»Madre, ich bin nicht mehr dein Lola-Liebling, ich heiße jetzt ›Auf nackten Füßen zum Erfolg‹«, erklärte ich und streichelte meine namensgebenden nackten Füße unter dem Tisch aneinander.

»Auch wenn du dich nun lieber ›Auf nackten Füßen zum Erfolg‹ nennst, so bleibst du für mich immer meine Lola. Aber zurück zur Sache: Also am Dienstag, als du mit Marijana vormittags weggefahren bist, haben mich einige Journalisten von der Presse angesprochen und daraufhin habe ich ihnen zusammen mit Ivanka das Konzept erklärt und, warum es so gut für uns alle ist. Warte, ich lese dir das vor. Hier haben wir es: ›Müll in großen Mengen ist ein alltägliches Problem. Doch das große Problem bei dem alltäglichen Müll sind die vielen Verpackungen, die den Müll ausmachen. Wir kaufen und verzehren einen Joghurt oder eine Currywurst und nach dem Essen werfen wir den leeren Joghurtbecher oder den Pappteller weg. Ein Becher alleine ist nicht viel, doch

600000 davon, wie sie täglich zusammenkämen, wenn jeder Dortmunder einen Becher Joghurt pro Tag äße, sind ein doch viel ernsteres Problem. Dasselbe passiert, wenn wir Schokolade, Pizza, Linsen, Erbsen oder was weiß ich nicht alles im Supermarkt kaufen, auspacken und die vielen Verpackungen anschließend wegwerfen. Tausende Tonnen von Müll täglich. Ein wirklich großes Problem. Maria Sanchez-García und Ivanka Kovic hingegen gehen da andere neue Wege, um das Müllproblem dauerhaft zu reduzieren. Seit Montag betreiben die gebürtige Spanierin und die gebürtige Kroatin in der Dortmunder Innenstadt einen Unverpackt-Laden mit dem schönen Namen *Descalceria*. Dort bekommt man alle Waren nicht nur ohne Verpackung in den Regalen, sondern muss auch selber die Verpackung mitbringen, wenn man was kaufen möchte, denn selbst kleine Tüten für die Kundschaft sind dort Fehlanzeige. Wer dort also Linsen, Erbsen oder Süßigkeiten kaufen will, muss sein eigenes Glas von zuhause mitbringen. Das soll funktionieren? Wir fragten am Mittwoch auf dem Wochenmarkt nach. Also zunächst stieß das Konzept auf Skepsis, doch nach und nach macht die Dortmunder Bevölkerung bei dem Konzept mit. Passanten sagen, sie finden das gut: ›Süßigkeiten kann man einfach in der Butterbrotdose mitnehmen und diese kann man hinterher auch spülen. Das ist ja nichts Anderes und, wenn man sein Pausenbrot in der eigenen Dose transportiert, dann braucht man auch keine Tüte dafür.‹ Eine ältere Frau, die auf dem Markt einkaufen geht, trägt die Waren immer im eigenen Korb nach Haus und braucht keine einzelnen Verpackungen für die Waren. Sie sagt, dass sie es auch schön fände, wenn man das mit so

Dingen wie Linsen oder Erbsen auch machen könnte und sie sich wie früher ins Marmeladenglas abfüllen könnte, statt in Papiertüten im Supermarkt kaufen zu müssen, da das nur unnötigen Müll produziert. Aus diesem Grund empfiehlt die ältere Dame den Unverpackt-Laden *Descalceria* von Maria Sanchez-Garcia und Ivanka Kovic. Wir fragten die Passanten und generell gefällt ihnen das neue Konzept. Lediglich manche sind ein wenig enttäuscht davon, wenn sie zum Beispiel dort Lakritzschnecken kaufen, aber selbst nichts zum Transportieren dabeihätten. ›Doch das ist gewollt, denn wir wollen ja mit dem Laden Müll vermeiden‹, sagt Ivanka Kovic. ›Täglich landen tausende Tonnen vom Plastikmüll in unseren Meeren und werden von den Seevögeln und Fischen gefressen und letztendlich verenden sie daran. Schuld an diesem vielen Plastikmüll sind unzählige Tonnen an Verpackungen. Diesem Trend wollen wir hiermit entgegenwirken. Lieber Brotdosen oder Marmeladengläser nehmen und diese mehrmals benutzen, statt Einwegplastikverpackungen. Das Umweltkonzept unseres Ladens steht sogar bei uns auf Plakaten, damit es sich jeder durchlesen kann.‹ Und das machen die Kunden auch und sie machen es gerne mit. Auf dieses ungewöhnliche Geschäftsmodell wurden die Betreiberinnen laut eigener Aussage durch ihre beiden gut miteinander befreundeten Töchter gebracht, die sogar zumindest schuhtechnisch eine sehr unverpackte Sommermode vertreten.‹«

»Toll, Madre«, sagte ich, als ich gerade einen Löffel Müsli aß. »Da war unsere Idee ein voller Erfolg.«

»Das stimmt und wenn du dir mal den Schlusssatz des Artikels durchliest, dann siehst du ja, wie …«

»... wie man auf nackten Füßen zum Erfolg gelangt. Lass mich raten, du hast der Presse erzählt, dass ich seit einiger Zeit nur noch barfuß laufe und das zeitgleich geschah, als wir den Unverpackt-Laden ins Leben riefen.«

»So ist es und Marijana läuft ja seitdem auch nur noch barfuß.«

»Aber nur, weil sie eine Wette verloren hat«, sagte ich und ließ mir die nächste Kelle Müsli schmecken. Madre schaute sich währenddessen weiter die Zeitung an und entdeckte noch eine Schlagzeile im Lokalteil.

»Guck mal, was hier steht: ›Kickboxerin stellt Taschendieb!‹«

»Zeig mal her, Madre«, sagte ich. Madre gab mir daraufhin die Zeitung und ich schaute mir den Artikel an. Es war der Artikel über mich, der berichtete, wie ich am Tage zuvor in der Fußgängerzone den Taschendieb festgenommen hatte. Die Polizei war mir sehr dankbar. Ich las mir den Artikel durch und musste in mich lachen. Dann faltete ich die Zeitung zusammen und aß mein Müsli weiter.

»Madre«, sagte ich, »die Zeitung behalten wir.«

»Nun ja, mein Kind, zumindest diese beiden Artikel über uns.«

In diesem Moment öffnete sich die Tür und mein kleiner Bruder Luis kam zu Tisch. Er setzte sich hin und er wollte ebenfalls eine Schale Müsli haben. Nach der Schale Müsli nahmen wir beide uns ein Brötchen, schnitten es mit dem Messer entzwei und bestrichen sie mit Butter und einer der vielen Konfitüren nach Wahl. Das Frühstück schmeckte an diesem Morgen sehr gut. Als ich zu

Ende gefrühstückt hatte, stand ich auf und räumte das schmutzige Geschirr in die Spüle und spülte und trocknete es ab. Anschließend stellte ich das saubere Geschirr zurück in den Schrank. Ich ging zur Tür und sagte:

»Ich gehe mal duschen, Madre.«

»Mache das.«

»Klar gerne. Heute ist ja Freitag und an vielen Freitagen haben ja schon Schüler die Fridays for Future in die Wege geleitet. Wir haben zwar Sommerferien, aber trotzdem gehen sie demonstrieren. Deswegen möchte ich gerne auch heute im Laden dabei sein, um unser Futuristisches Projekt zu unterstreichen.«

»Claro, mache das, mi hijilla.«

»Ich rufe nur eben bei Familie Ković und sage ihnen, sie sollen uns bei uns abholen.«

Gesagt, getan, ging ich aus der Küche und wählte die Telefonnummer von Familie Ković. Dort schellte es und Marijana ging dran. Ich sagte ihr, sie solle zusammen mit ihrer Mutter bei uns vorbeikommen und uns abholen. Nachdem ich aufgelegt hatte, ging ich ins Badezimmer und duschte mich erst mal. Das kühle Nass war genau das Richtige, um meinen schweißgebadeten Körper abzukühlen und zu reinigen. Nach dem Duschen, trocknete ich mich ab, wechselte die Unterwäsche und zog mein rotes Lieblingskleid wieder an. Dann klingelte es auch schon an der Tür und Marijana und ihre Mutter Ivanka standen vor der Tür. Ich ließ die beiden herein, doch zuvor mussten sie sich die in Marijanas Fall nackten Füße und in Frau Kovićs Fall Sandalen an der Fußmatte abtreten. Ich ging kurz in die Küche, schnappte mir schnell die Zeitung und führte Marijana dann in mein Zimmer. Sie staunte nicht schlecht, als sie den Box-Sack da hängen sah.

»Mensch, Lola, der ist ja klasse! Wo hast du den denn her?«

Ich nahm die Zeitung und drückte sie Marijana in die Hand und sagte:

»Hier, lies selbst!«

Marijana las den Zeitungsartikel »Kickboxerin stellt Taschendieb«. Sie war nach dem Lesen des Artikels richtig erstaunt.

»Irre, und bei dieser Kickboxerin handelt es sich um dich?!«

Ich nickte und sagte: »Sí.«

»Wow, Lola, echt krass!«, sagte Marijana, »und zur Belohnung hast du den Box-Sack bekommen?«

»Sí«, antwortete ich. »Die Polizei hat mir auf der Wache erzählt, dass der Taschendieb über 2000 € zusammengestohlen hat und, wenn ich ihn nicht gestoppt hätte, wäre er womöglich nie geschnappt worden. Zur Belohnung hat mir die Polizei diesen Box-Sack spendiert.«

»Krass, wirklich krass«, sagte Marijana. »Vielleicht sollte ich aus so mutig sein wie du. Dann würde ich bestimmt auch so gut belohnt werden.«

»Gut, aber vertu dich nicht. Mein Trainer sagt mir, ich bin für das Freestyle Kickboxing ein Naturtalent, dennoch sind auch bei mir Ausdauer und Konzentration und Stärke gefragt. Mal ehrlich, Marijana, hättest du dich getraut, gegen Big J zu kämpfen?«

»Niemals, Lola, niemals.«

»Eben, aber ich habe mich das getraut, aber auch nur, weil ich bereits Kampfsporterfahrung hatte. Ich glaube, die fehlt dir, Marijana.«

»Da könntest du Recht haben. Und um ehrlich zu sein, brauche ich nicht unbedingt einen Box-Sack.«

»Du nicht, Marijana, ich aber schon. Ich muss damit täglich eine Stunde trainieren.«

»Ich verstehe, nur so kannst du eine Kickboxerin werden. Sag mal, war die Polizei eigentlich von dir sehr begeistert? Na gut, ich denke mir mal, weil, wenn sie es nicht gewesen wäre, hättest du keinen Box-Sack von ihnen bekommen.«

»Nun ja, sie sagten, ich bin wirklich ein Talent, was man fördern müsste, und sie schlugen mir vor, nach der Schule Polizistin zu werden, da ich doch mit meiner Action jeden Dieb zum Zittern brächte. Doch als ich sie dann fragte, ob ich eine barfüßige Polizistin sein dürfte, verneinten sie.«

»Ich glaube, das ist auch besser so, denn so kann dir jeder Löcher in die Füße schießen.«

»Da könntest du Recht haben«, sagte ich, »aber ich bin lieber barfuß unterwegs, als beschuht. Ich weiß, bei dir ist es umgekehrt.«

»Ach weißt du, Lola, auch wenn ich es seit Sonntagabend gezwungenermaßen bin, es ist gar nicht so übel, nur barfuß zu laufen.«

»Wem sagst du das, Marijana.«

Wir zwei lachten.

Dann ging ich zur Türe und sagte:

»Und Marijana, kommst du mit, unseren Müttern mit dem Unverpackt-Laden zu helfen? Immerhin ist heute Freitag und damit der Tag für Fridays for Future.«

»Klar, gerne, zumal, das was wir machen, ja auch

zukunftsorientiert ist.«

»Gut, dann komm. In der Zeitung ist übrigens auch ein Artikel über unseren Unverpackt-Laden.«

»Gut, den lese ich mir in der Straßenbahn durch.« Marijana folgte mir aus meinem Zimmer heraus und ich schloss die Tür hinter uns. Ich ging noch einmal kurz zurück, um meine Tasche mit der Doña-Quijota-Rüstung, sowie den daneben parkenden Tretroller zu holen. Ich hing mir mein Täschchen um:

»In dem Täschchen habe ich neben meiner Ritterrüstung nun auch eine große Flasche Wasser und meinen Gi zusammengefaltet.«

»Deinen Gi?«, fragte mich Marijana.

»Sí, meinen Gi, meinen Karate-Gi. Den trag ich beim Training. Allerdings ist heute kein Training, sondern erst Montag wieder welches. Holst du auch deinen Tretroller?«

»Gerne.«

Marijana und ich verließen nun wirklich mein Zimmer und ich schloss die Tür hinter uns. Barfuß und nur mit Sommerkleidern bekleidet – Marijanas war dunkelblau, meins feuerrot mit Blumen drauf – gingen wir zu unseren Müttern, die schon an der Tür warteten. Wir vier verließen das Haus und Marijana sagte, als wir unten waren, sie müsse noch einmal kurz was holen gehen.

»Mache das, aber beeile dich«, sagte ihre Mutter Ivanka zu ihr.

Marijana drückte mir die Zeitung in die Hand und ging kurz hoch, um ihren Tretroller zu holen. Ich las derweil die Zeitung und dabei fiel mir auf, dass die bei den Namen unserer Mütter und unserer Descalcería glatt die

Akutstriche vergessen und dafür Madres Nachnamen fälschlicherweise mit Bindestrich geschrieben hatten, was mich aber nicht störte. Kurze Zeit später kam meine Freundin Marijana mit ihrem Tretroller zurück. Ihre weißen Strümpfe und Mokassins hatte sie natürlich brav zu Hause gelassen. Als Marijana nun auch ihren Roller hatte, gab ich ihr die Zeitung zurück und, als sie ihren Roller in der einen Hand und die Zeitung in der anderen Hand hielt, gingen sie, ich und unsere Mütter weiter zur Straßenbahnhaltestelle »Borsigplatz« und nahmen dort, die nur kurze Zeit später einfahrende Straßenbahn zur Reinoldikirche. Wir fuhren die paar Stationen und verließen die Straßenbahn wieder am U-Bahnhof »Reinoldikirche« und gingen zu unserem Unverpackt-Laden, der Descalcería. Madre schloss auf und wir vier betraten das Geschäft. Marijana und ich stellten unsere Roller im Lagerraum ab. Dann brachten wir die Waren aus dem Lagerraum in den Verkaufsraum und räumten sie dort in die Regale. Wenn diese zu hoch für Marijana und mich waren, machten wir Räuberleiter und Marijana stieg mir auf die Schultern. Als wir alles eingeräumt hatten, ging ich zurück zu meinem Täschchen und holte das kleine Radio heraus, was ich mit Marijana einst in jenem Lagerraum in einer Kiste gefunden hatte, sowie eine CD mit einem Salcrabbio-Album.

»So Marijana, ich habe der Martial-Arts-Schule versprochen, für sie Werbung zu machen, um so bei denen ausgebildet zu werden. Und da ich eben schon fleißig trainiert habe, dachte ich mir, wenn ich heute Werbung für die mache, mache ich das mal als Vorbereitung für die künftige Freestyle-Kickboxerin und werde zur Musik von Salcrabbio Kampfsportarten vorführen.«

»Meinst du, das schaffst du?«

»Claro, schließlich beherrsche ich sehr gut die Kampfsportarten. Das sagt zumindest mein Trainer.«

»Ja, und ich glaube dir das auch.«

»Gracias, liebe Marijana.«

Ich öffnete das kleine Radio und legte die Salcrabbio-CD ein. Dann griff ich tiefer in mein Täschchen und holte meinen Karate-Gi heraus.

»Das ist mein Gi, liebe Marijana.«

»Aha, dein Gi und was ist das? Eine Art Anzug?«

»Sí, das ist eine Art Anzug. Genauer gesagt ein Karate-Anzug. Damit trainiere ich normalerweise Martial Arts, aber da ich auch heute vorhabe, Martial Arts zu präsentieren, ziehe ich ihn gleich auch im Verkaufsraum an. Einen Moment, Marijana.«

Ich zog mein Kleid aus und dafür zuerst die weiße Hose und dann die weiße Jacke an und band zu guter Letzt die Jacke mit dem weißen Gürtel fest. Fertig war ich im Gi. Den Gi tragend nahm ich das Radio mit der CD nach vorne in den Verkaufsraum. Dort stellte ich es auf einen Tisch und schaltete die CD an. Während aus dem Radio das Lied »Alle, die mit uns auf Kaperfahrt fahren« in den Raum klang, wärmte ich mich ein wenig mit Lauf- und Dehnübungen auf. Dann hieß es für mich, Action auf den Holzboden zu bringen. Die Musik spielte im Radio und ich machte dazu Boxbewegungen mit den Fäusten und trat mit dem linken Fuß nach vorne und zog den rechten Fuß zurück, während ich gleichzeitig die rechte Faust nach vorne streckte und dafür die linke Faust zurück.

Dann nahm ich schnell die rechte Hand herunter und machte mit dem rechten Fuß einen High-Kick in die Luft und zog ihn auch schnell wieder zurück und drehte mich danach kurz im Kreis. Nach dieser Runde machte ich eine Rolle rückwärts und schlug drei Räder nach rechts. Unmittelbar, nachdem ich das dritte Rad geschlagen hatte, zog ich wieder schnell den rechten Fuß nach hinten und den linken Fuß nach vorne und machte weiter Boxbewegungen mit den Fäusten. Dann machte ich wieder mit rechts einen High-Kick und zischte dabei einen Kiai:

»(Ts)ch!«

Nach diesem High-Kick zog ich den rechten Fuß wieder zu Boden und kaum spürte ich wieder Boden unter ihm, schon schob ich ihn nach vorne und dafür den linken Fuß nach hinten und boxte erneut mit den Fäusten durch die Luft und machte im Anschluss mit dem linken Fuß einen High-Kick und zischte dabei einen Kiai. Kaum hatte ich diesen wieder auf dem Boden, machte ich erneut eine Rolle rückwärts und schlug anschließend drei Räder. Diesmal aber nach links, um zu meiner Ausgangsposition zurück zu kommen. Dort angekommen wiederholte ich wieder meine Schrittfolge. Erst rechter Fuß nach hinten und linker Fuß nach vorne und dabei mit den Fäusten durch die Luft boxen. Dann mit rechts einen High-Kick und dazu einen lauten Kiai. Anschließend rechter Fuß wieder auf den Boden und nach vorne, dafür linker Fuß nach hinten und mit den Fäusten dazu durch die Luft boxen. Wieder folgte darauf ein High-Kick, diesmal mit Links, und begleitendem Kiai. Danach donnerte mein

Fuß zu Boden. Und nicht nur ich war fertig, sondern auch das Lied war vorbei.

Ich war so sehr auf meinen Martial-Arts-Auftritt konzentriert gewesen, dass ich nicht bemerkt hatte, wie ein paar junge Menschen in meinem Alter den Laden betreten hatten. Sie trugen ein großes Banner mit der Aufschrift »FRIDAYS FOR FUTURE« bei sich. Obwohl Sommerferien waren, hielt sie das nicht davon ab, trotzdem zu demonstrieren. Hinter diesem Banner standen insgesamt zwei Jungs und zwei Mädchen und hielten es fest. Zwei weitere Jungen und zwei weitere Mädchen waren dabei und hielten Schilder mit in grün geschriebener Schrift, wo Parolen drauf geschrieben waren, wie »DAS KLIMA WIRD ZU HEISS!!!«, wobei das Wort »HEISS« in großen roten Buchstaben geschrieben war, »WIR MÜSSEN DIE NATUR SCHÜTZEN!!!« oder »UNSERE ERDE SCHWITZT SICH TOT! NIEDER MIT DEM KLIMAWANDEL!!!« Eines der beiden Mädchen, die ein Schild in die Luft hielten, kam auf mich zu. Sie hatte schulterlange, glatte blonde Haare, war groß gewachsen und ging barfuß wie ich, hielt jedoch ein Paar Korksandalen in der Hand, in der sie nicht gerade das Schild trug. Die Korksandalen bestanden nur aus der dicken Sohle aus Kork, die sich geradlinig an den Boden und wellenförmig an die Füße ihrer Trägerin anschmiegen konnte, und einem einzigen y-förmigen Zehensteg, der wiederum aus einem breiten Nagel bestand, der beim Tragen die große und zweite Zehe ihres Trägers trennte, und einem ledernen Band mit Blümchenmuster, was sich beim Tragen der Sandalen über den Fußrücken des Trägers legte, zusammengesetzt war. Nur im Moment trug das großgewachsene blonde Mädchen die Sandalen nicht an ihren Füßen, sondern in ihrer Hand und war barfuß. Auf ihrer Nase ritt eine Sonnenbrille. Ihr T-Shirt war grasgrün und in der Mitte war ein Gänseblümchen abgedruckt. Das Gänseblümchen war von dem gelben Schriftzug »FRIDAYS FOR FUTURE« umkreist. Sie trug eine Blue-Jeans, die ihr bis zu den Knien reichte. Sie kam wie gesagt auf mich zu und sprach mich an:

»Guten Tag. Vielleicht sollte ich ein wenig Abstand zu dir bewahren. Wie ich sehe, scheinst du Karate im Blut zu haben.«

»Das nennt sich Martial Arts. Ich mache Werbung für die Martial-Arts-Schule einen Block weiter. Dort trainiere ich nämlich Freestyle Kickboxing, einen Sport, der Ausdauer, Kraft und Gleichgewicht bedarf, aber auch viel Selbstvertrauen gibt.«

»Oh! Respekt! Respekt!«

»Gracias, mein Name ist ›Auf nackten Füßen zum Erfolg‹.«

»Das ist ein komischer Name«, sagte das blonde Mädchen. »Also ich bin Saskia. Wer hat dich denn so genannt?«

»Ich. Nachdem ich so ein Blatt über den Weg zum Erfolg von Unverpackt-Läden überflogen hatte, haben sich die Wörter ›nackt‹, ›eigene Füße‹ und ›zum Erfolg‹ in mich eingebrannt, woraus ich dann ›Auf nackten Füßen zum Erfolg‹ machte. Das ist seitdem mein Name und mein Lebensmotto. Meinen ursprünglichen Nombre (Namen), den mir meine Padres (Eltern) gegeben haben, habe ich aber abgelegt.«

»Ah, ich verstehe. Von eurem Unverpackt-Laden haben wir in der Zeitung gelesen. Wir sind von Fridays for Future und, obgleich Ferien sind, machen wir weiterhin Proteste für ein besseres Klima. Wir haben nur diese eine Erde und, wenn wir auch in Zukunft auf ihr leben möchten, müssen wir mit ihr schonender umgehen. Auch jetzt gehen wir jeden Freitag zu Protesten gegen den Klimawandel nach draußen. Nachdem wir von eurem Unverpackt-Laden gelesen haben, dachten wir uns, dass wir uns den mal ansehen, denn die Idee ist nachhaltig und zukunftsorientiert.«

»Das ist mir bewusst.«

»Ja, denn solche Läden sind auf Dauer gesehen eine sehr gute Lösung, das Plastikmüllproblem in unseren Weltmeeren in den Griff zu bekommen. Mit eurem Unverpackt-Laden verfolgt ihr ein Konzept zur Ressourcen-Schonung und zur Müllvermeidung.«

»Gracias, das freut mich sehr das zu hören.«

»Du sagst ›Gracias‹. Gehe ich recht in der Annahme, dass du die Tochter von der Inhaberin mit dem spanischen Namen bist? Ich komme gerade nicht drauf, aber in der Zeitung müsste es stehen.«

Saskia führte die Hand, in der sie die Korksandalen hielt, in Richtung ihrer Hosentasche, um eine Zeitung aus ihr herauszuholen. Während sie das machte, sagte ich zu ihr:

»Wolltest du fragen, ob ich die Tochter von María Sánchez García bin?«

Saskia hatte die Zeitung herausgeholt und faltete sie auf.

»Ja stimmt, das war der Name. Also bist du María Sánchez García Jr.?«

»Nicht ganz. Mein Vorname ist schon anders.«

»Ich weiß: Auf nackten Füßen zum Erfolg.«

»Wobei er eigentlich ›Lola‹ lautet«, erläuterte Marijana, die in der Zwischenzeit aus dem Lager hinzugekommen war und wie Saskia und ich barfuß ging. »Ich bin übrigens Marijana Ković, die Tochter von Ivanka Ković und zugleich Lolas beste Freundin. Lolas und meine Mutter betreiben zusammen den Unverpackt-Laden, auf dessen Idee wir sie jedoch gebracht haben. Das Ziel ist unseres Konzeptes ist es auf lange Sicht Verpackungen zu sparen.«

»So wie ihr das laut Zeitung macht und ich auch gerade mache.«

Marijana und ich verstanden es nicht ganz. Doch dann hielt Saskia uns die Zeitung mit dem Zeitungsartikel unter die Nase und zeigte auf den letzten Satz im Artikel über unseren Unverpackt-Laden:

»Auf dieses ungewöhnliche Geschäftsmodell wurden die Betreiberinnen laut eigener Aussage durch ihre beiden gut miteinander befreundeten Töchter gebracht, die sogar zumindest schuhtechnisch eine sehr unverpackte Sommermode vertreten.«

Marijana und ich lachten.

»Stimmt, wir gehen durch den Sommer barfuß«, sagte ich, »und du, wo ich das jetzt sehe, auch.«

Als ich das sagte, blickte ich auf unsere insgesamt sechs nackten Füße, die da so auf dem Boden standen und alle auf einen Punkt in der Mitte zeigten, an dem sie paarweise auf drei geraden Linien zusammenliefen. Der Winkel zwischen dem rechten Fuß der einen und dem linken Fuß der rechts von ihm stehenden, war stets genauso groß, wie der Winkel zwischen dem linken Fuß und dem rechten Fuß des linken Nebenmanns, äh der linken Nebenfrau, nämlich stets 120°.

»Nun ja, fast«, sagte Saskia. »Aber davon abgesehen, der Laden gefällt mir und den Namen *Descalcería* finde ich echt cool!«

»Gracias, Saskia«, antwortete ich. »Der Name *Descalcería* leitet sich vom spanischen Wort *descalzo* ab und das bedeutet *barfuß*.«

»Ah, wie treffend!«, erwiderte Saskia. »Kommt er denn gut bei den Kunden an? Ich meine, es ist sicherlich sehr ungewohnt, dass man hier nur nackte Ware bekommt, oder wie darf ich das verstehen?«

»Also«, erklärte Marijana, »die Waren, die hier verkauft werden, füllen Lola und ich morgens in große krugartige Gläser. Ich zeige sie dir.«

Marijana führte Saskia zu den Gläsern. Marijana musste dabei ihren rechten Arm schon um den linken Arm Saskias schlingen, denn Saskias rechte Hand war ja mit deren Protestschild und ihre linke Hand mit der Zeitung und Saskias Korksandalen besetzt. Sie erreichten die großen krugartigen Gläser, in denen Erbsen, Linsen oder auch getrocknete Bohnen, aber auch diverse Süßigkeiten wie Gummibärchen oder Lakritzschnecken ausgestellt waren. Sie erklärte Saskia, wie man die Gläser bedient.

»Also jeder Kunde bringt sein eigenes Gefäß mit, z. B. Marmeladengläser. Sie werden zuvor gewogen und die Waage entsprechend austariert. Dann nimmt er die Gläser und füllt sie mit dem, was er haben möchte, z. B. Gummibärchen oder Lakritzschnecken oder Lakritzkonfekt. Der Süßkram hat bei uns denselben Preis pro Gewicht, damit es hinterher einfacher ist, ihn abzurechnen.

Das volle Glas wird anschließend erneut gewogen. Vom Gewicht wird das Gewicht des leeren Glases subtrahiert und so wird das Gewicht der Ware und daraus der Preis ermittelt. Der Kunde bezahlt und trägt seinen Einkauf im eigenen Glas nach Hause.«

»Eine sehr gute Idee. Würdet ihr das auch mit flüssiger Ware wie z. B. Joghurt oder Milch machen?«

»Das überlegen wir schon«, antwortete Marijana auf Saskias Frage. »In diesem Falle müsste man es aus einem Gefäß mit einem Zapfhahn dran zapfen können.«

»So ähnlich wie Bier aus einer Schankanlage oder einem Fass?«, entgegnete Saskia. »Das habe ich bei meinem Vater schon mal gesehen.«

»Das kann sein, ja«, erwiderte Marijana. »Auf jeden Fall müssten wir dann aber auch hier den Preis nach Gewicht bestimmen, da man das Volumen der unterschiedlichen Behältnisse der Kundschaft nicht einschätzen kann.«

»Das ist nachvollziehbar. Wird so etwas noch kommen?«

»Da muss ich mit Mama bzw. Frau Sánchez sprechen.«

»Aber auf die Idee sind schon du und deine Freundin gekommen?«

»Ja, Lola hat an einem Abend so ein großes Tafelbild gesehen, bei dem es um den Weg zum Erfolg im Business ging und der stammt von einem Unverpackt-Laden. Als wir nach einer Weile zu einer Kopie dieses Tafelbildes kamen, habe ich mich über Unverpackt-Läden und Umweltverschmutzung durch Verpackungsmüll schlau gemacht und darauf aufbauend haben wir zusammen mit unseren Eltern diese Idee hier entwickelt. Unsere Väter haben den Laden hier gepachtet und eingerichtet und unsere Mütter arbeiten hier, wobei Lola und ich ihnen auch helfen. Unsere Väter können hier nicht arbeiten, da sie noch selber feste Jobs haben, mit denen sie die Familie ernähren.«

»Ach so, aber das Wichtigste, was ich dazu sage: Ich lobe es sehr, dass sich zwei so tüchtige Mädchen wie ihr euch Gedanken über Müllvermeidung macht. Es ist ein sehr großes Problem, dass so viel Plastik- und Verpackungsmüll auf unserem Planeten entsteht. Er vergammelt nicht, er ist biologisch nicht abbaubar und er verschmutzt, wo er es nur kann, das Ökosystem unseres Planeten. Es ist sehr wichtig, dass sich junge Menschen wie ihr und wir damit befassen.«
Saskias Lob ehrte und auch Marijana lachte, als sie das hörte. Saskia lachte mit.

Doch plötzlich schrie Saskia auf:
»Hey, was soll das?!«
Und sie lag auf einmal mit ihrem Protestschild auf dem Boden. Die Hand mit den Korksandalen und der Zeitung lag unten auf dem Boden und ihre Füße berührten mit der jeweils linken Kante den Boden. Ihre nackten Fußsohlen zeigten zu mir, die gerade so plötzlich hinter ihr stand.
»Was sagst du eigentlich dazu, Saskia? Das nennt sich Karate. Weißt du gerade, als du mit Marijana über das Konzept gesprochen hast, habe ich in einen Flyer meiner Martial-Arts-Schule gesehen und unter Karate ein Bild gesehen, wie jemand jemanden packt und umwirft.«
Den Wurf, den ich da angewandt hatte, nannte sich kor-

rekt »Nage-Waza-Griff«. Dies musste ich aber als Anmerkung hinzufügen, da ich den Begriff erst später beim Karate-Training lernte und ihn so an diesem Freitag noch nicht kannte, aber dennoch beherrschte. Ich hatte mich von hinten an Saskia, die da so stand und auf die verschiedenen Glaskrüge blickte, angeschlichen und sie im Moment der Unachtsamkeit unter der rechten Schulter und an der linken Hüftseite gepackt und umgeworfen. Mir machte das Spaß. Doch weder Marijana noch Saskia konnten darüber lachen. Marijana konnte mich sogar nur dafür tadeln:

»Lola, du spanischer Wildfang! Auch wenn du hobbymäßig Kampfsport lernst, so finde ich das extrem fies von dir, dich einfach an unschuldige Menschen heranzuschleichen, besonders dann, wenn sie ein Protest-Schild in der Hand tragen. Da hätte sonst etwas passieren können.«

»Oh, ¡Lo siento! Entschuldigung!«

»Entschuldige dich bei Saskia!«

»Entschuldige, Saskia. Warte, ich helfe dir rauf.«
Ich nahm Saskia ihr Protestschild ab und legte es auf den Boden. Dann reichte ich ihr meine rechte Hand und zog sie an ihrer rechten Hand wieder herauf. Als Saskia wieder gerade stand und festen Boden unter den nackten Füßen hatte, reichte ich ihr das Protest-Schild zurück.

»Hat es dir wehgetan?«, fragte ich.

»Ob es mir wehgetan hat? Und ob, ich spüre blaue Flecken auf meiner linken Seite.«

»Ich gehe mit dir in die Apotheke und bezahle dir auch die Salbe.«

»Danke.«

Saskia rieb sich über ihre schmerzende linke Seite und sagte jammernd:

»Oh, Mann, kannst du jemanden umhauen!«
Ich nahm den Flyer, den ich zuvor an den Gürtel meines Gis gesteckt hatte und reichte ihn Saskia und drückte ihn ihr in die Hand.

»Wenn du auch so etwas lernen möchtest, hier kannst du dich über die Martial-Arts-Schule einen Block weiter informieren. Ich mache Werbung für die, da sich sonst meine Eltern meine Ausbildung dort nicht leisten können. Doch auf diese möchte ich nicht verzichten, da ich laut Aussage meiner Trainer dort ein Naturtalent bin.«

»Das habe ich gespürt«, sagte Saskia.

»Weißt du, Saskia, ich will mich nicht selber loben, aber ich habe meine Kampfsportkunst gestern einem Taschendieb gezeigt, der anschließend von der Polizei verhaftet wurde. Er konnte mir, als er mit dem Rücken auf dem Boden lag, nicht mehr entkommen.«

»Respekt! Respekt! Du weißt, was du kannst. Wie alt seid ihr beiden eigentlich?«

»Ich bin vierzehn Jahre alt«, sagte ich.

»Und ich bin noch dreizehn Jahre alt und werde in einem Monat vierzehn Jahre alt. Als ich vor acht Jahren eingeschult wurde, waren späte Sommerferien, sodass ich kurz nach meinem sechsten Geburtstag eingeschult wurde.«

»Ich wurde auch vor acht Jahren eingeschult«, erzählte ich, »aber da war ich schon lange seís años – sechs Jahre alt.«

»So genau wollte ich es nicht wissen«, sagte

Saskia. »Dreizehn bzw. vierzehn Jahre alt. Damit seid ihr auch alt genug, um uns bei Friday for Future zu unterstützen. Hättet ihr Lust drauf?«

»Sí, gerne«, antwortete ich und boxte kurz mit den Fäusten durch die Luft, kickte dann mit dem rechten Fuß schnell in die Luft, untermalte das mit dem zischenden Kiai »(Ts)ch« und boxte anschließend mit den Fäusten wieder durch die Luft.

»Gerne«, sagte auch Marijana.

»Prima«, sagte Saskia. »Kommt mit.«

»Gut«, sagte Marijana.

»Bueno. Vamos«, sagte ich auch, was Spanisch für »Gut, gehen wir« ist.

Marijana und ich folgten Saskia zu ihren Kollegen. Auf dem Weg dorthin sprach mich Marijana kurz an:

»Nur bevor wir uns denen anschließen, solltest du dich umziehen, Lola. Wir sind schließlich nicht beim Karate.«

»No, das sind wir nicht. Wir sind bei Fridays for Future.«

»Ja, aber du trägst immer noch deinen weißen … Äh jetzt weiß ich nicht, wie das Ding noch mal heißt.«

»Gi.«

»Ja, genau, das war der Name.«

»Ich ziehe mich gleich um, doch zuvor mache ich Werbung für Martial Arts.«

Marijana und ich gingen mit Saskia zu den anderen Jungs und Mädchen. Saskia stellte sie uns vor:

»Liebe Freunde, hier sind zwei grüne Mädchen, die uns mit unterstützen wollen. Das sind die beiden Unverpackt-Töchter aus der Zeitung.«

»Die Unverpackt-Töchter?«, fragte einer von Saskias Freunden.

»Ja«, erklärte Saskia, »laut der Zeitung haben die beiden Töchter von …«

Saskia nahm die Zeitung und las die Namen unserer Mütter vor:

»… haben die beiden Töchter von María Sánchez García und Ivanka Ković ihre Mütter zu dem Unverpackt-Laden hier überredet und, genauso wie es in der Zeitung steht, vertreten die beiden schuhtechnisch eine sehr unverpackte Sommermode.«

Marijana und ich wurden ein wenig rot, als Saskia das vorlas, und zumindest ich ließ meine nackten Zehen auf dem Boden tanzen.

»Sí, Marijana y yo vamos de piez descalzos. Äh, ich wollte sagen: Marijana und ich gehen barfuß.«

»Wobei das in deinem Falle dem weißen Anzug geschuldet ist«, sagte einer von Saskias Freunden.

»Sí, das ist mein Gi. Den trage ich, weil ich Freestyle Kickboxing trainiere. Ich mache das zwar erst seit gestern, aber meine Lehrer sagen, ich bin ein Naturtalent. Wenn ihr auch Kampfsport lernen wollt, ich habe diverse Flyer für die Martial-Arts-Schule um die Ecke dabei. Ich sage euch, das lohnt sich. Schaut mal!«

Ich trat einige Schritte zurück und, als ich genug Distanz zu den anderen hatte, trat ich fest auf den Boden und boxte ein paar Mal mit den Fäusten durch die Luft. Dann trat ich fest mit dem rechten Fuß nach hinten und dem linken Fuß nach vorne. Noch einmal ein paar boxende Fäuste durch die Luft, dann zischte ich laut einen Kiai und schlug rasant und schnell einen High-Kick mit dem rechten Fuß in die Luft. Danach ließ ich mich nach hinten in eine Rolle rückwärts fallen und verwandelte das in drei Radschläge nach rechts. Dann landete ich wieder auf den Füßen und stellte den rechten Fuß nach vorne und dafür den linken Fuß nach hinten und boxte ein paar Mal mit den Fäusten durch die Luft, bevor ich dann wieder einen Kiai zischte und mit links rasant und schnell einen High-Kick schlug. Zu guter Letzt boxte ich noch mal mit ein paar Fäusten durch die Luft und hielt dann meine Boxereien an und legte meine Hände flach aufeinander und verbeugte mich.

»Das war es auch schon«, sagte ich.

»Irre«, sagte einer von Saskias Freunden.

Nach meiner Show näherte ich mich denen wieder. Auf dem Weg dorthin ging ich zum Verkaufstresen und nahm ein paar Flyer der Martial-Arts-Schule und reichte sie anschließend an Saskia und ihre Freunde weiter.

»Bei Interesse schaut einfach dort vorbei. Sie ist nur wenige Minuten fußläufig von hier entfernt.«

Saskia und ihre Freunde nahmen mir die Flyer ab, sahen sie sich an und steckten sie ein. Nachdem ich alle Flyer verteilt hatte, ging ich ein paar Schritte zurück und wollte in Richtung des Lagers gehen.

»Ich gehe mich eben umziehen.«

»Mache das«, sagte Saskia.

Ich nahm das Radio vom Tresen, ging ins Lager und zog mich um. Nach einer Weile kam ich in meinem normalen Kleid zurück zu Marijana, Saskia und ihren Freunden. Um die Schultern trug ich meine Umhängetasche, in der neben meinem Gi auch meine Ritterklamotten und meine große Wasserflasche drin verstaut waren. Marijanas Tretroller schob ich mit meiner rechten und meinen Tretroller mit meiner linken Hand. Ich reichte Marijana ihren Tretroller. Dann konnten wir eigentlich auch schon losziehen.

»Ich denke allerdings, bevor Marijana und ich uns euch anschließen, stellen wir uns beide euch einmal vor.«

»Stimmt«, erwiderte Saskia, »durch die Zeitung kennen meine Freunde ja nur eure Nachnamen Sánchez García und Ković.«

»Also meinen Namen kennt ihr nicht ganz«, warf ich ein. »Sánchez García ist zwar der Nachname meiner Mutter, aber nicht der Meinige. Mein Nachname ist Álvarez Sánchez: Álvarez wie der erste Nachname meines Vaters und Sánchez wie der erste Nachname meiner Mutter. So ist es nun einmal bei spanischen Nachnamen. Mit Vornamen heiße ich eigentlich Lola, doch ich selbst nenne mich ›Auf nackten Füßen zum Erfolg‹.«

»Ja, kann ich verstehen«, sagte einer von Saskias Freunden mit kurzen, schütterem braunen Haar und einer kleinen runden Brille auf der Nase. »Immerhin passt das zu deinem Talent für Kampfsport. Du willst sicherlich sagen, dass du eine erfolgreiche Kickboxerin werden willst. Ich heiße übrigens Benni.«

»Gerne, Benni«, sagte ich.

»Sehr erfreut Benni. Ich heiße Marijana.«

So stellten Marijana und ich uns auch den anderen Freunden Saskias vor. Auch sie stellten sich uns vor: Tommi, Annika, Daniel, Alina, Moritz und Catrina. Tommi hatte kurze braune Haare und war Annikas Zwillingsbruder. Wie Saskia und Benni trug er ein grünes T-Shirt mit dem gelben Schriftzug »FRIDAYS FOR FUTURE« und eine Blue-Jeans. Annika hatte lockiges blondes Haar und ein

Gesicht, dessen Nase ein wenig an die Nase eines kleinen Schweinchens erinnerte. Daniel war groß und hatte kurze schwarze Haare und trug ein T-Shirt mit der Aufschrift »Handball Forever« und eine Blue-Jeans. Alina war etwa so groß wie Annika, hatte brünette Haare, die sie zum Pferdeschwanzzopf gebunden trug und auf ihrer Nase ritt eine kleine runde Brille. Wie ihre Freundin Annika trug auch Alina ein luftiges, fliederfarbenes Sommerkleid und kamelbraune Römersandalen ohne Socken. Moritz hatte blondes Haar und Catrina feuerrotes Haar. Beide trugen BVB-T-Shirts und Blue-Jeans und als ich ihnen die Hand zur Begrüßung reichte, erklärten sie mir, dass sie in der Juniormannschaft vom BVB spielten: Moritz als Stürmer und Catrina als Außenverteidigerin. Im Gegensatz zu Marijana, Saskia und mir, die barfuß waren, trug jeder von Saskias Freunden Schuhe an den Füßen: Alina und Annika Römersandalen und alle anderen weiße Sneakers. Saskia hatte zumindest noch Schuhe in Form ihrer Kork-sandalen bei sich, trug sie jedoch in der Hand statt an den Füßen. Marijana und ich liefen dagegen immer barfuß und hatten daher auch kein Schuhwerk dabei. Nach der Vorstellungsrunde ging ich zu meiner Madre und sagte ihr, dass Marijana und ich uns der Friday-For-Future-Be-wegung anschlossen. Madre war einverstanden und ließ uns mitgehen. Gemeinsam mit Saskia und ihren Freun-den gingen wir nach draußen.

Saskia, Benni, Tommi, Annika, Daniel, Alina, Moritz, Catrina, Marijana und ich verließen den Unverpackt-La-den *Descalcería* und zogen durch die Fußgängerzone. Da Marijana und ich keine Protest-Schilder hatten, fassten wir am Banner mit an. Es war ein wenig schwierig, Banner und Tretroller gleichzeitig zu halten, doch wir schafften es. In der Fußgängerzone führten wir unsere neuen Freunde an der Martial-Arts-Schule vorbei und ich zeigte sie nicht nur, sondern am nahegelegenen U-Bahnhof »Kampstraße« redete ich laut, warum ein Unverpackt-Laden gut ist. Dann zogen wir weiter quer durch alle Straßen und auch zum Rathausplatz, um vor den Ratsherren für eine saubere und nachhaltige Zukunft zu protestieren. Schließlich erreichten wir den Stadtgarten und ruhten uns im Schatten der Bäume aus. Als es dann schon später Nachmittag wurde, zogen wir zurück in die Stadt und suchten ein Eiscafé auf, wo wir zehn uns an zwei benachbarte Fünfer-Tische mit Sitzbank setzten und uns alle einen großen Eisbecher schmecken ließen. Marijana und ich aßen einen großen Freunde-Früchte-Becher für zwei Personen. Nach dem Eis essen, gingen Marijana und ich mit unseren neuen Freunden noch zurück zu unserem Unverpackt-Laden *Descalcería*, wo wir uns dann leider von ihnen verabschieden mussten.

»Tut mir leid«, sagte ich, »dass wir nun wieder getrennte Wege gehen müssen, Saskia.«

»Das tut mir wirklich leid, Lola Auf nackten Füßen zum Erfolg. Ich hoffe jedoch, dass sich dein Lebensmotto erfüllt, und, wenn ich das sage, spreche ich für uns alle. Gerne könnt ihr euch nächste Woche uns wieder anschließen.«

»Also ich wäre dabei«, sagte Marijana. »Und du, Lola, kommst du auch mit?«

»Weißt du, Marijana«, sagte ich zögernd, »ich komme wahnsinnig gerne mit, aber wenn meine Trainer andere Pläne mit mir haben, dann kann ich das nicht versprechen.«

»Wie meinst du das, Lola?«, fragte Marijana. »Du hast doch, wenn ich das richtig verstanden habe, nur montags und donnerstags Training.«

»Ja, stimmt, hast ja Recht.«

Marijana und ich lachten.

Anschließend ging ich auf Saskia zu und reichte ihr die Hand und sagte:

»Adios y hasta luego, liebe Saskia. Ich hoffe, wir sehen uns bald wieder.«

»Ja, adios y hasta luego, liebe Lola. Ich hoffe das mit. Es ist mir auf jeden Fall immer wieder eine große Freude, dich bei Fridays for Future begrüßen zu dürfen.«

So nett wie Saskia verabschiedeten sich auch ihre Freunde Benni, Tommi, Annika, Daniel, Alina, Moritz und Catrina von uns und gingen mit dem Banner, den Protest-Schildern und glücklichen Gesichtern heimwärts.

Marijana und ich hatten schon all unsere Sachen, einschließlich unserer Tretroller. Wir warteten auf den Feierabend unserer Mütter und fuhren dann mit ihnen und mit der Straßenbahn nach Hause. Vor Marijanas Haus trennten sich auch unsere Wege und Marijana ging mit ihrer Mutter in deren Wohnung und ich ging mit meiner Madre in unser Hochhaus mit unserer Wohnung. Während Madre das Abendessen kochte, ging ich in mein Zimmer tauschte mein rotes Kleid gegen meinen Gi – barfuß war ich ja bereits den ganzen Tag schon auf den Bürgersteigen, in der Straßenbahn und dem Laden gewesen – und übte noch fleißig Kickboxen mit meinem Box-

Sack. Als Madre mich zum Essen rief, tauschte ich noch einmal meinen Gi gegen mein rotes Lieblingskleid und ging zum Tisch und ließ mir das Abendessen schmecken. Es gab Paella. Mhm! Madres Paella war mein absolutes Leibgericht. Obwohl Madre sie fast immer kochte, wuchs sie mir nie aus den Ohren raus, wie ein Deutscher zu sagen pflegte. Nach dem Abendessen ging ich in mein Zimmer und tauschte diesmal das rote Kleid gegen meinen Pyjama ein. Ich wollte mich sogleich schlafen legen. Doch zuvor ging ich noch einmal zu meinem Schreibtisch und schrieb diesen langen und ereignisreichen Tag nieder. Einen Tag, an dem ich nicht nur vielen das Kickboxen beigebracht, sondern auch durch unseren Unverpackt-Laden *Descalcería* acht neue Freunde in meinem Alter gefunden hatte. Nachdem ich alles zu Papier gebracht hatte, legte ich mich in mein Bett, kuschelte mich unter die Bettdecke und schlief ein. Dann betrat ich auf nackten Füßen zum Erfolg erfolgreich mein Reich der Träume und verweilte dort bis zum nächsten Morgen.

14. Kapitel: Ein echtes Ritterabenteuer

Auf den ereignisreichen Friday for Future, an dem Marijana und ich neue Freunde gefunden hatten, folgte ein Samstagmorgen. An diesem Samstag jedoch halfen Marijana und ich vormittags in unserem Unverpackt-Laden, der *Descalcería*, aus und auch am Nachmittag trainierte ich wieder hart mit dem Box-Sack. So ging der Tag schnell rum und wir zwei beste Freundinnen hatten wenig Zeit füreinander. Doch dann kam der Sonntag. Am heiligen Sonntag konnte ich nicht nur richtig schön lange ausschlafen, sondern mir auch eine Pause von meinem Box-Training gönnen. Ich beschloss nach einem leckeren Desayuno de domingo (Sonntagsfrühstück), den Tag als Doña Quijota de Pies Descalzos al Éxito zusammen mit meiner Escudera Sancha María zu verbringen. Also legte ich meine Rüstung an: Rotes Oberkleid, knallgelber Dreiviertelrock, Umhang, Gürtel mit dem Schwert, Maske aufs Gesicht und Helm auf den Kopf, sowie Lanze und Schild in die Hände. Fertig war ich, Doña Quijota de Pies Descalzos al Éxito, die unerschrockene Ritterin. Schnell griff ich meinen Tretroller Rosinante und eilte rüber zu meiner Escudera Sancha María; barfuß versteht sich. Dort angekommen klingelte ich an ihrer Tür. Ich trat kurz meine Füße ab. Dann ließ sie mich hinein und wir gingen ihr in Zimmer. Dort angekommen durfte ich mich erst einmal auf den Boden setzen. Marijana ging kurzzeitig in die Küche und brachte uns beiden zwei Flaschen unserer Lieblingslimonade mit. Sie öffnete sie und reichte mir eine Flasche. Wir stießen auf unsere Freundschaft an und tranken einen guten Schluck. Dann begann Marijana zu sprechen:

»Hi, Lola, musst du heute nicht trainieren?«

»Nein, heute am Sonntag mache ich da schon eine Pause.«

»Okay, ich finde das auch gut. Weißt du, als du gestern hart trainiert hast, habe ich dich mit dem Box-Sack alleine gelassen und bin dann mal zu meinen diversen Quellen gegangen?«

»Zu deinen Quellen?«

»Ja, zu meinen Quellen. Weißt du, ich habe doch als wir den Unverpackt-Laden eröffnen wollten, zwischenzeitlich bei einem Kiosk nahe unserer Schule Literatur über Unverpackt-Läden und Umweltverschmutzung der Ozeane besorgt.«

»Ich erinnere mich.«

»Ja, siehst du und dasselbe habe ich gestern Nachmittag, als du trainiert hast, auch gemacht. Ich fuhr in die Stadt zu einem Fremdenverkehrsbüro und fragte mal nach, wo man hier auf Spuren der Ritter stoßen könnte.«

Marijana entfachte ein Feuer in mir. Die große Ritterin in mir würde also bald auf echte Ritter stoßen. Ich hörte gespannt meiner besten Freundin zu:

»Der Mitarbeiter ging schnell auf meine Frage ein und empfahl mir schnell die Hohensyburg im Süden unseres geliebten Dortmunds. Es handelt sich dabei um die Ruine einer alten Ritterburg. Er hat mir gleich alles an Material dafür gegeben. Zum Glück waren es nur kleine Flyer, die ich mir gut in die Tasche stecken konnte. Es kostete mich ein wenig, aber das bisschen Geld war mir das wert.«

Marijana ging zu ihrem Nachttisch und griff die dort herumliegenden Flyer und drückte sie mir anschließend in die Hand.

»Siehe, Lola, das sind die Flyer über die Hohensyburg.«

Ich nahm die Flyer an und las sie aufmerksam. Die Hohensyburg heißt alternativ auch Syburg und ist die Ruine einer Höhenburg im Süden Dortmunds, voll von Wäldern umgeben. Ich brauchte nicht lange zu überlegen, um zu sagen:

»Sancha María, diese Festung will ich stürmen! Lass uns auf neue Abenteuer zur Hohensyburg ausziehen!«

Gesagt, getan. Ich sprang auf, zog mein Schwert hervor und zeigte damit stolz und zielstrebig nach vorne. Dann steckte ich es wieder ein und ging zur Tür. Ich nahm meinen Tretroller und schob ihn in Richtung Tür. Marijana nahm einen Rucksack und packte dort die Flyer ein. Danach trug sie den Rucksack in der einen Hand und ihren Roller in der anderen Hand und ging in Richtung Küche, um uns noch Getränke einzupacken. Sie packte auch noch belegte Brote ein, wie ich sie sprechen hörte. Zu guter Letzt verschloss sie den Rucksack und schwang sich diesen auf ihren Rücken. Sie trug ihr dunkelblaues Kleid und ging wie ich barfuß. Sie ging so auch an ihren geliebten Mokassins vorbei, doch anstatt sie zu nehmen, sagte sie:

»Ja, so leid es mir tut, Lola, aber wir haben gewettet und ich muss mich dran halten und folge dir barfuß.«

»Gracias«, sagte ich.

Marijana steckte ihren Schlüssel ein. Sie rief noch ihren

Eltern zu, dass sie mit mir einen Ausflug zur Ritterburg machte, und dann schloss sie die Tür hinter uns. Wir zwei Barfuß-Freundinnen gingen die Treppen hinab zur Haustür und schwangen uns auf unsere Tretroller, die nun zu Schlachtrössern wurden.

»So getreue Sancha María, folge mir. Wir zwei Ritter reiten ins Abenteuer und erobern die Hohensyburg.«

»Gute Idee, große Doña Quijota. Wisst Ihr, meine große Herrin, auch, wie wir dahin kommen?«

»Ich denke mal, einfach ab in Richtung Süden reiten.«

Das taten wir auch. Wir schwangen uns auf unsere Rösser, gaben ihnen die Sporen und ritten in die Nähe zur Straßenbahnhaltestelle, wo wir erst einmal feststellen durften, dass wir ganz schön weit raus reiten mussten, um die Burg zu erreichen. Wir entschieden, zum Hauptbahnhof zu reiten und dann den Zug bis ganz in die Nähe zu nehmen. Als wir diesen in »Wittbräucke« verließen, mussten wir allerdings noch gut vier Meilen durch die Wälder dort reiten, bis wir doch die Burg erblickten. Der Weg durch den Wald war angenehm schattig und kühl und die gute Luft schmeckte herrlich und der Boden war schön weich und matschig. Ich konnte so richtig schön mit den Füßen durch den Dreck plantschen. Ach ja, und Marijana konnte es auch. So gingen wir großen Spaßes durch den Wald auf die große Festung zu. Die Festung war eigentlich gut zu erkennen, denn sie lag hoch auf einem Berg. Doch das war zugleich ihr Nachteil, denn der Wald, den wir da so mit unseren Rössern entlang ritten, ging steil bergauf. So steil bergauf, dass wir absteigen mussten und die Rösser am Zaumzeug bergauf ziehen mussten. Die Wege wurden immer steiler und steiler und kosteten uns immer mehr und immer mehr Kraft. Doch ich kam gut damit zurecht, denn ich war ja durch meinen Sport bestens trainiert und hatte einen sehr langen Atem. Sancha María dagegen, die auch noch zusätzlich den Rucksack schleppte, hechelte mir mit jedem Meter, den es weiter nach vorne und nach oben ging, hinterher und überredete mich irgendwann zu einer Pause. Diese machten wir auf den so genannten »Felskanzeln« und wurden dabei mit einer schönen Aussicht über den großen Hengsteysee belohnt. Nach einem Butterbrot und einem großen Schluck Wasser aus der Flasche hieß es jedoch für uns beide weiter in Richtung der Burg laufen. Wieder ging es durch den Wald weiter bergauf.

Schließlich erreichten wir nach etwa einer Stunde und ordentlich Kraxelei die großen festen Gemäuer der Hohensyburg. Die Burg wirkte stolz und mächtig und erfreute mein großes Ritterherz. Wir erblickten die stolze und mächtige Burg und wollten auf sie zueilen. Doch bevor wir sie stürmen konnten, entdeckte ich noch einen Park und davor gleich zwei stolze Mann, die auf einem rechteckigen Felsen standen, der über eine Treppe erreichbar war. Einer der beiden stützte sich auf sein Schwert, der andere ritt auf seinem Streitross mit einem zielgerichteten Blick auf den See und wollte offensichtlich gerade aufbrechen. Hinter beiden Männern thronte ein Turm aus Sandstein. Der Mann, der an dessen Mauer stand, wirkte mächtig und stark und für mich große Ritterin hieß es natürlich gleich, wenn ich so jemandem begegne, »En garde« – wobei ich als Spanierin eher »En guardia« oder, wenn ich den ganzen Satz »mettez-vous en garde!« übersetzte, »¡tener cuidado!« sagen würde – und schon zog ich mein Schwert, um mich zu duellieren. Ich schritt mit ausgestrecktem Schwert auf den feindlichen Ritter auf dem Sockel zu und wollte ihn angreifen. Doch irgendwie war es so, als ob er mich gar nicht beachtete, denn er stand weiter regungslos und stumm auf seinem Podest und, selbst als ich über die Treppe auf ihn zueilte, zog er nicht ein einziges Mal sein Schwert vom Boden und richtete es nach mir. Auch sein Ritterkollege auf dem Ross beachtete mich nicht, sondern schaute von mir weg, obwohl er meinen Angriff sicherlich hätte bemerken müssen, da er doch in meine Richtung schaute, als ich die Treppe hinauf schritt und angriff. Selbst als ich direkt vor beiden Rittern stand und laut »En garde!« rief, reagierten sie nicht. Ich zog mein Schwert und schlug gegen die Rüstung des Ritters, der sich immer noch auf das Seinige stützte, und schlug ihn von der Seite an. Doch nichts passierte. Mein Schwert blieb heil, was auch nicht anders zu erwarten war, aber der Ritter blieb einfach stehen und reagierte nicht auf mich. Offensichtlich war es ihm vollkommen egal, ob er von einem seinesgleichen niedergemetzelt würde oder nicht. Und auch sein Ritterkollege auf dem Ross stieg nicht ab und griff mich nicht an. Entsprechend nahm ich mein Schwert und steckte es wieder unter den Gürtel, denn der Ritterehrenkodex verbot es mir, mich mit anderen Rittern zu schlagen, wenn sie nicht kämpfen wollen. Geknickt drehte ich mich um und ging miesgelaunt die Treppe hinunter, an deren unterem Ende Sancha María stand und lachend mit dem nackten rechten

Fuß durch den Sand scharrte. Ich schritt auf sie zu und begann mit einem strengeren Ton zu reden:

»Was gibt's zu lachen, Sancha María?«

»Ach nichts«, antwortete sie. »Ich fand es nur ein bisschen komisch von dir, dass du das Kaiser-Wilhelm-Denkmal hier zum Duell herausgefordert hast.«

»Das Kaiser-Wilhelm-Denkmal?«

»Ja, das steht hier geschrieben«, sagte Sancha María und stand vor einer Tafel, von der sie die Infos ablas. »Offensichtlich wolltest du dich gerade mit einer Bronzestatue des letzten deutschen Kaisers duellieren. Nur leider ist sie völlig leblos und kann sich deshalb auch nicht gegen deine Schwerthiebe wehren.«

»Das habe ich gemerkt, Sancha María. Ich fand das sehr feige von ihm. Na gut, einen Ritter, der sich nicht duellieren will, darf man nicht zum Duell zwingen. Also lass uns hier nicht länger verweilen und stattdessen weiter zur mächtigen Ritterburg schreiten.«

Genau so machten wir es. Die Feigheit meiner Gegner zum Duell ließ mich nicht länger dort verweilen wollen. Sancha María und ich nahmen unsere Rösser, stiegen auf und gaben ihnen die Sporen und ritten weiter auf die eigentliche Burg zu. Der Weg führte zunächst durch einen Park mit vielen schönen grünen Wiesen und da ließ ich es mir natürlich nicht nehmen, abzusteigen und ein wenig barfuß durch die Wiesen zu gehen. Barfuß war ich ja bereits seit dem Aufbruch unterwegs, genauso wie Sancha María alias Marijana, und was gibt es eigentlich Schöneres, als barfuß über schöne grüne Wiesen zu laufen? Nachdem wir so den Park durchquert hatten, erreichten wir auch bald die festen und mächtigen Mauern der Burg.

Diese Mauern waren eigentlich nur noch mehrere rechteckige Bergfriede, die da aus den Felsen ragten, wie die
Stacheln aus einem Igel. Doch auch nur diese wenigen
Burgelemente ließen mein Herz voll erfreuen und ließen
mich zugleich in meine geliebte Welt der Ritter eintau-
chen. Mit großen freudigen Schritten eilte ich auf die
Burg zu und trabte ganz geschwind auf dem Rücken
meiner Rosinante die sandigen Wege hoch in den Burg-
hof. Sancha María folgte mir natürlich auf Schritt und
Tritt.

Kaum waren Sancha María und ich inmitten des Burg-
hofs, umrankt von den vielen mächtigen steinernen Mauern, schon fühlte ich mich wie eine tapfere Ritterin, die
vor ihrem König zu knien hatte, und für ihn treu und er-
geben in jede Schlacht zu ziehen oder mich für ihn auf
edlen Turnieren zu beweisen und ihm und mir Ruhm und
Ehre nach Hause zu bringen. Vielleicht war es aber auch
so, dass ich auf meiner eigenen Burg war und dort tapfer
gegen die Feinde kämpfte und zugleich einen herrlichen
Blick auf alle Ländereien drum herum genießen durfte.
Den Blick konnte ich jedenfalls in vollen Zügen genießen, nachdem Sancha María und ich die Bergfriede er-
klommen hatten, und durch die vielen Zinnen auf den
nahegelegen Hengsteysee blickten, dessen Wasser
herrlich türkis schimmerte, sowie auf die vielen saftigen
grünen Wälder drum herum. Ach, es war so herrlich auf
der Burg und schön sonnig und ruhig. Eigentlich zu ruhig
für eine so feurige spanische Ritterin wie mich, die doch
gerne lieber Abenteuer erlebt, als sich bloß von der glü-
henden Sonne wärmen zu lassen. Sofort entschied ich,

dass ich in den Kampf zu ziehen habe. Die Frage war bloß: Was war das, wogegen ich kämpfen sollte? Bislang konnte ich noch keinen einzelnen Feind oder Ungeheuer in der Burg erkennen. Also überredete ich Sancha María, mir die Treppen hinauf zu den Wehrgängen zu folgen.

»Weißt du, Sancha María, Tío (Onkel) Miguel y Tía (Tante) Carmen haben mir mal in meiner Heimat Andalusien eine Burg gezeigt, die noch aus der Zeit stammt, als die Araber in Spanien einfielen. Tío Miguel und Tía Carmen wohnen in der Provinzhauptstadt Málaga und immer, wenn ich sie als kleine Chica (Mädchen) besucht habe, sind sie mit mir und ihrem einzigen Sohn, meinem Primo, also meinem Cousin Enrique, auch in die historische Altstadt gegangen, wo wir uns dann das Castillo de Gibralfaro und die Alcazaba in Málaga angesehen haben. Es war echt schön und bei der Burgbesichtigung lernten Lola Álvarez Sánchez und Enrique Álvarez Sánchez viel über den Aufbau solcher Burgen. So weiß ich auch, dass Burgen so genannte Schießscharten haben, durch die man gut in die Wälder drum herumblicken kann und so Feinde ausspähen kann.«

»Ach so, Lola«, sagte Marijana, die gerade die Treppe hochging. »Weißt du, was mich wundert. In deiner Familie haben alle einen anderen Nachnamen. Aber komischerweise heißt dein Cousin wie du. Wie geht das denn?«

»Ach, das ist ganz einfach.«

Und dann erklärte ich ihr das. Also Tío Miguel ist mein Onkel Miguel, der mit vollem Namen Miguel Álvarez Gómez heißt. Er heißt wie mein Vater Juan mit Nachnamen Álvarez Gómez und ist sein Bruder. Ebenso ist aber auch seine Ehefrau Carmen, meine Tía (zu Deutsch: Tante) Carmen, nicht nur die Schwägerin meines Vaters, sondern auch die Schwester meiner Mutter María Sánchez García und heißt deswegen mit vollem Namen Carmen Sánchez García. Als sich meine Eltern kennen lernten und fanden, stellten sie eines Tages ihren Lebensgefährten die Geschwister vor und so fanden sich diese dann auch. Offensichtlich hatten Padre und sein etwas jüngerer Bruder Miguel denselben Geschmack und als dann Padre seinem jüngeren Bruder seine Frau vorstellte und die ihre eineiige Zwillingsschwester Carmen mitbrachte, fanden sich so zwei Pärchen. Tatsächlich hatten meine Eltern am selben Tag wie auch Tío Miguel und Tía Carmen geheiratet. Und dann waren auch noch Madre und Tía Carmen auch noch zur selben Zeit schwanger, sodass ich auch nur etwa zwei Monate älter bin als mein im Juni geborener Cousin Enrique. Ich selbst erblickte an einem 4. April das Licht der Welt. Enrique hatte bislang übrigens seinen kleinen Cousin Luis noch nicht kennengelernt, da Luis in Deutschland zur Welt kam, zu einer Zeit, als ich Viertklässlerin und schon längst neun Jahre alt war und meine beste Freundin Marijana kannte, mit der ich auch in der Grundschule schon zusammen in dieselbe Klasse ging. Sie hatte sich damals sehr mit mir gefreut, als ich schon auf das zehnte Lebensjahr zueilend an einem Neujahrsmorgen noch große Schwester wurde, während ihr das Glück, Geschwister zu bekommen, stets verwehrt wurde. Meine Eltern waren nur seitdem selten nach Spanien gereist, weil sie es sich finanziell einfach nicht leisten konnten, und hielten mit ihrer Doppelverwandtschaft auch nur telefonischen Kontakt.

»Nur wenige Wochen, nachdem Tía Carmen meine Prima (Cousine) Ana zur Welt brachte, verließen meine Eltern mit mir Spanien und zogen nach Deutschland. Ich würde jedoch gerne wieder mal mit meiner Familie nach Andalusien fahren und Tío Miguel und Tía Carmen, samt Primo (Cousin) Enrique und Prima (Cousine) Ana, sowie meine Großeltern wieder besuchen. Vielleicht kann ich das eines Tages, wenn ich einen guten Preis gewinne. Möchtest du wieder in deine kroatische Heimat reisen?«, fragte ich Marijana.

Während ich das hier alles erzählt und erklärt habe, erreichten Sancha María und ich schon die obere Spitze des Bergfriedes und konnten die Wehrgänge der Burgmauern betreten. Die Frage, ob Marijana gerne wieder in ihre kroatische Heimat reisen würde, stellte ich ihr beim Erreichen der Spitze des Bergfriedes. Viel Zeit zum Antworten gab ich ihr aber nicht, denn kaum setzte ich meinen ersten nackten Fuß auf die Wehrgänge an der Spitze des Bergfriedes, schon rief ich laut:

»So, nun sehe ich, die mächtige Doña Quijota de Pies Descalzos al Éxito, die vielen Wälder um uns herum, wo sich Feinde und Ungeheuer verstecken, die nur darauf warten, von mir gekillt zu werden!«

Ich zog mein Schwert hervor, stieß es in den Himmel empor und ließ es stolz in der Sonne blitzen.

»Mein Schwert wird für mich richten!«

Das Schwert zeigte in Richtung Himmel und es war mir so, als würde gerade eine unbeschreibliche Kraft meinen Körper durchströmen und schnurstracks voran aus meiner Schwertspitze nach vorne auf nur ein einziges Ziel zusteuern. Eine Energie, die aus mir raus und zustechen wollte. Ich fühlte mich wie eine unerschrockene Ritterin. Ich schritt mit gezogenem Schwert voraus auf die Burgzinnen zu und sah nach links und rechts und geradeaus aus diesen heraus in die vielen Wälder ringsherum um die Burg. Ich sah nur die grünen Kronen der Bäume und die klare blaue Oberfläche des Hengsteysees. Doch nirgendwo raschelte es in den Bäumen und nirgendwo bewegte sich das Wasser auf dem Hengsteysee ungewöhnlich oder seltsam. Es war alles ruhig um die Burg. Es gab keine besonderen Vorkommnisse. Lediglich von hinten gab es eine Veränderung, da sich Sancha María anschlich und mich ansprach:

»Und, Doña Quijota, gibt es etwas, was Euren Kampfgeist herausfordert?«

»Sí«, antwortete ich und drehte mich nach Sancha María um, »und zwar habe ich Interesse daran, meine vorlaute Escudera zum Duell heraus zu fordern, wenn sie mich noch einmal so fies erschreckt!«

»Oh, entschuldige! Du machst mir ja Angst.«

»Aber bis auf das, gibt es wirklich keine besonderen Vorkommnisse. Alles ist so ruhig, so sonntagsruhig, dass ich nirgendwo eingreifen kann. Das finde ich besonders dämlich. Es gibt keine Riesen, die ich ärgern kann, keine Drachen, denen ich mich mutig entgegenstellen kann, nicht einmal ein klitzekleines Seeungeheuer springt aus dem See heraus, das ich fangen könnte.«

»Tja, Doña Quijota, das ist eine doofe Sache.«

»Sí, das ist eine sehr doofe Sache«, sagte ich und steckte mein Schwert ein. »Weißt du was, Sancha María, wir durchstreifen die Burg. Vielleicht finden wir ja einen edlen Ritter, mit dem ich mich messen kann.«

»Ich folge Euch.«

Ich ging zur nächsten Treppe nach unten und Sancha María folgte mir.

Wir gingen die Treppe hinab und dann auf einmal durch eine hölzerne Tür, hinter der sich ein großer Saal verbarg. Dieser Saal hatte in der Mitte eine große hölzerne Tafel mit vielen Stühlen drum herum. An den Seiten des Saals standen viele stolze Ritterrüstungen auf ihren Posten und blickten von allen Seiten auf die große Tafel in der Mitte. Jede der Ritterrüstungen stützte sich auf ihr Schwert und beeindruckte mich und ich fühlte mich als eine der Ihren. Ich ging auf eine zu und wollte sie fragen, ob sie sich mit mir duellieren wollte, doch kaum klopfte ich dagegen, vernahm ich ein sehr hohles Klingen, was nur den Schluss zuließ, dass die Rüstungen alle nur ungefülltes Blech waren. Enttäuschte mich das? Nein, im Gegenteil. Ich überlegte mir nämlich schnell, ob da eine in meiner Größe dabei war, denn diese vielen eisernen Rüstungen sahen viel edler und schöner als meine Rüstung aus, die im Wesentlichen nur aus meinem Sommerkleid und einem Umhang bestand. Auch die Helme sahen schöner aus, als der, den ich auf dem Kopf trug. Sofort wurde die Ritterin in mir geweckt und wollte unbedingt eine dieser Rüstungen anziehen. Ich sah mir die verschiedenen Rüstungen an und fand auch bald eine in meiner Größe. Ich wollte sie von der Wand nehmen und anziehen, merkte jedoch schnell, dass sie recht schwer war. Sie wog bestimmt fünfzig Pfund, wenn nicht gar mehr, und alleine konnte ich sie mir nicht anziehen. Also rief ich meine Escudera, die mir dann in sie hineinhalf. Nach einer Weile waren die Beinschienen über meine Beine geschnallt und gleichzeitig hatte ich auch den Harnisch, den Brustpanzer, an. Auch zog ich mir den Helm dieser Rüstung über den Kopf und legte meinen mitgebrachten Helm ab und gab ihn in Sancha Marías Obhut. Ebenso sollte sie auf mein Schwert aufpassen, da ich stattdessen das Schwert probieren wollte, dass zu der Eisenrüstung gehörte. Dann lief ich los. Doch ich fühlte mich schnell wirklich wie in einer Dose eingeklemmt. Mit jedem Schritt schmerzten die Füße, als sie unmittelbar mit der Haut gegen den Metall-Panzer stießen, ebenso konnte ich meine Arme und Beine kaum in dieser steifen Rüstung bewegen und ich schwitzte, was das Zeug hielt. Mir blieb beinahe die Luft weg und ich konnte nur sehr schwer atmen in dem Ding. So sehr presste der Harnisch gegen meine Brust. Nach nur zehn Schritten rief ich meine Escudera Sancha María, die hinter mir stand, herbei:

»Sancha María, komm und bringe einen Dosenöffner mit!«

Sancha María kam und half mir aus dem eisernen Käfig. Nachdem ich wieder gut Luft bekam, beschloss ich mit Sancha María zusammen, diese eiserne Rüstung dort wieder an der Wand zu befestigen, von wo wir sie hergeholt hatten. Wir schufen sie in Einzelteilen zurück und puzzelten sie wieder zusammen. Dann nahm ich mein Schwert wieder zurück, das ich vorrübergehend Sancha María gegeben hatte, um das zur Eisenrüstung gehörende Schwert stattdessen tragen zu können. Ich nahm mein Schwert zurück, das sein gewohntes leichteres Gewicht hatte, als das Schwert, das zu der Eisenrüstung gehörte. In meiner schlichten Rüstung, die ja nur aus meinem Kleid, meinem Umhang und meinem eigenen Helm bestand, fühlte ich mich doch irgendwie wohler. Sie kniff nicht wie die Blechbüchse und war auch nicht so eng und so schwer und ich konnte mich in ihr frei bewegen. Mein Schwert in der einen Hand und den Schild in der anderen Hand schritt ich voran, raus aus dem Rittersaal und rein in neue Abenteuer.

Ich schritt voran, um weitere Punkte der Burg zu erkundigen. Sie brachte Sancha María und mir zwar das gute alte Mittelalter nahe, doch sonst gab es nichts zu erleben. Doch als wir so mir nichts, dir nichts durch den Innenhof streiften, hörte ich plötzlich so ein Seufzen, dann ein Stöhnen. Ich hörte genauer hin und dann war es wieder da: dieses Seufzen und Stöhnen. Sancha María vernahm es auch und jammerte mir vor:

»Doña Quijota, ich glaube, es wird hier langsam unheimlich. Lass uns verschwinden!«

»Sancha María, sei kein Angsthase! Gerade wenn es etwas Unheimliches und Geheimnisvolles gibt, dann ist es genau der richtige Moment für einen Ritter oder eine Ritterin sich dem mutig entgegenzustellen. Wir sind Ritterinnen, Sancha María, schon vergessen? Wir sind mutig und stellen uns furchtlos jeder Gefahr tapfer entgegen. Also reiß dich gefälligst zusammen!«

Ich hatte keine Angst vor dem Seufzen und dem Stöhnen, auch wenn es unheimlich klang. Doch das beeindruckte mich gar nicht. Im Gegenteil, ich bekam sogar richtig Lust, herauszufinden, was es war. Darum hielt mich nichts und niemand davon ab, dem Seufzen und Stöhnen in einen dunklen, feuchten und modrig riechenden Gang weiter zu folgen. Der Boden war eklig kalt und fühlte sich echt fies nass an, doch ich riss mich zusammen und ignorierte das. Allerdings wurde ich von einer jammernden Sancha María begleitet, die stets meckerte, dass sich dieses fiese, nasse und eklige Zeug unangenehm kalt an den Füßen anfühlte.

»Wie konnte ich mich nur auf diese blöde Wette mit Lola einlassen, nur noch barfuß laufen zu dürfen?«, meckerte sie. »Das ist hier wirklich recht eklig. Ich frage mich echt, wie sie das aushält.«
Ich hörte ihr Gemecker, doch ich ignorierte es. Für mich war das ein unnötiges Weichei-Geschwätz, das sich für eine Escudera nicht schickte. So gingen wir weiter den unheimlichen und dunklen Gang entlang und folgten immer weiter dem Seufzen und Stöhnen. Wir trugen meines Wissens nach weder eine Taschenlampe noch eine Kerze oder Fackel bei uns – vielleicht hatte Sancha María eine in ihrem Rucksack, aber hatte nicht danach gesucht oder sie herausgeholt – und konnten uns nur deshalb in dem dunkeln Raum orientieren, indem wir uns auf unser Gefühl und unser Gehör verließen und gleichzeitig einem sehr schwachen Lichtstrahl folgten, der uns entgegenkam. Wir schritten immer weiter voran und es sah so aus, als ob wir in den Burgkeller gingen. Das Seufzen und das Stöhnen wurden immer lauter und lauter und kam näher und näher, je näher wir auf den Lichtstrahl zugingen. Ich überlegte schon die ganze Zeit, was uns erwarten würde, und war jederzeit bereit dazu, gegen die Gefahr zu kämpfen. Waffen hatte ich ja genug. Schließlich führte ich ein

Schwert und eine Lanze bei mir und schleppte auch ein Talent fürs Kickboxen im Gepäck mit mir herum. Langsam, aber sicher gingen wir immer weiter und weiter die Treppe hinab und folgten dabei immer weiter dem Lichtstrahl.

Schließlich erreichten wir eine dicke hölzerne Tür, aus der der Lichtstrahl durch irgendeine Ritze zu uns hindurchkroch. Ich tastete mich dran und spürte nach einer Weile den metallischen Türgriff, der uns nur von der Öffnung der Tür trennte. Ich griff fest nach ihm und hielt ihn fest. Danach rüttelte ich an dem Griff. Ich konnte die Tür leicht bewegen. Mein Gefühl in diesem Moment konnte ich kaum beschreiben. Zum einen war ich sehr freudig, aber auch sehr überrascht und ich überlegte mir dann doch, ob ich die Tür besser nicht öffnen sollte. Immerhin wusste ich nicht, was mich erwartete. Doch mutig als auch neugierig, wie ich war, fasste ich fest den Türgriff und riss die Tür auf. Dann sah ich dahinter, warum es so stark leuchtete. Hinter der Tür befand sich ein geheimer Raum, der mit unzähligen Lampen erleuchtet war. Seine Wände waren metallisch und glänzend poliert und das Licht spiegelte sich so sehr darin, dass man dachte, man wäre in einem Raum aus purem Gold oder Silber. Ich betrat den Raum. Sancha María folgte mir. Ich sah mich um. Der Raum war groß, ich würde sogar behaupten: gigantisch. Oder zumindest kam er mir so vor. Die Wände waren hell und leuchteten goldig. Auf den ersten Blick dachte ich, Sancha María und ich würden eine Schatzkammer betreten, doch bei näherem Hinsehen erkannten wir zunächst einen eher kargen

Raum, der nur mit poliertem Messing an den Wänden bestückt war. So mussten wir doch feststellen: Es ist nicht alles Gold, was glänzt. Wir gingen weiter in den Raum voller Messingwände, der wirklich karg eingerichtet war. Außer den Messingwänden und den vielen Lampen an den Übergängen zwischen Wand und Decke war in dem Raum absolut gar nichts. Er war keinerseits eingerichtet. Kein Möbelstück, nicht mal ein kleiner Hocker war zu finden. Das Einzige, was ich entdecken konnte, war eine weitere Tür am anderen Ende des Raums. Sancha María und ich gingen auf diese Tür zu. Ich rüttelte an ihr, doch so sehr ich auch rüttelte, sie bewegte sich keinen Zentimeter.

»Sancha María«, sagte ich, »die Tür ist fest verschlossen und ich kann sie nicht öffnen. Hast du noch irgendwo deinen speziellen Schlüssel, der jede Tür öffnet?«

Sancha María suchte ihren Rock ab. Dann schüttelte sie ihren Kopf und ich verstand, sie fand ihn nicht. Dann durchsuchten wir gemeinsam ihren Rucksack, doch fanden außer Broten, Getränken und einer Karte gar nichts. Weder eine Taschenlampe noch einen Draht oder ein Taschenmesser. Nun standen wir doch recht blöd da. Hinter der Tür verbirgt sich sicher etwas Geniales, dachte ich, doch leider kamen wir nicht dran. Dann blickten wir beide uns etwas um und plötzlich fand ich auf dem Boden ein Stück Draht. Ich zeigte es Sancha María und sie hob es auf und verbog ihn so, dass man damit Schlösser knacken konnte. Sie steckte den verbogenen Draht in das Türschloss und drehte ihn um. Dann machte es knack und zack, war die schwere Tür aufgeschlossen. Ich griff am Türgriff und zog ihn mir zu und öffnete so die Tür. Hinter der Tür verbarg sich ein tiefer dunkler Gang, der so dunkel war, dass man unmöglich etwas drin sehen konnte. Nun war guter Rat teuer, denn Sancha María und ich führten kein mobiles Licht bei uns. Wie sollten wir also den Gang erleuchten können? Also mussten wir erst unsere Köpfe rauchen lassen, bis uns ein Licht aufgehen würde. Wobei Köpfe rauchen zu lassen, bis uns ein Licht aufgehen würde, war wirklich keine schlechte Idee. Denn dabei kam mir der Einfall, dass, wenn Feuer raucht, stets ein Licht aufgeht. Ich sah mich um und entdeckte auf dem Boden doch eine Schachtel Streichhölzer. Ich hob sie auf und präsentierte sie Sancha María.

»So, jetzt brauchen wir noch etwas zum Anzünden.«

»Also dein Schwert ist aus Holz und das brennt sicherlich. Ebenso kann man deinen Umhang gut anzünden und so Licht machen.«

»Mein Schwert hier verbrennen?! Auf gar keinen Fall! Also, ich glaube, wir rupfen dir die Haare aus und verbrennen die.«

»Das wäre mir, um ehrlich zu sein, zu schmerzhaft«, sagte Sancha María, »aber warte mal, ich habe eine Idee.«

Sancha María entfernte sich von mir. Nach einer Weile kam sie zurück. In ihrer Hand trug sie einen großen Haufen Stroh.

»Der Raum hier ist wirklich goldig und in einer Ecke habe ich dieses Stroh gesehen und passenderweise auch etwas Bindfaden gefunden. Daraus können wir uns ein paar schöne Fackeln basteln.«

»Sancha María, du bist klasse«, lobte ich meine Freundin.

Wir pflückten Büscheln vom Stroh ab und legten sie zusammen. Dann banden wir sie mit dem Bindfaden zusammen und erhielten so mehrere kleine Büschel. Sancha María verstaute diese in ihrem Rucksack. Die Streichholzschachtel steckte sie in eine ihrer Rocktaschen. Ich steckte mein Schwert in den Gürtel und nahm Schild und Lanze in die rechte Hand, nur um die linke Hand für ein Strohbündel frei zu haben. Sancha María zündete ein Streichholz an und entzündete damit das Strohbündel in meiner Hand. Mit dem brennenden Strohbündel voraus schritt ich in den dunklen Gang. Sancha María steckte die Streichhölzer ein und folgte mir in den Gang.

Der Gang, bei dem es sich um einen Geheimgang handelte, war feucht und kalt. Auch wenn die Feuchtigkeit eklig an den Füßen schmierte, so riss ich mich zusammen und tat einen nackten Fuß vor den anderen, um herauszufinden, wohin uns dieser Gang führte. In mir brannte ein Feuer der Neugier, wohin dieser Gang führte, das jeden eklig feuchten Tropfen an meinen nackten Füßen verdampfen ließ. Mich erinnerten diese feuchten Stufen an ein Abenteuer, das ich selbst einige Jahre zuvor in einer Grotte in meiner andalusischen Heimat erlebt hatte, von dem ich meiner Escudera Sancha María berichtete:

»Weißt du, Sancha María: Als meine Großeltern mütterlicherseits den sechsten Geburtstag ihrer einzigen Enkelin feiern wollten, nahmen sie mich und meinen Cousin Enrique mit nach Gibraltar und zeigten uns dort die *St. Michael's Cave*, eine Tropfsteinhöhle. Enrique und ich fanden sie sehr schön und wir konnten in ihr einiges in Erfahrung bringen und dachten uns bei den vielen Tropfsteinen, die da so unheimlich schön von der Decke hingen, dass es dort drin einen geheimnisvollen Schatz gäbe, den wir gerne suchen wollten. Unsere Großeltern freute das und sie wollten mit uns an Enriques Geburtstag erneut in die Höhle gehen, was sie dann auch taten und diesmal erkundigten Enrique und ich die Höhle tiefer. Es war echt schön, nur leider war der einzige Schatz, der dort zu finden war, die Schönheit der Stalagmiten und Stalaktiten.«

»Und wart ihr dann noch mal in der Höhle?«

»Nein, aber meine Großeltern fanden es schön, dass sie ihrer ersten und einzigen Enkeltochter, die sie je hatten, die Höhle zeigen konnten und ebenso dieselbe Freude ihrem einzigen Enkelsohn, den sie je hatten, bereiten konnten. Nach der Höhlenbesichtigung gingen sie mit uns ein sehr großes Eis essen. Das war wirklich ein schöner Moment meiner Kindheit.«

»Okay, Lola, aber du erzählst, du wärst die einzige Enkeltochter deiner Großeltern gewesen. Dabei hast du doch noch eine Cousine Ana, die doch auch deren Enkeltochter ist. Ebenso wäre dein Cousin Enrique gegen deine Aussage ihr einziger Enkelsohn, da du noch einen kleinen Bruder Luis hast.«

Als Sancha María das sagte, traten mir Kummertränen in die Augen und ich begann zu weinen:

»Weißt du, Sancha María, du weißt gar nicht, was du mir gerade Schreckliches antust. Meine Großeltern mütterlicherseits, das … das ist so schrecklich! Es stimmt, dass Enrique und ich ihre einzigen Enkelkinder waren, zumindest zu Lebzeiten, denn es war so schrecklich!«

Und ich weinte. Sancha María kam auf mich zu und nahm mich in die Arme.

»Lola, meine Freundin, du brichst ja ganz in Tränen aus. Was ist denn passiert? Habe ich dir weh getan?«

»Ach Sancha María, das kannst du nicht wissen. Weißt du nach Enriques Geburtstag waren wir nach der Grottenbesichtigung Eis essen und Enrique kündigte an, dass seine Mutter schwanger war und er bald ein großer Bruder sein würde. Meine Großeltern waren so stolz, dass sie bald drei Enkelkinder haben würden, und gaben uns dann Extra-Helado (Extra-Eis) aus. Als es dann so weit war und Tía Carmen im neunten Monat war und meine Cousine Ana kurz vor ihrer Geburt stand, sind meine Großeltern mütterlicherseits in die Provinz gefahren, um ihrer zweiten Enkelin ein ganz besonderes Geschenk zur Geburt zu besorgen. Sie haben es ihr gut ausgesucht und es hat Ana auch gefallen. Doch dann ist was Schreckliches auf dem Rückweg passiert: Auf der Landstraße von El Madroñal nach San Pedro de Alcantára kam ihnen ein Lkw entgegen. Der Lkw geriet ins Schleudern. Mein Großvater bremste zwar, aber es war zu spät. Es kam zu einer gewaltigen Kollision, bei der der Geländewagen meiner Großeltern gegen einen Baum geschleudert wurde. So stand es im Unfallbericht der Policia. Meine Großeltern wurden nach Marbella ins Hospital Costa del Sol geflogen und kamen sofort in die Notaufnahme und sogleich in den OP. Madre und Tía Carmen wurden sofort verständigt und eilten mit Enrique und mir im Taxi auch gleich zum Krankenhaus. Wir durften nicht in den OP und mussten alle draußen mit einer Todesangst ausharren. Nach fünf Stunden kamen der Chefarzt und seine Assistenten aus dem OP. Er ging auf meine Madre und meine Tía zu und musste ihnen die traurige Nachricht mitteilen, dass ihre Eltern beide auf dem OP-Tisch liegen geblieben waren. Es zerriss uns Vieren das Herz. Am darauffolgenden Sabado, also am Samstag, musste ich schweren Herzens und von tiefster Trauer durchstreift von meinen geliebten Großeltern Abschied nehmen. Ich weinte mir die Augen über ihrem Grab aus. Es war der schlimmste Sabado in meinem Leben. Die Eltern meiner Mutter waren beide jünger als die Eltern meines Vaters. Es war sehr schlimm, dass es die beiden zuerst traf. Es war so traurig, dass ich das erleben durfte. Heulend ging ich an diesem Sabado ins Bett. Ich war so am Morgen des darauffolgen Domingos noch sehr mitgerissen von dem Tod meiner Großeltern, doch Madre und Padre hatten mir von ihren Geschwistern eine gute Nachricht mitgebracht. In der Nacht von Sabado auf den Domingo hatte Tía Carmen ihre Tochter Ana zur Welt gebracht. Das ließ meine Trauer um meine verstorbenen Großeltern für einige Momente vergessen. Doch dann heulte ich wieder, als ich daran dachte, sie sind extra wegen ihrem erwarteten dritten Enkelkind gestorben. Och, es war so schrecklich, was ich damals vor acht Jahren erlebte!«

Und ich heulte meine Seele aus. Ich heulte so sehr, dass meine Tränen beinahe die leuchtende Fackel löschten. Sancha María nahm sie mir aus der Hand und streichelte mir über die Wange.

»Oh, Lola! Das tut mir sehr leid um deine Großeltern. Weißt du, ich habe ähnlich Schlimmes erlebt. Meine

Eltern haben mir beide immer erzählt, dass sie aus Jugoslawien geflohen waren, weil dort damals ein großer Krieg herrschte. Als Mama und Papa sich kennenlernten, waren sie beide die einzigen Überlebenden ihrer Familien. Alle Verwandtschaft, die sie je hatten, war durch den Krieg ausgelöscht. Sie sind nach Deutschland geflohen, wo Jahre später ich in einem friedlichen Land weit, weit weg von Bomben und Krieg zur Welt kam. Weil meine Eltern arm waren, beließen sie es bei einem Kind. Sie konnten es sich nicht leisten, Weitere großzuziehen. Sie sagten mir immer, auch wenn sie selbst keine Familie mehr hatten, so habe ich ihnen ganz allein die verlorene Familie zurückgegeben. Und um ehrlich zu sein, in deiner Familie, Lola, habe ich oft einen Ersatz gefunden, für den Rest Familie, den ich nie hatte. Außer meinen Eltern habe ich keine weiteren Verwandten mehr, und ich bin deswegen sehr froh, eine so gute Freundin wie dich zu haben.«

»Gracias, Sancha María, gracias«, sagte ich. »Du weißt gar nicht wie viel Trost mir deine Worte nun gespendet haben.«

Mir ging es wieder besser und meine Tränen trockneten auch. Das gab mir meinen Mut zurück. Den Mut, den Gang weiter entlang zu gehen. Ich raffte mich auf und schritt voran und Sancha María folgte mir. Gemeinsam gingen wir weiter den dunklen feuchten Gang entlang, der immer weiter die Treppe hinab und immer tiefer in die Burg führte. Einzige Lichtquelle auf diesem düsteren Weg war die leuchtende Fackel, die ich meiner rechten Hand voraushielt. Obwohl ich seit Wochen gerne und lieber barfuß lief als zuvor und mich auf diese Weise gerne erdete, so merkte ich langsam aber sicher auch, dass es eher unangenehm war, immerzu mit nackten Füßen auf die alten steinernen und feuchtkalten Stufen der alten Burg zu treten. Doch dieses eher unangenehme Gefühl blendete ich aus, denn viel zu sehr und viel zu stark ritt in mir ein Feuer, das mich antrieb, herauszufinden, wohin dieser Geheimgang nun führte. Vielleicht finden Sancha María und ich einen tollen verschollenen Schatz, mit dem wir ein besseres Leben führen könnten? Vielleicht treffen wir auch auf eine unglückliche und arme Seele, die unschuldig und gegen ihren Willen weggesperrt worden war und nun wieder befreit werden musste? Vielleicht treffen wir aber auch auf ein böses, feuerspeiendes und vielleicht auch menschenfressendes Ungeheuer, was ich im Kampf besiegen musste? All diese Fragen warfen sich in meinem Kopf auf, wie das Gemüse im Salat, und mit jedem weiteren Schritt nach vorne wurden Mut und Neugier größer und ich wollte unbedingt wissen, was da auf uns wartete. Nach einem längeren Weg über die nasskalten Steine erreichten Sancha María und ich das Ende des Ganges. Es führte uns zu einer dicken Tür.

Sancha María und ich blieben vor der dicken Tür stehen. Ich reichte Sancha María die Fackel, um meine Hände frei zu haben, um an der Tür rütteln zu können. Das tat ich dann auch, doch so sehr ich auch an der Tür rüttelte, sie war mal wieder so sehr verschlossen, dass sie sich kaum bewegen ließ. Dann überlegte ich mir, meine Kickbox-Künste zu benutzen, um die Tür aufzubrechen. Doch das Einzige, was ich davon bekam, waren blaue Flecken an Zehen und Fingern. Schließlich bat ich Sancha María nach ihrem drahtigen Universal-Schlüssel, dem bislang noch kein Schloss hatte widerstehen können. Ich drehte mich nach ihr um, doch bevor ich sie nach ihrem speziellen Schlüssel fragen konnte, las sie laut von einer Tafel an der Wand vor:

»›Hinter dieser Tür befindet sich das Verlies des Raubritters Konrad dem Bärtigen, der grausam und brutal über alle Wälder plündernd zog. Er hat den armen Bauern alles Hab und Gut bis auf die Unterwäsche genommen und ihnen die verwüstete Heimat eingeäschert. Dreißig Mann waren notwendig, den bärtigen Teufel zu zähmen und ihn vor die Rechtsprechung zu bringen. Er wurde in das finsterste und abgelegenste Verlies gesperrt, das man im Ruhrtal je gesehen hat. Wer ihm die Tore öffnet und die Freiheit zurückgibt, dem gnade Gott. Zur Strafe soll der Sünder bis zu seinem Auftritt vor dem jüngsten Gericht jede Nacht von den grausamsten und finstersten Nachtschäden heimgesucht werden.‹ Lola, wenn du mich fragst, sollten wir die Finger von dieser Tür lassen!«

»Sancha Maria, sei kein Angsthase! Hinter der Tür erwartet uns bestimmt etwas Aufregendes.«

»Ja, ein böser Raubritter, der bestimmt sehr kurzen Prozess mit uns macht oder uns die schlimmsten Albträume bis zu unserem Ableben bringt, wenn wir ihn freilassen. Bestimmt ist er noch wütender, weil er an die Wände gekettet war und brüllend uns um Freiheit bittet, und, wenn wir sie ihm nicht geben wollen, er uns an Ort und Stelle umbringt. Ich möchte hier nicht mein Leben lassen oder mich für den Rest meines Lebens in schreckliche Albträume stürzen. Wir sollten also besser umdrehen, Lola!«

»Umdrehen ist ein gutes Stichwort, Sancha María. Gib mir deinen Universal-Schlüssel und ich drehe ihn im Schloss um.«

»Lola, bist du geisteskrank?! Hinter der Tür wartet auf uns ein Ungeheuer, das uns bestimmt lauthals brüllend zerfleischen wird. Bitte, Lola, höre auf mich und lass uns umkehren!«

»Sancha Maria, ich will hinter diese Tür. Also her mit dem Universal-Schlüssel. Ich bin die Ritterin und du bist meine Escudera. Als solche hast du mir zu gehorchen!«

»Lola Doña Quijota de Piedes, höre mir zu! Hinter der Tür verbirgt sich das Verlies des schlimmsten Raubritters überhaupt. Der Kerl bringt uns um, wenn wir darein gehen.«

»Sancha María, ich denke mir mal, der Raubritter ist vor vielen Jahrhunderten plündernd durch die Wälder gestreift.«

»Nun ja, das kann sein.«

»Gib mir den Universal-Schlüssel und lies die Inschrift weiter.«

Sancha María reichte mir den Universal-Schlüssel. Ich nehme mal fest an, dass sie es widerwillig tat. Während ich den Universal-Schlüssel ins Türschloss steckte und umdrehte, las Sancha María weiter, was auf der Tafel stand.

»›Pater Sancratius – Anno 1403.‹ Du hast recht, Lola. Ein Pater aus dem Jahre 1403 hat diese Inschrift hier anbringen lassen. Also wurde dieser Raubritter vor gut sechshundert Jahren verhaftet.«

»Ja, eben vor sechshundert Jahren. Ich glaube, der

Raubritter dürfte daher schon seit inzwischen genauso vielen Jahren tot sein.«

Ich drehte den Schlüssel um und es knackte. Die Tür war aufgeschlossen. Ich gab Sancha María ihren Schlüssel zurück und zog die Tür auf. Dann nahm ich Sancha María die Fackel ab und ging voraus ins Verlies. Der Raum war eng und feucht und roch nach vergammelten Fleisch. An die Wand war mit massiven Eisenketten eine Ritterrüstung gekettet, die so stark von den Eisenketten umschlungen war, dass sie beinahe schon angeschmiedet in die Wand fasste. Um die massive eiserne Ritterrüstung waren die Wände keinesfalls nackt, sondern mit vielen Folterinstrumenten, wie Daumenschrauben, mit denen Finger gequetscht werden konnten, oder eine Garotte und nein, das war keine Karotte, die spitz, orange und mit einem grünen Schweif geschmückt war und nach einer leckeren Möhre oder Mohrrübe aussah, nein, es war keine Karotte, sondern eine Garotte, welche aus einem großen Pfahl bestand, an dessen oberen Ende sich ein dickes rundes Eisen befand und am unterem Ende ein Sitz befestigt war, auf den sich der Verurteilte setzen musste, und dann wurde ihm das dicke Eisen um den Hals gelegt und das wurde dann so lange zusammengeschraubt, bis der Verurteilte keine Luft mehr bekam. Auch konnte ich eine große Folter- und Streckbank entdecken, an der man so richtig langgezogen werden konnte. Allerdings hätte ich mich sicherlich nicht daraufgelegt, denn das machte man ja nicht, um die Menschen größer zu machen, sondern man zog und zerrte so lange an ihnen, bis Arme und Beine brachen. Neben der Folter- und Streckbank lag noch ein so genannter »gespickter Hase«, bei dem es sich aber nicht um ein besonderes Kuscheltier oder dem Sonntags-mahl für irgendwelche Füchse handelte, sondern um eine mit Zacken versehene Stachelrolle, die den Verbrechern auf der Streckbank während des Streckvorgangs über den Bauch gerollt wurde und dort wie ein Pflug Furchen ein-ritzte. Und dann konnte ich am Boden noch einen spani-schen Stiefel entdecken. Doch diesen hätte ich mir selbst als Spanierin – und ich war eine – nicht freiwillig ange-zogen und das noch nicht einmal, als ich noch nicht permanent barfuß lebte, denn ein solcher Stiefel war kein modisches Accessoire, was schön aussah und guttat, oh nein, er war ein Schraubstiefel aus zwei Eisenplatten, die so eng, wie es ging, ans Schienenbein gepresst und ge-schraubt wurden. Die Eisenplatten wurden so eng an die Beine gepresst und geschraubt, bis die Knochen brachen. Aua. Ja, die vielen Folterinstrumente konnten einem so richtig das Fürchten lehren, doch ich ließ mich nicht von ihnen abschrecken. Ich reichte Sancha María die Fackel und zog mein Schwert hervor. Ich entdeckte neben der Tür eine kleine metallene Nische, wo Sancha María gut die Fackel reinstecken konnte. Ich gab ihr die Anweisung die Fackel dort herein zu stecken und so den Raum zu er-leuchten. So hatte ich genug Licht, um den Raum erkun-digen zu können. Ich trat hinein und musste den fauligen Fleischgeruch einatmen. Ich kam mir vor, als würde ich meine Nase tief in eine Wanne von altem vergammeltem Fleisch stecken. So sehr stank es da drin. Ich musste die Nase rümpfen, um mich vor dem Gestank schützen, doch abschrecken ließ ich mich nicht. Im Gegenteil. Ich sah mich im Raum um und ignorierte die Folterinstrumente und konzentrierte mich auf den Ritter, der an der Wand hing. Ich ging mit ausgestrecktem Schwert voran, fühlte jeden ekligen Glibber an meinen Füßen und schritt zielstrebig auf die Ritterrüstung, die an die Wand gekettet war, zu. Der Ritter, der da hing, bemerkte mich nicht. Auch nicht als ich direkt vor ihm stand. Ich stellte mich auf Zehenspitzen und öffnete ihm das Visier. Ein beißender unangenehm fauliger Geruch nach altem verschimmelten Fleisch kam mir entgegen und ein unheimlicher Anblick. Ich blickte direkt in den Kopf eines Skeletts. Ich erschrak fast, doch ich riss mich zusammen, denn die leeren Augenhöhlen des Skelett-Schädels brachten mir die endgültige Gewissheit, dass ich einen schon ewig Toten vor Augen hatte. Also keinen Grund für mich, mich zu fürchten oder ein Duell zu starten. Zur Furcht hatte ich sowieso keinen Anlass, schließlich war ich Doña Quijota de Pies Descalzos al Éxito, die unerschrockene Ritterin, die sich vor nichts und niemandem fürchtet. Im Gegensatz zu meiner Escudera, die in der Tür stand und auf den Fingernägeln kauend wie Espenlaub zitterte. Als ich mich nach ihr umdrehte und das sah, musste ich sie mit einem entsetzlichen Schrecken ansprechen und tadeln.

»Sancha María, unter diesen Umständen kannst du deinen Ritterschlag in naher Zukunft vergessen! Du zitterst ja, als hättest du richtig Angst.«

»Ja, und ob. Der Raubritter hinter dir, er möchte dich angreifen.«

»Sancha María, ich habe es mit eigenen Augen gesehen. Von dem ach so fürchterlichen Raubritter ist nur noch das Skelett übrig. Er ist mausetot und das schon seit Jahrhunderten.«

»Ach wirklich? Er springt gerade von der Wand

hinterrücks auf dich zu!«

»Sancha María, erzähle keinen Unsinn! Er springt nicht ...«

Diesen Satz konnte ich gar nicht vollenden, als ich mich in diesem Moment umdrehte. Tatsächlich sah ich hinter mir, wie sich die Rüstung des Ritters von der Wand auf mich zubewegte. Ich sprang beiseite, dann polterte es und die Ritterrüstung, die noch eben an die Wand gekettet war, fiel schellend zu Boden.

»Siehst du, Lola!«, schrie Sancha María. »Der Ritter lebt. Das alles ist hier verflucht! Lass uns schnell wieder abhauen!«

Sancha María zitterte sogar schon mit ihrer Stimme. Meine Freundin wurde in diesen Momenten richtig paranoid. Ich hingegen sah mir die von Eisenketten umschlungene Rüstung an. Dabei stellte ich fest, dass die Eisenketten an einigen Gliedern zerbrochen waren. Die Bruchstellen waren tief rotbraun und das Rotbraune fühlte sich irgendwie bröselig an.

»Sancha María, es gibt eine ganz simple Erklärung, warum die Ritterrüstung von der Wand riss. Die Eisenkette war durchgerostet. Der Rost hatte sie so sehr zerfressen, dass sie förmlich keine andere Wahl hatte, als durchzubrechen.«

»Na gut, aber trotzdem, wenn dieser Raubritter, dessen Leichnam in der Rüstung da steckt, zu Lebzeiten so grausam wie der Teufel war und für die Hölle vielleicht sogar viel zu grausam war, dann wird sein Geist hier sicherlich herum spuken!«

»Sancha María, reiß dich zusammen! Es gibt keine Gespenster und falls doch, werde ich sie mit meinem

Schwert in der Luft zerreißen.«

Ich sah mir den runter gerissenen Ritter genau an. Sein Helm hing verdammt fest an seinem Panzer und ließ sich gar nicht mehr bewegen. Als wäre er festgeschweißt. Er ließ sich kaum bewegen und, als ich dann sehr kräftig nach der Ritterrüstung mit dem Skelett innendrin griff und sie gegen die Wand schleuderte, schon bröckelten dort die Steine und rissen ein Loch in die Wand. Ich nahm mein Schwert, was auf dem Boden lag und steckte es wieder ein. Dann bat ich Sancha María, zu mir zu eilen und die Steine beiseite zu räumen. Sie eilte auch schnell herbei und räumte die Steine beiseite. Uns ergab sich ein unglaublicher Anblick. Die Steine legten einen dahinter verborgenen Hohlraum frei. Eigentlich wollte ich schon die Fackel holen, um diesen Raum damit auszuleuchten, doch das war nicht nötig, denn der Raum strahlte von selbst. Er war mit allerhand Gold, Edelsteinen und Perlen gefüllt.

»Das muss die Schatzkammer der Hohensyburg sein«, sagte Sancha María.

»Ja, oder die des Raubritters«, sagte ich und blickte auf das Wappen mit dem bärtigen Löwen auf der Rüstung des Ritters und des Schildes, den ich in dieser Kammer entdeckte.

»Mensch, Lola, wir sind reich!«, rief Sancha María und eilte in die Kammer.

Voller Vorfreude betrat sie die Kammer und stieß dabei gegen einen hölzernen Pfeiler an deren Wand. Dieser brach entzwei, da er wohl seit Jahrhunderten morsch war. Plötzlich vernahm ich mit den Ohren ein verdächtiges Gluckern.

»Oh, Sancha, ich glaube die Kammer grenzt an den Hengsteysee. Wir sollten schleunigst hieraus, bevor es hier noch unangenehm feucht wird.«

»Lola, du könntest Recht haben«, schloss Sancha María an.

Ich achtete darauf, dass ich alle meine Rittersachen an meinem Körper hatte, und nachdem ich das schnell festgestellt hatte, eilte ich zur Fackel an der Wand. Sancha María rannte mir hinterher. Wir rannten keine Sekunde zu früh los. Kaum erreichten wir die Tür, durch die wir dieses Verlies betreten hatten, schon mussten wir feststellen, wie die Decke über der Schatzkammer einbrach und ein riesiger Wasserstrahl in sie eindrang. Schnell floss Wasser in Strömen nach. Sancha María und ich rannten so schnell, wie wir konnten, die steinerne Treppe hoch, über die wir diese Kammer erreicht hatten. Wir rannten so schnell, wie wir konnten, als wäre der leibhafte Teufel hinter uns her. Wir rannten aus gutem Grund, denn immerhin drohten wir sonst zu ertrinken. Nach einer Weile, die uns sehr kurz vorgekommen war, erreichten wir die rettende Tür, über die wir zuvor den Geheimgang betreten hatten. Wir gingen durch die Tür und verschlossen sie hinter uns fest. Dann fanden wir uns in dem Raum mit den Messingwänden wieder, in dem wir zuvor schon einmal gewesen waren. Wir gingen ans andere Ende, wo die Holztür war, die uns in den finsteren und modrig riechenden Gang führte, über den wir wieder zurück ans Tageslicht kamen. Gut, dass wir eine Fackel mit uns trugen, denn dieses Mal bewegten wir uns von dem einzigen Lichtstrahl, der sonst im Alleingang den Gang erleuchtet hätte, weg. Nachdem wir den langen modrigen Weg gegangen waren, erreichten wir schließlich wieder den Innenhof der Burg. Dort angekommen blendete uns schon das von uns sehnlich vermisste Tageslicht. Sancha María tanzte vor Freude und rief vor Freude:

»Hurra, die Sonne ist wieder da!«

Sie blickte auch an die Stelle, an der wir zuvor unsere edlen Schlachtrösser angebunden hatten, bevor wir in den Gang geeilt waren.

»Und sieh mal, Lola! Unsere Schlachtrösser sind auch noch da!«

»Sí, das sind sie. Aber soll ich dir mal etwas sagen. Das Seufzen und Stöhnen, was uns vorhin in den Geheimgang lockte, das ist nicht mehr da.«

»Vielleicht war es der Geist des Raubritters, den wir beide heute erlöst haben«, scherzte Sancha María.

Wir beide lachten. Dann griff sich Sancha María ihr Schlachtross und stieg auf.

»Wenn du mich fragst, habe ich heute schon genug erlebt. Ich glaube, ich möchte nach Hause reiten.«

»Liebste Escudera«, sagte ich, »auch wenn eigentlich ich diejenige bin, die über dich zu bestimmen hat, und nicht umgekehrt, so möchte ich dir sagen, das ist die beste Idee, die du heute gehabt hast. Ich glaube, nach diesem ereignisreichen Tag, ist es für die stolzen Ritter an der Zeit nach Hause zu reiten.«

Und so schwang auch ich mich auf mein Schlachtross und gab ihm die Sporen. Gemeinsam mit meiner Escudera Sancha María ritt ich aus der Hohensyburg der Sonne entgegen, die selbst entschied, sich bald dem Horizont zu nähern.

Sancha María und ich beschlossen nach dem langen Tag auf der Burg Hohensyburg nach Hause zu fahren. Ursprünglich wollten wir auf unseren Rössern durch den Wald zur Bahn reiten, doch der Weg erschien uns als zu weit und beschwerlich. Stattdessen gingen wir ins Dorf und suchten die nächstgelegene Haltestelle auf. Dort wartete schon ein Bus der Linie 442. Ich stieg ein und fragte:

»Fahren Sie Richtung Borsigplatz oder zumindest Richtung Stadtmitte?«

»Nicht ganz in die Stadtmitte, aber ich fahre über Wellinghofen nach Hörde, wo ihr die U41 Richtung Stadtmitte nehmen könnt und dann ab ›Kampstraße‹ die U44 zum Borsigplatz. Oder ihr steigt an der ›Preinstraße‹ aus und geht oder fahrt rüber nach ›Hacheney/Zoo‹ und nehmt dort die Linie U49 Richtung Stadtmitte, wo ihr ebenfalls an der ›Kampstraße‹ in die U44 umsteigen könnt«, antwortete der Busfahrer.

So machten wir es auch. Sancha María und ich stiegen in den Bus der Linie 442 und fuhren in Richtung Hörde bzw. »Preinstraße«. So wollten wir mit der Buslinie von der Hohensyburg aus zum Endpunkt der Linie 49 (»Hacheney/Zoo«) gelangen, um dann ab dem Endpunkt der Linie 49 (»Hacheney/Zoo«) aus die Straßenbahnlinien 49 und 44 nach Hause nehmen zu können. So fuhren wir also mit den Öffis und mussten zwischenzeitlich auch auf unseren Rössern kürzere Distanzen reiten, da der 442er-Bus nicht direkt zur Haltestelle »Hacheney/Zoo« fuhr, sondern erst ein gutes Stück daneben an der »Preinstraße« hielt. Aber auf unseren Schlachtrössern war das kein Problem. Als wir dann schließlich auch am Borsigplatz ausstiegen, gingen wir zu unseren verschiedenen Häusern. Vor Sancha Marías Haus blieben wir stehen und ich schüttelte ihr die Hand:

»Liebe Sancha María, liebe Marijana, das war heute ein sehr schöner Tag. Es hat mir eine große Freude gemacht auf die Ritterburg zu gehen und dort ein Abenteuer zu bestehen. Das war so klasse, das muss ich unbedingt aufschreiben. Vielen Dank auch, Muchas gracias, mi amiga.«

»Bitte schön, Lola.«

Marijana und ich umarmten uns. Dann sagte ich zu ihr:

»Adios y hasta luego.«

»Ja, auch so«, sagte Marijana.

Marijana und ich verabschiedeten uns und ich ging zusammen mit meinem Schlachtross Rosinante, meiner Lanze, meinem Schild und natürlich meinem Schwert und natürlich barfuß rüber in das Hochhaus, wo ich wohnte. Ich ging die Stufen hinauf und schloss meine Haustür auf. Ich brachte erst mal meine Sachen in mein Zimmer, parkte dort Rosinante an meinem Schrank und legte dann Schwert, Schild und Rüstung ab und verstaute schließlich alles in meinen Schrank. Danach ging ich erst einmal ins Badezimmer, zog dort mein Kleid und meine Unterwäsche aus und bestieg erst einmal die Badewanne und füllte sie erst mit warmem Badewasser und anschließend mit dem Badesalz für ein Schaumbad. Ich genoss so richtig mein warmes und reinigendes Bad, was mich entspannte und zugleich reinigte. Danach stieg ich nach gefühlt Stunden aus der Wanne und trocknete mich ab. Ich zog meine Kleider wieder an und ging auf nackten Füßen zum Erfolg in mein Zimmer, setzte mich dort an den Schreibtisch und begann, das Abenteuer des Tages aufzuschreiben. Ich kam bis zu genau der Stelle, als Marijana und ich die Hohensyburg verließen, um zum Bus zu gehen, da rief mich doch glatt Madre zum Essen. So musste ich meinen Stift fallen lassen und kurzzeitig in die Küche zum Essen gehen. Doch das machte mir nichts aus. Im Gegenteil. Ich fand es sogar richtig gut, da meine Madre meine Lieblingspaella kochte. Madres Paella, voll lecker! Ich glaube, es gibt nichts besser Schmeckendes auf der ganzen Welt. Nachdem ich zu Ende gespeist hatte, ging ich zurück in mein Zimmer und setzte mich an den Schreibtisch, um den ganzen erlebten Tag zu Ende aufs Papier zu bringen.

Als ich fertig wurde, stand ich auf und tauschte mein Kleid gegen meinen Pyjama und ging dann erschöpft auf mein Bett zu und ließ mich todesmüde auf dieses fallen. Ich kuschelte mich unter meine Bettdecke, um anschließend auf nackten Füßen zum Erfolg das Reich der Träume betreten zu können und gleichzeitig wieder genug Energie zu tanken, um am darauffolgenden Morgen weiter erfolgreich den Kampfsport trainieren zu können.

15. Kapitel: Auf nackten Füßen zum Turnier

Tagtäglich trainierte ich eine Stunde an meinem Box-Sack zu Hause. Lediglich Sonntag gönnte ich mir eine Pause vom Training und ging als Doña Quijota de Pies Descalzos al Éxito in Begleitung meiner treuen Kameradin Sancha María neuen großen Abenteuern hinzu. Ansonsten war jeder Wochentag von einer Stunde Training morgens vor dem Frühstück, Performance im Unverpackt-Laden und zwei Stunden Training von 14:30 Uhr bis 16:30 Uhr in der Martial-Arts-Schule geprägt. Ursprünglich sollte ich nur montags und donnerstags trainieren, doch da ich so ein Talent an den Tag legte, entschied die Schule, dass ich täglich trainieren sollte. So stand montags und donnerstags das Tricking-Training mit Sascha an, wo ich die wirkliche Performance lernte, dienstags und freitags Karateübungen und donnerstags und samstagnachmittags lernte ich Taekwondo kennen. Immer zwei Stunden hartes Training, doch das Training brachte mich nicht aus der Puste. Im Gegenteil, ich wurde von Tag zu Tag härter, kräftiger und schneller. Und ich gab mir selbst noch etwas mehr Leistungsdruck und übte jeden Abend vor dem Schlafengehen eine Stunde vor dem Box-Sack. Für das Freestyle Kickboxing, was ich mir ausgesucht hatte, brauchte ich eben vor allem drei Dinge: Ausdauer, Kraft und Gleichgewicht. Und diese drei Dinge trainierte ich mir hart an. Für meine Familie und meine gleichaltrige Freundin Marijana war ich gar nicht mehr wieder zu erkennen. Sie kannten mich nur noch im Karate-Gi und am Box-Sack, gegen den es ständig donnerte. Hin und wieder kam Padre zu mir ins Zimmer und trug die gepolsterten Handschuhe, gegen die ich boxte, denn Taekwondo trainiert man eben zu zweit. Ursprünglich wollte Marijana das mit mir machen, doch da ich sie allein schon mit bloß zwei Schlägen gegen die Handschuhe k. o. haute, überließ sie das schlussendlich meinem stärkeren Vater. Eigentlich wollten Marijana und ich die Sommerferien gemeinsam verbringen, doch sie hatte mich wegen meines harten Kickbox-Trainings nur halb- oder sonntags. Ich fühlte mich manchmal, wenn ich so drüber nachdachte, wie eine schlechte beste Freundin für Marijana, da wir doch eigentlich sehr enge Freundinnen waren, die durch dick und dünn gingen, doch andererseits wollte ich eine Meisterin im Freestyle Kickboxing werden und ich wollte dort alles können. Es machte mir einen riesigen Spaß die verschiedenen Kampfsportarten zu lernen und sie zur Musik zu performen, um schließlich in einer Mischung aus Kampfsport und Akrobatik, die ich oft mit einer schnellen Abfolge aus Radschlagen, Handstand und Brücke machen ausübte, meine Choreographie im Kampf gegen imaginäre Gegner auf dem aus Matten bestehenden Schlachtfeld zu haben. Diese Mischung aus Kampfsport und Akrobatik zur Musik nannte sich »Hardstyle Music Form« und war das wichtigste Ziel, was ich für die Wettbewerbe erreichen musste. Neben dem nach Tsch-Zischen klingen Kiai, lernte ich auch einen Kiai, der wie ein langes »Do!« klang und ich lernte einige Kampfformeln auf Japanisch zu murmeln. Es war für mich einfach super, dass ich das alles machen konnte. Und das Beste an allem war, wenn ich das alles fleißig lernte und beherrschte, was ich auch ausgelassen tat, dann durfte ich zum Ende der Sommerferien die Stadt Dortmund bei einem deutschlandweiten Wettbewerb im Freestyle Kickboxing vertreten. Das fand ich einfach spitze, zumal ich so ziemlich die einzige junge Dortmunderin war, für die eine solche Teilnahme in Frage gekommen wäre, meinte mein Trainer Sascha. Das Training war hart und es gefiel mir und die Martial-Arts-Schule wurde mein zweites Zuhause. Jeden Tag ging ich von der Schule aus, den Gi in der Umhängetasche tragend, mit der Wasserflasche in der Hand nach Hause und fühlte mich auf dem Nachhauseweg, den ich selbstverständlich barfuß zurücklegte, weniger müde als so richtig energiegeladen. Das hatten auch die Trainer stets gemerkt und jedes Mal, wenn sie mich fragten:

»Sag mal, das harte Training scheint dich ja gar nicht zu ermüden. Woran liegt das?«
So lautete stets meine Antwort:

»Ach ich glaube, in meinem Blut fließt das Feuer der spanischen Nacht.«
Das Freestyle Kickboxing hatte mein Leben so verändert, dass ich sogar nachts davon träumte, bei Olympia dabei zu sein.

Auch außerhalb der Martial-Arts-Schule schien das Training durchaus von Nutzen zu sein. Als Marijana mich nämlich vom Training abholte und mit mir ein Eis essen gehen wollte, wurde sie von einem etwa fünfzigjährigen und zugleich zwielichtigen Typen angesprochen. Dieser Typ meinte zu ihr:

»Du siehst gut aus und riechst auch so. Ich glaube, wir sollten miteinander mehr machen.«

Dann grabschte er sie an und wollte sie hinter ein Gebüsch ziehen. Marijana rief laut:

»Hilfe! Hilfe!«

»Sei ruhig!«, schrie sie der Mann an.

Ich sah das und wusste ganz genau, ich kann es nicht zulassen, dass jemand meine beste Freundin sexuell missbraucht.

»Hey du Perverser, lass meine Freundin los!«, schrie ich. »Man vergreift sich nicht an kleinen Mädchen!«

»Ach wirklich?!« erwiderte der Mann und hatte schon den Gurt seiner Jeanshose geöffnet. »Pass' auf, dass ich mich nicht an dir vergreife!«

»Ach wirklich?! Ich glaube, das musst du dich erst einmal trauen!«

Der perverse Mann ließ Marijana los und wollte sich stattdessen mich schnappen, doch ehe er mich zu fassen bekam, zeigte ich ihm einen ordentlichen Nage-Waza-Griff, den Meister Sascha und Meister Neubert sicherlich als »Perfekt« bezeichnen würden. Nun ja, der perverse Mann würde meinen Nage-Waza-Griff eher als Eintrittskarte für mehrere Wochen im Rollstuhl bezeichnen.

»Willst du noch einen?!«, fragte ich ihn.

»Auf keinen Fall«, jammerte er, »aua, mein Rücken!«

Ich half dem Kerl auf. Doch kaum stand er auf seinen Füßen, rannte ich hinter ihm und trat ihm ganz fest mit dem rechten Fuß in den Hintern. Obwohl ich barfuß war, tat ihm der Tritt bestimmt tausendmal mehr weh als mir,

denn meine Füße waren von dem vielen Training so abgehärtet, dass sie keine Schmerzen mehr spürten. Der
perverse Mann machte auf dem Absatz kehrt und rannte,
so schnell er konnte, vor mir weg. Ich rief ihm noch hinterher:

»Lass dich hier nie wieder blicken!«
Marijana atmete auf und blickte mich erleichtert an:

»Danke, Lola, du hast mich vor einer Vergewaltigung bewahrt.«

»Das war nicht der Rede wert, Marijana. Weißt
du, ich glaube, der vergreift sich nicht noch einmal so
leicht an kleinen Mädchen, wenn er weiß, dass sie gut
Karate können.«

»Eben, und weißt du, was kleine Mädchen bekommen, wenn sie gut Karate können?«

»Nein, was denn?«

»Den Eisbecher von ihrer besten Freundin spendiert. Immerhin hast du der gerade das Leben gerettet.«

»Muchas Gracias, Marijana«, sagte ich.
Dann spendierte mir Marijana das Eis und meine Wun-
dertüte mit Schokoladeneis, Pfirsicheis und Meloneneis,
Sahne und Erdbeersoße schmeckte mir noch mal so gut.
Dann fuhren wir auch schon mit der Straßenbahn nach
Hause.

Dieser Vorfall blieb nicht der einzige Zwischenvorfall,
bei dem ich meinen Kampfsport zur Bekämpfung des
Bösen einsetzte, doch jedes Mal wurde ich bewundert
und hinterließ den Eindruck: »Zu diesem Mädchen halte
ich besser 3 m Abstand.«

Dann kam schon die vorletzte Ferienwoche, auf deren Ende das große Turnier im Freestyle Kickboxing anstand. Es sollte am Sonntag ausgetragen werden und am Samstag zuvor würde Salcrabbio noch einmal nach Dortmund kommen. Das stand auf allen Plakaten. Doch ich ignorierte diese, da ich nur noch ein Ziel vor Augen hatte, und das war der Deutschlandwettbewerb im Freestyle Kickboxing. Ich kämpfte gerade hart mit meinem Box-Sack, da öffnete sich die Tür meines Zimmers und meine beste Freundin Marijana trat ein. Sie fragte mich:

»Hallo, Lola Auf nackten Füßen zum Erfolg, wie geht's dir?«

»Konnichiwa, mi amiga«, sagte ich. »Setzt dich und halte von mir Abstand, wenn du nicht unbedingt den Wunsch hast, Apfelmus zu werden.«

»Keine Sorge, ich pass auf.«

Marijana betrat das Zimmer. Sie war barfuß wie ich. Sie trat nur nicht mit den nackten Füßen gegen den Box-Sack.

»Erst ab Sonntagabend darf ich, wenn ich richtig gerechnet habe, wieder Schuhe tragen. Ja, der Montag, ab dem ich das musste, läutete die zweite Ferienwoche ein, und nun haben wir die fünfte, also sind die vier Wochen am kommenden Sonntagabend um.«

»Sí, und an diesem Sonntagabend fahre ich nach Magdeburg.«

»So so, wie Salcrabbio auch.«

»Wie wie Salcrabbio auch?«

»Ja, die sind im Moment noch auf Tournee. Am Samstag spielen sie in Dortmund und am Sonntag in Magdeburg.«

»Klasse, spielen sie denn wieder in der Westfalenhalle?«

»Nein, dieses Mal Open Air im Fredenbaumpark.«

»Open Air im Fredenbaumpark, das klingt gut.«

»Ich wollte fragen, ob du dahingehen willst, aber ich glaube, so ein Martial-Arts-Profi wie du hat dafür keine Zeit.«

»Nun ja, ich habe am Sonntag ein wichtiges Turnier zu bestreiten. Da geht's darum, wer deutscher Meister im Freestyle Kickboxing der U17 wird. Meine Martial-Arts-Schule nimmt auch dran teil und hat ihre beste Schülerin ins Rennen geschickt: mich! Do! (Ts)ch!«

»Heißt das, du kannst nicht mit zu Salcrabbio?«

»Das heißt es, aber gerne kann ich vielleicht am Samstag vor dem finalen Training mit dir in den Fredenbaumpark gehen, wenn die gerade aufbauen.«

»Machst du das?«

»Vielleicht?«

»Was heißt hier ›vielleicht‹? Bist du nicht mehr meine Freundin?«

»Doch Marijana doch. Ich bin noch deine Freundin. Ich habe nur im Moment wenig Zeit, aber nach dem Wettbewerb haben wir bestimmt wieder Zeit füreinander.«

»Also der Pokal scheint dir wichtiger zu sein als ich.«

»Du bist mir nicht unwichtig, Marijana. Ich habe dir sogar eine Fahrt nach Magdeburg besorgen können. Du sollst mich und meine Familie dorthin begleiten.«

»Danke, Lola, ich könnte dich knutschen. Aber ich halte besser zu dir Abstand, denn wenn du boxt und sogar kickboxt, ist es wirklich besser, sich dir nicht zu nähern.«

»Und ob«, schloss ich an.

Mit viel Kraft und Energie schlug und trat ich gegen den Box-Sack und traf ihn überall laut hämmernd. Nach meinem Training am Box-Sack griff ich die Wasserflasche und trank einen ordentlichen Schluck daraus, um die ganze Schwitzerei wieder auszugleichen. Schließlich ging ich auf Marijana zu und fragte sie:

»Möchtest du auch was trinken und vielleicht eine Runde mit mir boxen?«

»Trinken ja, boxen nein.«

Also ging ich die Küche und holte Marijana eine Limo zu trinken.

Ja, mein Training war echt hart und ließ mir unter der Woche wenig Zeit für die Freundschaft mit Marijana. Auch am Samstag hatte ich nicht viel Zeit, da ich die Generalprobe für das Turnier hatte. Diese war am Nachmittag um 14:30 Uhr und dieses Mal standen statt Taekwondo tatsächlich Tricking-Training und Hard Music Performance auf meinem Trainingsplan. Doch vorher gingen Marijana und ich noch in den Fredenbaumpark oder fuhren besser gesagt mit der U-Bahn von der Station »Kampstraße« aus hin. Die Tretroller nahmen wir trotzdem mit, um schneller dahin düsen zu können. Nach wenigen Minuten erreichten wir die Bühne, wo Salcrabbio gerade probte. Sie spielten gerade einstudierend das Lied »Alle, die mit uns auf Kaperfahrt fahren.« Mir gefiel das und Marijana auch. Wir schlichen uns leise an die Künstler heran und sie sangen zweimal die Zeile:

»Alle, die mit uns auf Kaperfahrt fahren, müssen Männer mit Bärten sein.«

Als wir das hörten, hörten wir zunächst deren Gesang zu und lauschten der ersten Strophe. Als sie dann aber die zweite Strophe zu singen begannen, sang ich einen Einsatz dazu und änderte so mal eben und ganz spontan den Text des Liedes. Salcrabbio sang:

»Alle, die Tod und Teufel nicht fürchten ...«

Und ich sang ein:

»... müssen Mädchen ohne Schuh' sein.«

Salcrabbio wiederholte das:

»Alle, die Tod und Teufel nicht fürchten, müssen Mädchen ohne Schuh' sein.«

Dann wunderten sie sich, was sie gesungen hatten. Ihrem glatzköpfigen Gitarristen Björn Backbord fiel das zuerst auf.

»Seit wann singen wir in dem Lied ›müssen Mädchen ohne Schuh'‹ sein‹?«

»Seit heute!«, rief ich und sprang aus der Hecke hervor und, obwohl ich statt meines Karate-Gis mein rotes Lieblingskleid trug, konnte ich eine perfekte Freestyle-Kickboxing-Choreographie ans Tageslicht legen. Ich ließ Marijana meine Tasche halten, sprang Rad schlagend aus dem Gebüsch, drehte mit in der Luft und landete auf meinen stets nackten Füßen und führte dabei noch einige Karategriffe vor, die ich beim Landen als auch bei der Durchführung in die Luft mit einem kräftigen »Do!« und »(Ts)ch«-Kiai untermalte. Dann verbeugte ich mich und ging auf Salcrabbio zu.

»Buenos días und guten Tag, mein Name ist Lola Álvarez Sánchez, aber meine Freunde nennen mich ›Auf nackten Füßen zum Erfolg‹. Ich bin Freestyle-Kickboxerin und werde morgen in Magdeburg die Dortmunder Martial-Arts-Schule bei der deutschen Meisterschaft vertreten. Sí, und nebenbei bin ich ein großer Fan von Salcrabbio.«

»Oh ein großer Fan, der sogar zu unserer Probe kommt«, sprach Band-Kollege Georg-Lars Georgsen.

»Nun ja, Fan oder nicht«, meinte Bandkollege Alex Stolltal, »jedenfalls hat sie hier nichts zu suchen. Ich glaube, wir lassen sie vom Sicherheitsdienst entfernen.«

»Bist du bescheuert? Die entfernt eher den Sicherheitsdienst, so wie die aussieht«, erwiderte wiederum Georg-Lars Georgsen.

»Nun ja, ich habe schon mehrere große Kerle mit einem Nage-Waza umgeworfen.«

»Und dabei ist sie erst vierzehn«, sagte Marijana, die aus dem Gebüsch zu ihr kam. »Ich bin übrigens ihre beste Freundin Marijana und wie Lola ebenfalls ein großer Salcrabbio-Fan.«

»Schon seit Wochen«, erklärte ich, »trainiere ich für den Wettbewerb und arbeite eine Hard Music Performance ein. Da kämpfe ich mit einer Choreographie gegen imaginäre Gegner und ich studiere jeden meiner Griffe und Tritte und Züge in dieser Choreographie zu eurem Lied ›Der Schatz von St. Romeo‹ ein! Es macht mir sehr viel Spaß!«

Ein großes Erstaunen zog sich über die Gesichter von Salcrabbio. Gitarrist Björn Backbord sagte zu seinen Kollegen:

»Was meint ihr, Jungs? Sollen wir ›Der Schatz

von St. Romeo‹ spielen und sie dazu tanzen lassen?«

»Gerne«, stimmten ihm seine Bandkollegen zu. Dann drehte er sich nach mir um:

»Also du hast meine Bandkollegen gehört, du kannst gerne uns deine Hard Music Performance zu »Der Schatz von St. Romeo« zeigen.«

»Das mache ich glatt. Ich würde aber jedem empfehlen einen Abstand von mindestens zwei, drei oder besser fünf Metern zu mir zu gewinnen, denn, wenn ich loslege mit meiner Choreographie, die Akrobatik und mehrere Kampfsportarten vereint, kann es sehr unangenehm für denjenigen werden, der sich in meiner Nähe aufhält.«

Marijana kannte das schon, aber auch Salcrabbio hielt sich an den von mir geforderten Mindestabstand. Zu Recht, wie die Musiker schnell sehen konnten.

Die Band Salcrabbio stimmte ihre Instrumente und begann »Der Schatz von St. Romeo« zu singen. Ich konzentrierte mich vor ihnen und stellte mich in meine übliche Angriffsstellung: rechter Fuß nach hinten, linker Fuß nach vorne gezogen. Dazu boxte ich wedelnd mit den Fäusten, während Salcrabbio im Chor »Der Schatz von St. Romeo« sang. Natürlich war das nicht das Einzige, was ich draufhatte. Als Nächstes kickboxte ich, sprich: Ich trat heftig mit dem rechten Fuß in die Luft und trat damit nach oben. Dann stimmte Salcrabbio den Refrain ein. Sie sangen:

»Ein Schatz liegt auf St. Romeo-oho-oho.«

Und zu diesem »oho-oho« drehte ich einen Salto-oho und landete geschickt auf meinen Füßen auf dem Boden und fuhr dann wieder zu Faustboxen und zu Kickboxen fort.

Erst den rechten Fuß high in die Luft und dann den linken Fuß high in die Luft und machte zischend einen Kiai:

»(Ts)ch!«

Dann boxte ich mit beiden Fäusten durch die Luft und machte anschließend eine Rolle rückwärts, die ich in drei aufeinanderfolgende Radschläge verwandelte. Nachdem ich die Radschläge vollendet hatte, landete ich wieder auf den Füßen und fuhr mit weiteren Faustboxschlägen fort. Salcrabbio sang bereits das Ende des Refrains:

»... wo des Glücks Heimat ist.«

Und pünktlich, wo sie »ist« sangen, beendete ich meine Choreographie mit einem lauten Kiai und einem finalen High-Kick mit dem linken Fuß.

»Do!«, schrie ich laut, während ich gleichzeitig mit dem linken Fuß erst hoch in die Luft schlug und dann mit ihm laut und kräftig auf den Boden auftrat.

Damit waren Refrain und Choreographie zu Ende.

»Und das war alles?«, fragte mich der Violinist Piet Sturmwind.

»Nicht ganz«, antwortete ich. »Das ist nur ein Teil meiner Choreographie, die ich morgen in Magdeburg bei der Deutschland-Meisterschaft im Freestyle Kickboxing vorstellen werde. War ich nicht gut?«

»Ob du nicht gut warst. Gut ist kein Ausdruck dafür«, sprach Band-Kollege Björn Backbord. »Du warst spitze! Wirklich eins a!«

»Oh, gracias, das freut mich«, sagte ich und meine Augen strahlten.

Ich fühlte mich sehr glücklich in diesem Moment, denn ich durchlebte zwei Glücksmomente gleichzeitig. Zum einen war ich Auge in Auge und direkt im Gespräch mit meiner Lieblingsband und zum anderen wurde ich von ihnen auch noch für meine großen Künste in meiner Sportart gelobt. Ich schloss die Worte in meinem Herzen ein, in der Hoffnung, sie würden mir am folgenden Tag beim Wettbewerb der besten der besten in Magdeburg Glück bringen.

»Gracias, vielen Dank, die Herren. Ich werde es morgen bei meinem Wettbewerb in Magdeburg beherzigen. Auf jeden Fall fühle ich mich durch euch noch besser dafür gewappnet als ohne euch.«

»Gern geschehen, Kleine«, sagte Piet Sturmwind. »Du sagtest, du bist morgen in Magdeburg.«

»Sí«, antwortete ich. »Ich vertrete die Dortmunder Martial-Arts-Schule bei der großen deutschen Meisterschaft im Freestyle Kickboxing und deren Finale findet morgen in Magdeburg statt.«

»Wann fängt es denn an?«, fragte Piet Sturmwind.

»So gegen vier Uhr nachmittags«, antwortete ich.

»Vier Uhr nachmittags, morgen in Magdeburg. Weißt du, lütte Deern, wie heißt du noch gleich?«, fragte mich Piet Sturmwind.

»Lola Auf nackten Füßen zum Erfolg«, antwortete ich.

»Lola«, fuhr Piet Sturmwind zu erzählen fort, »du scheinst ein großer Fan von uns zu sein und du bist, wie wir gesehen haben, auch ein kleines Naturtalent. Weißt du, heute spielen wir hier in Dortmund im Fredenbaumpark und morgen Abend in Magdeburg in der GETEC-Arena. Unser Konzert beginnt um 20:00 Uhr und wer weiß, vielleicht können wir vor unserem Konzert zu deinem Auftritt kommen.«

»Gerne, die deutsche Meisterschaft findet in der Hermann-Giesinger-Halle ab 4 Uhr nachmittags statt.«

»Hermann-Giesinger-Halle ab 4 Uhr nachmittags. Können wir uns das merken?«, fragte Björn Backbord, der vorne stand, seine Kollegen.

Sie nickten.

»Doch vorsichtshalber schreibe ich das auf«, sagte Piet Sturmwind.

Er ging nach hinten und schrieb das auf einen Zettel.

»Lola Auf nackten Füßen zum Erfolg, Magdeburg Hermann-Giesinger-Halle 4 Uhr!«

Er schrieb das laut auf und ich hörte das und sagte:

»Sí, genauso ist es.«

Dann kam er zu mir zurück und sagte zu mir:

»Alles klar, kleine Spanierin, dann werden wir uns morgen in Magdeburg sehen. Ich habe hier noch eine Kleinigkeit für dich und deine Freundin. Möge sie dir Glück bringen.«

Er reichte die Kleinigkeit an seinen Bandkollegen Björn Backbord weiter und dieser reichte mir die Kleinigkeit. Ich hielt sie in der Hand und bekam dann vor Freude den Mund nicht mehr zu:

»Zwei Konzertkarten für das Salcrabbio-Konzert morgen in Magdeburg.«

»Ehrenkarten für besondere Gäste«, sagte Piet Sturmwind. »Wir freuen uns, wenn ihr beiden kommen könnt.«

»Also ich komme auf jeden Fall«, sagte ich.

»Und ich auch«, sagte Marijana. »Ich werde dich auf jeden Fall mit nach Magdeburg begleiten.«

»Gut, wir müssen weiterproben. Es ist ja schon

fast 14:00 Uhr«, sagte Björn Backbord.

»Fast 14:00 Uhr«, sagte ich. »Dann müssen wir uns auch beeilen, Marijana. In einer halben Stunde ist mein Generaltraining.«

»Na, dann würde ich schnell los. Auf Wiedersehen«, sagte Marijana und winkte den singenden Seemännern zu.

»Adios y hasta mañana«, sagte ich und winkte ihnen ebenfalls zu.

»Auf Wiedersehen«, sagten sie und winkten auch uns zu.

Marijana und ich fuhren auf unseren Tretrollern hastig zur U-Bahn, die dort allerdings oberirdisch fuhr, und Salcrabbio probte weiter.

Die Generalprobe von Salcrabbio hatte mir echt klasse gefallen und der Band schien sie auch gefallen zu haben. Immerhin schenkten sie mir zwei Eintrittskarten für ihr morgiges Konzert in Magdeburg. Für das Abendkonzert in Dortmund wollten sie mir keine schenken, da ich doch wahrscheinlich nicht den Abend in Dortmund verbringen würde. Tatsächlich fuhren wir schon eine Stunde nach dem Training mit dem Reisebus nach Magdeburg. Im Reisebus fuhren mein Trainer Sascha, Meister Neubert, dem die Schule gehörte, sowie meine Familie und meine beste Freundin Marijana und ich über die Autobahn rüber in die Stadt Magdeburg. Dort übernachteten wir im Hotel und am darauffolgenden Nachmittag war dann schon das Turnier. Es fand ab Punkt vier Uhr nachmittags in der Hermann-Giesinger-Halle statt. Die Hermann-Giesinger-Halle war eine riesige Sporthalle in Magdeburg, die über zweitausend Zuschauern Platz bot und ebenso vielen Sportlern genügend Platz zum Turnen oder Ballspielen. Meine Eltern, Luis und Marijana durften in der Loge Platz nehmen. Die erste Reihe war der Jury vorbehalten und die zweite Reihe den Trainern und Kampfsport-Schulleitern. Neben vielen, die sich das Sportereignis nicht entgehen lassen wollten, kamen aber zu meinem Erstaunen noch fünf besondere Gäste. Es war die Band Salcrabbio, mit denen ich noch am Tag zuvor in Dortmund gesprochen hatte. Als ich sie sah, traten mir Tränen in die Augen und Gitarrist Björn Backbord sagte zu mir:

»Wir sind gekommen, um dir Glück zu bringen, Lola. Aber auch, weil uns deine Performance zu unserem Lied so sehr gefallen hat, dass wir das einmal als Publikum sehen wollten.«

»Gracias«, sagte ich stotternd, »ihr wisst gar nicht, wie froh ich bin, dass ihr da seid.«
Ich wusste wirklich nicht, was ich sagen sollte. Es war so, als würde ich beim Versuch zu sprechen, meine eigene Zunge verschlucken.
Der Gitarrist schüttelte mir die Hand und ging dann in die Loge, wo er mit seinen Band-Kollegen Platz nahm.

Dann begann der Wettbewerb. Ich musste mir die viele harte Konkurrenz vorführen lassen und ich dachte schon bei jedem Neuen, den ich da sah:

»Worauf hast du dich nur eingelassen, Lola Auf nackten Füßen zum Erfolg? Das ist beinharte Konkurrenz. Da blamierst du dich doch nur.«
Mein Herz schlug bis zum Hals und es wurde von Minute

zu Minute schneller. Mein Körper kochte förmlich. Ich fühlte mich überhitzt und mit einem heißen Fieber geschürt, von dem ich nicht sicher war, ob es mich kochte oder sogar schon wie ein Steak auf dem Grillrost briet. Mir wurde es immer mulmiger zu Mute. Mit jedem Konkurrenten, der eine Performance an den Tag legte, die die Jury wohl mit neun von zehn Punkten bewertete, dachte ich immer mehr und mehr, ich wäre wie ein Hähnchen an einen Spieß gebunden und würde von allen Seiten gleichzeitig über den heißen Grillkohlen knusprig braun gebraten und die heißen Grillkohlen, über denen ich schmorte, oh ja sie waren das Fieber, was ich da erlitt. Ja, ich hatte richtig Lampenfieber, würde man sagen, nur, dass ich zu diesem Zeitpunkt den Begriff Lampenfieber dafür noch nicht kannte. Ein Lampenfieber, von dem ich nach und nach richtig durchgegart wurde. Ich hielt fast die Luft an. Mein Herz schlug bis zum Hals und war ständig im Begriff zu zerspringen. In meinem Kopf lief ein endlos langer Film. Ich musste stets dessen Bilder sortieren und sie in die richtige Reihenfolge bringen, nur um eben gleich bei meinem Auftritt alles richtig zu machen. Ständig der Gedanke, welcher Schritt kam nach welchem, und die Angst, schlechter zu sein als die Konkurrenz. Und schließlich war es so weit:

»Die nächste Teilnehmerin ist Lola Álvarez Sánchez. Sie vertritt die Martial-Arts-Schule in Dortmund.« Mir blieb beinahe das Herz stehen, als ich meinen Namen hörte. Nun war ich also an der Reihe und man erwartete Großes von mir. Noch immer durchzogen meinen Kopf die Gedanken:

»Jetzt wird alles schiefgehen! Ich werde mich

doch nur blamieren!«

Ich wollte mich schon umdrehen und zurückziehen und mich so vor der unangenehmen Prüfung drücken. Ich war kurz davor, mich umzudrehen und zu kneifen, doch dann blickte ich in die Ränge des Publikum und erkannte, dass dort meine Eltern, mein Bruder Luis, meine beste Freundin Marijana und Salcrabbio saßen. Plötzlich erinnerte ich mich daran, dass doch sie diejenigen waren, die fest an mich glaubten, die wussten, dass meine Choreographie gut war, die auch wussten, dass ich doch so stark bin, dass ich jeden Gegner in die Tasche steckte. Sie gaben mir den Mut zurück, den ich verloren zu haben schien. Sofort begriff ich, dass es nur feige von mir sein kann, wenn ich mich jetzt einfach umdrehte, um mich so vor der unangenehmen Prüfung zu drücken. Im Inneren sprach ich lautstark zu mir selbst:

»Lola Auf nackten Füßen zum Erfolg, du stehst so kurz vorm Ziel! Du hast die letzten Wochen tagtäglich hart trainiert und jetzt willst du einfach aufgeben? So kurz, bevor du es geschafft hast? Du hast es fast geschafft! Wenn du jetzt aufgibst, bist du ein Feigling und deine harte Arbeit und deine Mühen waren alle umsonst. Willst du das? Was willst du lieber? Willst du lieber ein Feigling sein oder doch lieber Doña Quijota de Pies Descalzos al Éxito, die unerschrockene Ritterin?«

Als ich mir diese Frage stellte, begriff ich, was wirklich mein Ziel und meine Bestimmung waren. Laut, aber nur innerlich – jedoch wirklich kräftig – rief ich mir zu:

»Ich bin Doña Quijota de Pies Descalzos al Éxito, ich bin die unerschrockene Ritterin und ich stelle mich todesmutig einer jeden meiner härtesten Prüfungen!«

Ich fasste mir ein Herz, atmete tief durch und dann schritt ich erschlossen barfuß in dem schwarzen Gi mit dem Emblem meiner Martial-Arts-Schule vorne drauf in die Mitte des Kampfplatzes. Rings um mich herum waren im Abstand von acht Metern zueinander vier Säulen aufgestellt, auf denen sich Schalen mit einem lodernden Feuer befanden. Und ich muss ehrlich sein: Ein Feuer loderte auch in mir. Ich stellte mich in der Mitte auf. Die Füße schlugen gegen die quadratischen Matten. Ich wedelte kurz mit den Händen und murmelte etwas auf Japanisch. Dann trat ich mit dem rechten Fuß nach vorne und schrie:

»Do!«

Die Musik im Hintergrund war nicht die von Salcrabbio, sondern eine einheitliche für alle Wettkämpfer, doch ich stellte mir im Kopf vor, ich würde nun »Der Schatz von St. Romeo« hören und entsprechend brachte ich die Schritte auch zu Tage. So konnte ich nach und nach meine einstudierte Choreographie vorführen. Ich trat in meine übliche Angriffsstellung: linker Fuß nach vorne und rechter Fuß nach hinten. Dazu boxte ich gleichzeitig erst mit den Händen und dann auch noch zusätzlich kickend mit den Füßen. Ich sprang in die Luft und drehte dort einen Salto und jedes Mal, bevor ich aufschlug, machte ich einen hörbaren Kiai und landete immer sanft und fest auf beiden Füßen und tat mir noch nicht einmal weh dabei. Nach dem Salto in der Luft führte ich mit rechts einen High Kick vor und boxte dann mit linker und rechter Faust abwechselnd und zischte dazu »(Ts)ch! (Ts)ch«, eben den Kiai, und dann machte ich nicht nur eine Brücke nach hinten, sondern schlug gleich drei große Räder hintereinander. Ich landete wieder auf den Füßen und machte nun mit links einen High Kick und dann boxte ich wieder mit den Händen durch die Luft und formte sie anschließend zu geraden Kanten. Ich schrie:

»Heia!«

Und schlug die Hände wuchtartig nach unten, als würde ich wie beim Karate gerade einen Stapel Holz zerschlagen. Das machte ich erst mit rechts und dann noch mal mit links und mit einer flinken Wucht zog ich den ganzen Körper nach oben und trat mit dem rechten Fuß noch einmal von unten gegen den imaginären Holzstapel.

»(Ts)ch!«, zischte ich.

Doch ich war noch nicht fertig. Einen Schlag hatte ich noch drauf. Ich boxte mit beiden Händen durch die Luft und trat kräftig mit dem linken Fuß nach oben, als wollte ich das rechte Auge meines Gegners mit der Ferse treffen und kaum war der linke Fuß oben, stieß ich mit dem rechten Fuß von der Seite nach und warf so meinen imaginären Gegner um. Und weil beide Füße in der Luft waren, schwebte ich und ließ mich rückwärts rollen. Ich fing mich mit den Händen wieder auf, verwandelte das in einen dreifachen Radschlag und, als ich dann wieder auf den Füßen stand, machte ich noch mit der linken Hand einen finalen Schlag nach vorne.

»Ksch!«, zischte ich. »¡Final!«

»¡Final!« war spanisch für »Und aus!«. Kaum hatte ich das gesagt, formte ich die Hände flach und presste sie zusammen und verbeugte mich vor dem Publikum. Anschließend verließ ich die Bühne.

Nach mir waren noch weitere Teilnehmer dran und, als ich diese auftreten sah, blieb mir vor deren Akrobatik auch das ein oder andere Mal der Atem stehen. Öfters dachte ich, sie toppen mich und ich werde diesen Tag als die große Lachnummer des Abends beenden. Schließlich war die Siegerehrung. Gespannt staunten alle auf das Siegertreppchen, die Plätze 2 und 3 waren schon belegt. Doch Platz 1 war noch vakant. Dann gab es Trommelwirbel und einzig und allein die Stimme des Jury-Vorsitzenden war zu hören:

»Und nun kommen wir zum Sieger des Finales der deutschen Meisterschaft im Freestyle Kickboxing. Heute haben viele hier tapfer gekämpft und sich wacker geschlagen und viele haben gezeigt, was sie im Freestyle Kickboxing draufhaben. Doch keine andere hat uns heute so sehr überzeugt wie: …«

Er machte eine Sprechpause, um die Spannung zu erhöhen. Dann verkündete er den Siegernamen:

»Lola Álvarez Sánchez aus Dortmund.«

Ich glaube, es gibt keine Worte, die beschreiben können, wie glücklich ich mich in dem Augenblick fühlte. Ich konnte es nicht fassen, ich konnte es wirklich nicht fassen. Ich dachte wirklich, ich träumte, aber nein, es war die Wirklichkeit. Mit einem Glückspegel, der mich fast ertränkte, ging ich aufs Siegertreppchen zu. Meine nackten Füße hatten kaum Halt auf dem Boden. Sie wollten förmlich aufs Treppchen springen. So tat ich es auch. Die nackten Füße standen kaum still auf dem Treppchen und der schwarze Karate-Gi klebte eng auf meiner schweißgebadeten Haut. Mir traten die Tränen in die Augen, aber vor Freude. Dann kam der Vorsitzende der Jury und er trug den goldenen Pokal in der einen Hand und eine Goldmedaille in der anderen Hand. Unter einem tosenden

Applaus ging er auf mich zu.

»Lola Álvarez Sánchez«, sagte er, »deine Hard Music Performance hat alle Vorherigen und alle Folgenden in den Schatten gestellt. Sie war als einzige Hard Music Performance jedem Jury-Mitglied die vollen zehn Punkte wert. Hiermit überreiche ich dir die Goldmedaille. Du hast sie dir wahrlich verdient ...«

Kaum hatte er diesen Satz gesagt, legte er mir die Medaille um den Hals. Ich bückte mich extra, damit er besser drankam. Dann fuhr er zu reden fort:

»... und den goldenen Pokal, mit dem du nun offiziell Deutsche Meisterin im Freestyle Kickboxing bist und das nicht nur in der U17. Ich denke, mit deiner Performance hättest du locker auch die höheren Altersklassen geschlagen.«

»Vielen ... Gracias ... für ... die ... flores«, stotterte ich da zusammen.

Ich war so aufgeregt und voller Freude erfüllt, dass ich nicht wirklich im Stande war, Worte zu fassen. Ich nahm den Pokal entgegen. Kaum hielt ich ihn in den Händen wurde ich schon vom Vorsitzenden der Jury gefragt:

»Lola Álvarez Sánchez, du bist heute das erste Mal bei so einem Finale gewesen. Eine kleine Außenseiterin und doch wirst du gleich beim ersten Mal Deutsche Meisterin. Wie ist das für dich? Wie fühlt sich das an?«

Ich war so überglücklich und so aufgeregt, dass ich keine klaren Worte fassen konnte. Ich sagte nur:

»Ich bin sprachlos ... Auf nackten Füßen zum Erfolg!«

Diese Worte waren wenige. Doch sie waren auch zugleich sehr viel, denn mir applaudierten alle zu.

Es dauerte nur wenige Augenblicke, schon wurde ich von Presseleuten belagert, die mich auf dem Siegertreppchen abfotografierten und mich so über Nacht berühmt machten. Doch nach den vielen Paparazzi kamen dann doch die vier Menschen auf die Bühne, die extra mit mir zu diesem Turnier mitgereist waren. Madre, Padre, Luis und meine beste Freundin Marijana Ković.

»Lola, oh, Lola«, rief sie, »du hast es geschafft. Du hast ganz Deutschland gezeigt, was für eine große Kämpferin in dir steckt.«

»Gracias, mi amiga, gracias«, sagte ich.

»Das hast du klasse gemacht. Ich könnte dich glatt umarmen.«

Meine Freundin wollte mich wirklich freundschaftlich umarmen und mir sogar ein Freundesküsschen geben. Nur da sie schlecht an meine Wangen herankam, weil ich doch so hoch auf dem Treppchen stand, küsste sie mir stattdessen auf die nackten Fußrücken.

»Marijana, übertreib nicht!«

»Entschuldigung«, sagte sie, »aber ich freue mich so sehr für dich. Du bist wahrhaftig Auf nackten Füßen zum Erfolg.«

Ich musste lachen, als ich das hörte und dabei gleichzeitig auf Marijanas ebenfalls nackte Füße sah – der Monat, in dem sie ihre Fußballwettschulden durch ununterbrochenes Barfußlaufen einlöste, ging erst am Folgeabend zu Ende – sagte ich zu ihr:

»Und soll ich dir was sagen: Du bist es eines Tages auch.«

Dann kam meine Familie dazu. Zuerst Luis, der eigentlich recht wortkarg war, doch in diesem Moment sehr gesprächig war:

»Lola, das hast du richtig, richtig, richtig toll gemacht. Ich bin froh, eine so tolle Schwester zu haben.«

»Gracias, mi hermanillo«, sagte ich, was »Danke, mein Brüderchen« bedeutete.

Auch meine Eltern kamen zu mir und gratulierten mir zu meiner Leistung.

»Lola, du bist echt prima!«, sagte Madre. »Du weißt gar nicht, wie stolz ich auf meine kleine Chiquilla heute bin. Du hast ganz Deutschland gezeigt, dass du die beste Martial-Arts-Kämpferin bist. Ich bin stolz auf dich.«

»Lola, heute werden wir im besten Restaurant der Stadt deinen Sieg feiern und morgen werden wir daheim in Dortmund erneut in einem sehr guten Restaurant essen gehen. Mi hija, dein Sieg muss nämlich mit einer ausgiebigen Fiesta gefeiert werden. Abuelo Gabriel und Abuela Isabel werden sicherlich, wenn sie das von mir hören, sehr stolz auf ihre Enkeltochter sein. Mein Bruder Miguel und seine Frau Carmen auf ihre Nichte sicherlich auch. Lola, du hast deiner Familie heute Abend mehr Ruhm und Ehre gebracht als ich in all meinen vielen Lebensjahren.«

»Gracias, Padre, gracias.«

Padre hatte Recht. Meine Abuelos (Großeltern) Gabriel Álvarez Pérez und Isabel Gómez Granados konnten wirklich stolz auf ihre Nieta (Enkelin) sein. Und meine Abuelos Enrique Sánchez Rodríguez und Lola García López wären es sicherlich auch gewesen, wenn sie noch gelebt hätten und nicht acht Jahre zuvor bei einem Autounfall ums Leben gekommen wären.

Schließlich kam auch noch mein Trainer Sascha zu mir und sagte:

»Lola, das hast du gut gemacht. Dein Training hat sich wirklich gelohnt. Nächstes Jahr trainieren wir wieder. Dann geht's in die Europameisterschaft.«

»Oh toll, gracias. Ich freu mich schon darauf.«

Und auch Meister Neubert kam, um mich zu loben:

»Lola, ich wusste, als ich dich zum ersten Mal in eurem Unverpackt-Laden auftreten sah, dass in dir ein Talent steckt, und was soll ich sagen: Gerade einmal nur einen Monat auf meiner Schule und schon bist du Deutsche Meisterin. Du wirst unter den größten Schülern meiner Schule immer einen Ehrenplatz haben.«

»Gracias, Meister, gracias. Ich weiß nicht, was ich sagen soll. Das ist der glücklichste Tag in meinem Leben.«

So war es wohl. Meine Glücksgefühle konnte ich gar nicht beschreiben. Dann kam auch Salcrabbio vorbei und der glatzköpfige Gitarrist Björn Backbord rief mir zu:

»Deern, das hast du gut gemacht. Gratulation. Wir sehen uns beim Konzert.«

»Das musst du unbedingt zu unserem Lied tanzen«, sagte Band-Kollege Alex Stolltal. »Bis später.«

»Sí, ¡hasta luego! Bis später«, sagte ich.

In diesem Moment dachte ich daran, dass es das Lied »Der Schatz von St. Romeo« sein würde. Doch das Konzert hatte ich in der Aufregung voll vergessen. So sehr wirkte der gegenwärtige Moment auf mich ein. Ich wollte diesen Moment am liebsten einfrieren. Denn es war der glücklichste Moment in meinem bislang kurzen Leben. Ich hielt vor Freude meinen Pokal in die Luft und um-

klammerte fest dessen Sockel. Ich stand auf den Zehenspitzen meiner nackten Füße und sagte noch einmal ganz
laut zu allen in der Menge:

»Für mich, Lola Álvarez Sánchez, für mich, Auf
nackten Füßen zum Erfolg, ist das der glücklichste Tag in
meinem ganzen Leben. ¡El dia más feliz de vida!«
Und in meine Augen traten Tränen und doch funkelten
sie wie tausend Sterne. Ich hielt meinen Pokal fest in den
Händen und fühlte mich auf meinen nackten Füßen überglücklich wie eine kleine dänische Waldfee namens
Emmelie, die wie ich nach ihrem großen Auftritt barfuß
ihren Siegerpokal entgegennahm. Nur hatte sie im Gegensatz zu mir diesen nicht durch eine Kampfsport-Per-
formance, sondern mit einem wirklich sehr starken Lied
über Tränen gewonnen, was sie vor tausend Zuschauern
gesungen hatte, und dann ebenfalls Freudentränen weinte, als sie für ihre große Leistung mit einem goldenen
Pokal belohnt wurde. Wie sie hielt ich meinen Goldpokal
fest in den Händen und in meine Augen traten Tränen
und doch funkelten sie wie tausend Sterne. So glücklich
fühlte ich mich. So glücklich wie nie zuvor in meinem
Leben.

16. Kapitel: Das letzte Kapitel

Und so sitze ich an meinem Schreibtisch und schreibe alles nieder, was ich erlebt habe. Dabei blicke ich auf die verschiedenen Medaillen und Pokale, die ich während meiner jungen Karriere als Nachwuchs-Freestyle-Kickboxerin verdient habe. Auf jedem Turnier habe ich mir erst härteste Konkurrenz und schließlich zur Belohnung einen Goldpokal samt der zugehöriger Goldmedaille in die Tasche gesteckt. Im Prinzip habe ich so meiner Familie zu einem kleinen Wohlstand verholfen und wir konnten uns aus dem klein-bürgerlichen Leben als spanische Einwanderer befreien und ein besseres Leben als kleine wohlständige Familie beginnen. Meine Eltern waren richtig stolz auf ihre kleine Tochter, mein kleiner Bruder Luis war richtig stolz auf seine große Schwester und Marijana war richtig stolz auf ihre beste Freundin. Und um ehrlich zu sein, war ich selbst auch ein wenig stolz auf mich. Noch heute erinnert mich jeder Blick auf meine zahlreichen Pokale daran, wie ich von Turnier zu Turnier gegangen bin und barfuß in dem engen Gi mein akrobatisches Martial-Arts-Talent unter Beweis stellte und daraufhin für meine dargebotene Performance erst Applaus und schließlich Medaillen und Pokale erntete. Ich hatte es wirklich auf nackten Füßen zum Erfolg gebracht. Und um ehrlich zu sein, musste ich wirklich in mich hineinlachen, als ich diesen Satz hier zu Papier brachte. Wenn ich so bedenke, dass alles damit anfing, dass Marijana und ich in eine Konzerthalle ein-brechen mussten, nur um an einem Konzert teilnehmen zu können, und ich dann auf der Flucht eine Tafel las, die mein Leben für immer veränderte, indem sie zu einem Sinneswandel führte, der mir besondere Kraft und Stärke verlieh, die ich dann einerseits im Kostüm der Ritterin Doña Quijota de Pies Descalzos al Éxito und andererseits in diesem schwarzen Gi auf den Matten im Licht der brennenden Teller zu Tage bringen konnte. Mir kommen glatt die Freudentränen, wenn ich so darüber nachdenke und das schreibe.

Inzwischen wohnen meine Eltern, Luis und ich nicht mehr am Borsigplatz, sondern in einer besseren Gegend Dortmunds und konnten uns sogar ein günstiges Doppelhaus mit Garten leisten, in dessen andere Hälfte Marijana mit ihren Eltern eingezogen ist. So können wir zwei beste Freundinnen weiterhin unzertrennlich sein und miteinander spielen und ich kann sie auf ihren eigenen Wunsch in Martial Arts trainieren. Und natürlich reiten wir hin und wieder auch zusammen auf unseren Schlachtrössern, die allerdings beide nun eigene Fahrräder sind, als Doña Quijota de Pies Descalzos al Éxito und Sancha María auf Abenteuer zu.

Den Unverpackt-Laden »Descalcería« gibt es nach wie vor noch in der Dortmunder Innenstadt und er wurde ein voller Erfolg. Nicht nur deswegen, weil er sehr nachhaltig war, sondern auch, weil er und die Martial-Arts-Schule für sich gegenseitig Werbung machten, und das konnten sie mit mir als Aushängeschild recht gut.

Barfuß zu laufen ist nach wie vor ein Hauptbestandteil meines Lebens geblieben. Ich trage nach wie vor keine

Schuhe mehr und kann mir auch nicht mehr vorstellen, überhaupt welche zu tragen. Das Barfußlaufen gibt mir ein unglaubliches und unverzichtbares Gefühl, eine besondere Kraft, Stärke und Lebensenergie aus dem Boden zu ziehen. Selbst im Winter, wenn es kalt wird, habe ich mich daran gewöhnt, auch barfuß auf die kalten Böden zu gehen und, wenn es dann mal Schnee gibt, gehe ich barfuß dadurch und merke, dass es komisch, aber cool ist, den weichen, kühlen Schnee an den Füßen zu spüren. Er fühlt sich nicht besonders eiskalt an, wie sich mancher so denkt, sondern wirklich eher wie eine angenehme und feuchte Watte. Aus diesem Grund habe ich auch irgendwann mal alle meine Schuhe, die ich besaß, verkauft oder verschenkt und habe höchstens noch ein paar Fellpantoffeln oder gefütterte Stiefel für zu kalte Wintertage, sowie teilweise noch Sandalen für zu heiße Sommertage, doch selbst daran habe ich mich schon gewöhnt, über sehr heißen Sand oder Asphalt zu gehen. Immerhin bin eine Spanierin und dafür abgehärtet. Meine Freundin Marijana hingegen trägt nach wie vor Schuhe, aber auch sie lernt nach und nach von mir, auch häufiger barfuß zu gehen, und zumindest von Mai bis September schafft sie es, mit mir barfuß durch die Welt zu gehen. Und apropos Barfußgehen, gleich, wenn ich diese Sätze hier alle zu Papier gebracht habe, werde ich alle Papiere meiner Lebensgeschichte zusammenheften und in einen Rucksack packen und barfuß zu meinem Vater und mit ihm zu unseren Fahrrädern gehen, mich barfuß auf meines schwingen und barfuß und in Begleitung meines Vaters zum nächsten Bücherverlag radeln, um ihm meine Geschichte in die Hand zu drücken, und, wenn er nach dem Lesen meiner

Geschichte sie nicht drucken möchte, werde ich sie wieder einpacken und mit Padre zusammen so lange von Verlag zu Verlag auf nackten Füßen weiterradeln, bis ich den Verlag gefunden habe, der meinen Lebensweg auf nackten Füßen zum Erfolg abdrucken möchte. Wenn es dann soweit ist, wird Padre für mich den Vertrag unterschrieben, der es dem Verlag gestattet, mein Buch zu veröffentlichen. Das Geld, was meine Familie von dem Verlag aus dem Verkauf der Bücher bekommt, ist mir eher egal. Vielmehr ist es für mich ein unbeschreibliches Gefühl voller unbeschreiblicher Freude, meine tolle und wendungsreiche Lebensgeschichte der ganzen Welt erzählen zu können.

So und ich hoffe, ich habe Ihnen als Leser meiner Geschichte … Oh, es klopft gerade an meiner Zimmertür. Wer mag das wohl sein? Ich muss mal kurz aufstehen und die Tür öffnen.

»Hallo, Lola, kann ich reinkommen?«, fragt mich eine vertraute Stimme.

Ich bin kurz zur Tür gegangen, um sie zu öffnen, und siehe da, meine beste Freundin Marijana stand vor der Tür. Ich ließ sie rein und sie fragte mich, ob ich mit ihr was spielen möchte. Vielleicht ein Brettspiel oder Seilchenspringen oder vielleicht draußen im Garten Doña Quijota und Sancha María? Ich setzte sie erst mal hin und reichte ihr etwas Limonade zu Trinken und bat sie dann, mir eben noch einige Momente zu geben, damit ich meine Sätze hier zu Ende schreiben konnte. Ich setzte mich dann wieder an den Schreibtisch und schrieb und, während ich aufschrieb, was Marijana und ich nach deren

Anklopfen an meine Zimmertür erlebt hatten, fragte ich sie, ob sie mich und meinen Vater auf dem Weg zum Verlag begleiten wollte, und sie hat zugestimmt.

Also lange Rede, kurzer Sinn: Ich möchte nun Schluss machen, um meine Geschichte als Buch veröffentlichen zu können. Doch zuvor möchte ich noch einen Satz schreiben, ehe ich zusammen mit Marijana und Padre und der Geschichte im Gepäck zum Bücherverlag radeln werden, und zwar:

So und ich hoffe, ich habe Ihnen als Leser meiner Geschichte einen schönen Einblick ein mein aufregendes kleines Leben erlauben können. Ich hoffe, Sie hatten Spaß, mich an meinen Stationen zu begleiten, und ich würde mich sehr freuen, wenn Sie meine Geschichte weiterempfehlen könnten. Und wenn Sie jemand aus meiner Geschichte sein sollten, dem ich als Doña Quijota de Pies Descalzos als Éxito das Leben gerettet habe, und Sie möchten sich dafür bei mir bedanken oder, wenn Sie einfach jemand sind, der sich von Verpackungsmüll gestört fühlt, und ihn deshalb gerne vermeiden möchten, dann kommen Sie mich doch ganz einfach in unserem Unverpackt-Laden, der Descalcería, in Dortmund in der Thomasstraße besuchen. Ich würde mich sehr freuen.

Mit freundlichen Grüßen
Ihre Lola Álvarez Sánchez alias Auf nackten Füßen zum Erfolg alias Doña Quijota de Pies Descalzos al Éxito.